鄭板橋

对联印章汇说

孙万寿 编著

凤凰出版社

图书在版编目（CIP）数据

郑板桥对联印章汇说 / 孙万寿编著. -- 南京 : 凤凰出版社, 2018.12（2019.5重印）
ISBN 978-7-5506-2868-7

Ⅰ. ①郑… Ⅱ. ①孙… Ⅲ. ①郑板桥（1693-1765）－对联－鉴赏②郑板桥（1693-1765）－印谱－鉴赏 Ⅳ. ①I207.62②J292.41

中国版本图书馆CIP数据核字(2018)第262519号

书　　名	郑板桥对联印章汇说
编　　著	孙万寿
责任编辑	顾　娟
装帧设计	姜　嵩
出版发行	凤凰出版社(原江苏古籍出版社) 发行部电话025-83223462
出版社地址	南京市中央路165号,邮编:210009
出版社网址	http://www.fhcbs.com
制　　版	南京新华丰制版有限公司
印 刷 者	南京新世纪联盟印务有限公司 南京市江宁区诚信大道88号华瑞工业园7栋,邮编:210017
开　　本	787×1092毫米　1/16
印　　张	15
字　　数	293千字
版　　次	2018年12月第1版　2019年5月第2次印刷
标准书号	ISBN 978-7-5506-2868-7
定　　价	68.00元

(本书凡印装错误可向承印厂调换,电话:025-84238566)

板桥先生行吟图

郑燮，字克柔，江苏兴化人。乾隆元年进士，官山东范县知县，调潍县，以请赈忤大吏，乞疾归。少颖悟，读书饶别解。家贫，性落拓不羁，喜与禅宗尊宿及期门子弟游。日放言高谈，臧否人物，以是得狂名。及居官，则又曲尽情伪，餍塞众望。官潍县时，岁歉，人相食。燮大兴修筑，招远近饥民赴工就食。籍邑中大户，令开厂煮粥轮饲之。有积粟，责其平粜，活者无算。时有循吏之目。善诗，工书画，人以"郑虔三绝"称之。诗言情述事，恻恻动人，不拘体格，兴至则成，颇近香山、放翁。书画有真趣，少工楷书，晚杂篆隶，间以画法。所绘兰竹石亦精妙，人争宝之。词吊古摅怀，尤擅胜场，或比之蒋士铨。内行醇谨，幼失怙恃，赖乳母教养，终身不敢忘。所为家书，忠厚恳挚，有光禄《庭诰》《颜氏家训》遗意。晚年归老躬耕，时往来郡城，诗酒唱和。尝置一囊，储银及果食，遇故人子及乡人之贫者，随所取，赠之。与袁枚未识面，或传其死，顿首痛哭不已。著有《板桥诗钞》。

——《清史列传·文苑传·郑燮传》

郑燮，号板桥，乾隆元年进士。知范县，爱民如子。绝苞苴，无留牍。公余辄与文士觞咏，有忘其为长吏者。调潍县，岁荒，人相食。燮开仓赈贷，或阻之，燮曰："此何时？俟辗转申报，民无孑遗矣。有谴，我任之。"发谷若干石，令民具领券借给，活万余人。上宪嘉其能。秋又歉，捐廉代输。去之日，悉取券焚之。潍人戴德，为立祠。燮生有奇才，性旷达，不拘小节，于民事则纤悉必周。尝夜出，闻书声出茅屋，询知韩生梦周，贫家子也。给薪水助之。韩成进士，有知己之感焉。官山东先后十二载，无留牍，亦无冤民。乞休归，囊橐萧然，卖书画以自给。文宏博雄丽，诗宗范、陆，词尤工妙。书出入汉隶中而别开生面。以余事写兰竹，随意挥洒，笔趣横生。其需次春明也，慎郡王极敬礼之。一缣一楮，不独海内宝贵，即外服亦争购之。著《板桥诗钞》诸书。

——刘熙载等《重修兴化县志·人物志·仕迹》

序

刘春龙

兴化，人文荟萃，文化底蕴深厚，2001 年被评为江苏省历史文化名城，如今又在积极申报国家历史文化名城。从古至今，这里文风昌盛，名贤辈出，著书立说者甚众。《水浒传》《封神演义》作者皆出于此，《西游记》亦与兴化渊源颇深。在如此深厚的文学土壤中，对联文学作为雅俗共赏、老少咸宜的文学样式，尤为人们喜爱。兴化的对联文学很发达，民间制联、书联、贴联，蔚然成风，长盛不衰。作为兴化人的郑板桥，亦对撰联情有独钟，一生创作、书写的对联数量众多。他才思敏捷，下笔独出机杼，所撰对联不落俗套，常于平常物事中看出不平常，如“青菜萝卜糙米饭，瓦壶天水菊花茶”“室雅何须大，花香不在多”等佳联，令人耳目一新，回味无穷。

印章，本为取信之物，后来，除日常应用外，又多用于书画题识，遂成为我国特有的艺术形式之一。明清以来，兴化书画家代不乏人，且大家众多，他们大多善书善画又善治印，书画印相辅相成。郑板桥是其中的佼佼者，他治印成就斐然，位列“雍嘉七子”之一，“印史”中多有论述，给予很高评价。板桥先生“诗书画三绝”，有人说，如若加上“印”，可谓是“诗书画印四绝”。

本书名为《郑板桥对联印章汇说》，集中介绍郑板桥对联和印章，这一选题可谓独具慧眼。作者孙万寿先生，是兴化地方文化研究者之一。他在市实验小学任副校长的时候，有感于学生不知家乡历史，不晓家乡先贤，坚持给孩子们讲述兴化的历史和文化。为了让更多孩子了解郑板桥的为人、为官之道，了解郑板桥的文学、艺术创作，以传承优秀的传统文化，弘扬先贤风范，他还和何伟俊先生一起编写了《郑板桥读本》（2011 年正式出版）。他对衣胞之地的文化高度认同，满腔深情，认真挖掘与讲述，深深感动了我。这也是我答应为这本书写序的感情因素。

我是土生土长的兴化人，长期在宣传文化部门工作，对兴化文化虽不能如数家珍，却也粗知略晓。兴化文脉之深远流长，常令我叹为观止。正因为此，挖掘整理兴化文脉，研究如何将人文资源与社会经济发展紧密结合，显得尤为重要。这是一个非常值得研究的课题，也是宣传文化部门义不容辞的责任。可喜的是，如今，兴化文化研究的队伍正一天天壮大，上至耄耋老者，下至青春少年，市内市外，兴化人，非兴化人，兴化地方文化正被越来越多的人所青睐。

郑板桥先生，是水乡兴化永久保鲜的文化名片。他的诗歌、散记、小唱、题跋、题画诗、绘画和画论，以及对联和印章，无不内涵丰满，思想深刻，闪烁其光。任选其中一点，任定一个视角来整理和研究，都不会让你“歉收”。可能因为与板桥先生同乡，本书作者考辨、赏读、品鉴对联印章之文字，无不饱含深情，读者似可借品评文字走进板桥先生的灵魂世界。

《郑板桥对联印章汇说》向读者介绍了板桥先生的对联 211 副，作者自称为当前国内搜集数量之最，我虽不敢苟同，但觉得这个“211”已然不是小数。又介绍了印章印文 139 条，印迹 140 方。从这些数字里我能够体会到作者搜罗、扒剔的辛苦。再从欣赏、品评文字看，可观者比比皆是。尤令我欣赏的是那些有理有据的考证性文字和见解独到的思辨性文字。还有那些异于常论、自出己意的理解和品鉴，我虽不能完全赞同，但却被作者自圆其说的智慧和勇气折服。

郑板桥有诗云：“衙斋卧听萧萧竹，疑似民间疾苦声。些小吾曹州县吏，一枝一叶总关情。”习近平总书记多次引用这首诗来教育党员干部想人民之所想，急人民之所急。作者在本书前言里说，在他看来，郑板桥的对联和印章“一联一印总关情”——关乎对人、对民、对家乡的深情。读完作者送给我的 15 万多字打印稿，我对这个理解深表赞同。

对这本书的出版，我满怀期待和祝贺！

是为序。

2018 年 8 月 18 日

（作者为中共兴化市委常委、宣传部部长）

前言

一“联”一“印”总关情

——《郑板桥对联印章汇说》前言

凡吾画兰、画竹、画石，用以慰天下之劳人，非以供天下之安享人也。

——郑燮

一

我国现代艺术大师、著名画家徐悲鸿1948年初冬曾在好友所藏的板桥先生的一幅《兰竹图》（无锡市文化局藏《兰竹石》轴）上题云：“板桥先生为中国近三百年来最卓绝人物之一，其思想奇、文奇，书画尤奇。观其诗文及书画，不但想见高致，而其寓仁慈于奇妙，尤为古今天才之难得者。”

毛泽东，思想家、军事家、革命家、中华人民共和国的缔造者，又是一位书法大家，他对郑板桥的字有这样的评语：“你再看郑板桥的帖，就又感到苍劲有力。这种美不仅是秀丽，把一串字连起来看有震地之威，就像要奔赴沙场的一名勇猛武将，好一派威武之姿呵！郑板桥的每一个字，都有分量，掉在地上能砸出铿锵的声音，这就叫掷地有声啊。”

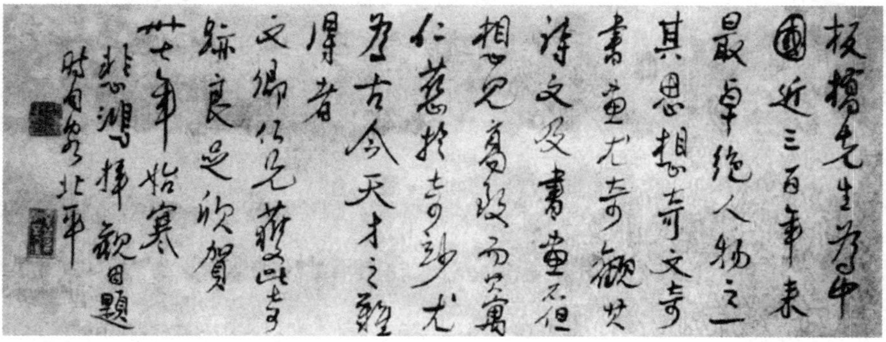

徐悲鸿（1895~1953）
评价郑板桥文字墨迹

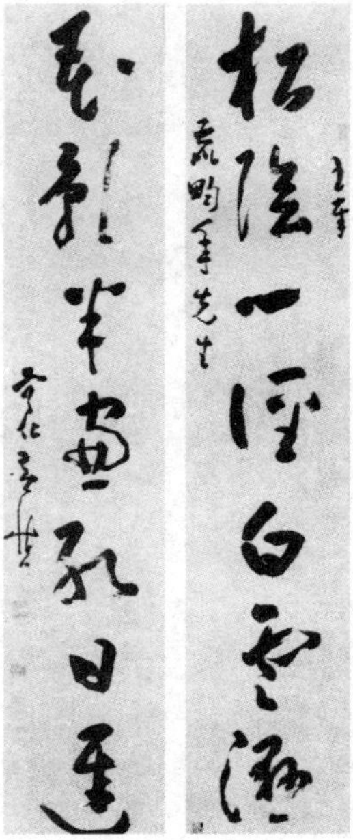

郑板桥好友、扬州八怪之黄慎（1687~？）对联“松阴一径白云湿；花影半帘红日迟”

习近平总书记在2014年的一次讲话中举郑板桥的例子，语重心长地告诫与会的干部心中要装着人民。他说：“清代郑板桥，以画家、文学家著称于世，长期在河南范县、山东潍县担任知县。他重视农桑、赈济灾民，案无留牍、室无贿赂、清正廉明，深得百姓拥戴，其诗句‘衙斋卧听萧萧竹，疑是民间疾苦声。些小吾曹州县吏，一枝一叶总关情’，成为千古流传的爱民心声。”

艺术大师徐悲鸿、伟人毛泽东、党的总书记习近平，从不同的角度对郑板桥表达了深深的赞誉。

笔者是板桥先生同乡后辈，十分景仰先生，青年时便开始读他的家书，诵他的诗词，爱他的书画，讲他的故事，钦羡先生的为人、为官。特别喜爱先生的对联和印章，平时只要看到介绍先生对联、印章的书籍、资料，都会买来阅读、辑来欣赏。2014年暑假，把搜集的先生对联和印章进行了整理，竟得对联211副，印章印文139条，印迹140方。兴之所至，又动笔写起对对联和印章加以解说、考辨、品评、鉴赏的文字，断断续续一年半方完成。同学、友人鼓励我，指导我，把这些文字集结起来，编成一本书，与人分享。我虽心有忐忑，但还是接受了鼓励和指导。

板桥先生的这些对联（墨迹）、印章（印迹）是笔者平时留心搜集、收集而来。研读、欣赏、考辨的文字则是笔者自己的感悟和理解。前者是一个汇集的过程，后者是一个理解和写作的过程。于是便想到了“汇说”两个字。用这两个字名这本书，我觉得最“切”我所做的事情。“汇”即搜集、收集，“说”即说出，表达自己的感悟和理解，是对对联和印章理一理、说一说、议一议、品一品、评一评、辨一辨……

二

对联，又称楹联、楹帖、联语、联句，俗称对子，是我国汉民族独创的一种文学样式。对联由上下句两部分文字构成，上句称上联，又叫出句，下句称下联，又叫对句。如“绿柳舒眉辞旧岁；红桃开口贺新年”，“绿柳”对“红桃”，“舒眉”对“开口”，“辞”对“贺”，“旧岁”对“新年”，上下联不仅字数相等，而且词类相当，这就是对联对仗工稳的特点。再如板桥先生的七字联“删繁就简三秋树；领异标新二月花”，除了对仗工稳，从声律上看，上联“平平仄仄平平仄”，下联“仄仄平平仄仄平”，正好上下句平仄相反，而且上联最后一字为仄声，下联最后一字为平声，符合对联格律的要求。由于这样的声律特点，对联读起来抑扬顿挫、和谐动听。再从内容上看，这两副对联，上下联所表达的意思紧密相连，意境或理趣贯通，珠联璧合。难怪有人说对联是“袖珍诗”“两行诗”。

据学者考证，对联艺术不但唐代已有，而且已经盛行，宋、元、明三代则是对联的发展与繁荣时期。宋代，对联开始用于文学作品（宋代的话本小说）。明初，由于皇帝朱元璋的提倡，对联得到一次很大的普及。“春联”这个名称，也是朱元璋提出来的。清代苏州人陈尚古《簪云楼杂说》载，朱元璋建都金陵（今南京）后，“除夕传旨，公卿士庶家，门上须加春联一副”。为了检查命令执行情况，朱元璋还“微行出观”。据说，他走到一条偏僻小巷，发现有一家门上还是空白，便问这家何敢违抗圣旨。当得知这一家是阉猪的，外出才回，还未请到人写时，不但

徐渭（1521~1593）对联“水夕苍蚊残夏扇；河间红树早秋梨”

赦免了这家的罪，还亲笔给这家题写了这样一副对联：“双手劈开生死地；一刀割断是非根。”这副对联，朱元璋以阉猪为题，抒发了自己打天下建明朝的惬意之情，写得很有帝王之气。过了几天，朱元璋又到这家门首，初见对联还未挂出，很生气；后听说这家认为对联是太祖御笔，已将其悬挂于中堂，烧香礼拜，这才转怒为喜，并赐这家 30 两纹银。

朱元璋还写了不少对联赠送给大臣，还为南京名胜题写了不少对联（名胜联）。由于朱元璋对对联推崇有加，亲自参与创作，于是上行下效，每年春节，家家户户都贴对联。久而久之，便成了一种生活的、文化的习俗。由于春联在官民间的推广与普及，整个对联艺术便蓬勃发展起来，出色的对联作家不断涌现，像解缙、徐渭、杨升庵、祝允明、唐伯虎诸人佳作很多。有明一代，联语世界繁花似锦。

到了清代，对联发展到了鼎盛时期，成为盛行全国、风靡官民的世风时尚。综合前人研究成果，这种鼎盛有七个明显的标志：一是对联越写越长，越写越巧；二是应用范围扩大、普及；三是对联种类多样化、争奇斗艳；四是对联内容广泛深刻，写景状物，抒情言志，述史记事，哲理格言，斗智弄巧，应有尽有；五是对联的艺术达到了纯熟、完美的境界；六是涌现了一大批对联大师，创作了难以计数的对联作品（板桥先生也是大师之一）；七是关于对联的书籍如雨后春笋一册一册问世。中南大学教授、楹联学家余德泉认为：清代的联书，从已见的目录看，已有好几百种，如果将各地图书馆与私人收藏尚未流行的刊本和抄本都发掘出来，估计有千种以上。对联数量，见诸文字者，不下数十万副，且质量高者居多。

对联在清代如此登峰造极，不仅为其前其后的时代所未有，与同时代的其他文学形式相比，其艺术成就也是非常突出的。因此，若谓清代以对联最为发育，并以“清对联”同“唐诗”“宋词”“元曲”“明小说”并论，也不过分。

板桥先生生活于清朝康乾盛世，不得不受这种文化的影响，再加上先生在扬州（其时兴化县属于扬州府）一带生活，扬州书画艺术商品化率全国领先，这又催生了扬州书画家对对联的创作与售卖。扬州八怪诸人，都很在意且精于对联创作，都是绘画、写字、治印、书联兼擅。

尽管对联在清代发展到了鼎盛，但它还是不能登中国正统文学之殿堂。已故著名学者、南京大学教授程千帆（1913~2000）在《关于对联》一文中说：“对联本应该在文学史中占有一席之地，但不知为什么，却被我们的文学史家们一致同意将它开除了。这恐怕是文艺界应当平反的错案之一。”像《徐文长集》《郑板桥集》，作者都是对联大家，一生留下许多名联佳对，可是他们文集里却都没有收入他们的对联作品。研究者们引以为憾。直到郑板桥研究专家、南京大学教授卞孝萱先生编《郑板桥全集》（20 世纪末）才收录对联 66 副。

笔者在 20 世纪 80—90 年代，对板桥先生的对联及对联故事产生兴趣。1992 年购得任祖镛先生的《板桥对联 · 故事赏析》（山西人民出版社 1990 年 2 月第 1 版），爱不释手。此后，凡遇到板桥先生对联及对联方面的故事、资料，都一律摘录、购买，供自己赏玩，至今不辍。截至 2014 年暑假，笔者整理了多年积累的板桥先生的对联资料，竟得对联 211 副。当时自己很兴奋，以为收集先生对联最多的人是我（现在想想，实在浅薄）。邑人任祖镛先生的《板桥对联 · 故

唐寅（1470~1524）对联“小亭结竹流青眼；卧榻清风满白头”

郑板桥好友、扬州八怪之金农（1687~1763）对联“奇书手不释；旧友心相知”

事赏析》赏析了 101 副对联，其中朱祖谋《椗鞠录》中的 3 副集句联不能算是先生作品，实际只有 98 副对联。邑人刁骏先生的《郑板桥对联辑注》（上海文化出版社 1991 年 4 月第 1 版）辑注对联 154 副，其中《李鱓诗联》是《怀李鱓》这首诗的颈联，不能算作先生的对联作品，“乡里鼓儿乡里打；当方土地当方灵”重复，实际只有 152 副。党明放先生的《郑板桥对联赏析》（岳麓书社 2006 年 9 月第 1 版）赏析了 174 副对联，其中有 14 副录自板桥先生律诗的颔联或颈联，还有 2 副后人集句联，这 16 副都不能算是先生的对联，实际也只有 158 副。扬州丁家桐先生(《绝世风流・郑燮传》的作者）说：“板桥所书之联，社会上流传者不下百副，可考确为板桥手笔者亦不下数十副，诸体皆备，姿态万千。多警语，亦多幽默感。”这恐怕是保守的说法，因为凭笔者浅薄学力尚能收集 211 副呢！

笔者收集的这 211 副对联中，有的是笔者首见，任何“郑书”里都没有介绍过。如：题山东济南曲水街曲水亭的对联“几株垂杨，一弯流水；三椽茅屋，两道小桥”；题扬州何园寄啸山庄联“枇杷黄柑绿李；蓬莱员峤方壶”；还有拍卖会上的拍品墨迹联“重帘不卷留香久；古砚微凹聚墨多”“大道母群物；达人腹众才”等。有的是板桥先生对联专书里没有介绍过的。如：赠坦夫老寅长兄联“君子易做；小人难为”；墨迹联“棋琴随所好；宾主澹无言”；墨迹联“百年障眼书千卷；四海资身笔一枝”等等。笔者觉得这是自己对郑板桥对联赏析与研究在集联数量上的小小贡献。

“汇说”二字，第一要“汇”，第二要“说”。“说”先生对联的时候，笔者注意了以下几点：

首先“说”清楚对联的出处。能够找到墨迹作品的，则把作品墨迹录进来。读者得见对联“真身”，既可以欣赏对联的内容，也可以欣赏对联的书法艺术。“君子易做；小人难为”一联墨迹，见于北京体育大学出版社《郑板桥书法集》（2010年5月第1版）；“白沙泉煮穿心罐；黄连香烧索耳炉”一联墨迹见于2013年12月23日荣宝斋（上海）拍卖有限公司的2013秋季大型艺术品拍卖会“书林撷英——中国书法五百年”专场拍品（许姬传先生藏品，成交价103.5万元）。一般人熟知“春风放胆来梳柳；夜雨瞒人去润花”一联，殊不知先生还有“飘风作态来梳柳；细雨瞒人去润花”一联。梁章钜的第三子梁恭辰所编《楹联四话》卷五“杂缀”篇记载这副对联：“仁和马庆孙者，秋药太常之犹子也。襆被来粤，舟出豫章，夜泊生米潭，遂为盗劫，行李一空。时刘兰簃方建臬（niè）南昌，马趋控之，所呈失单，不过书画玩物，刘嗤之，马作色曰：‘失单中有郑板桥楹联，先人性命宝也，务乞追偿，他则唯命是听。’刘悯其愚，檄县严缉。未三日，果于货担间得之。其联曰：‘飘风作态来梳柳，细雨瞒人去润花。’刘流连视之，笑曰：‘无怪乎老之龂龂（yín）也。’”

其次“说”一点考辨意见。“蜿蜿蜒蜒路；晶晶玲玲泉”“玲玲珑珑窍；孔孔洞洞山”二联，一般人都说是题南京半山亭的对联。查南京山、园、亭等资料，南京有半山园，园中有半山亭，但亭周围没有对联中所描写的地形地貌。笔者大胆提出，此二联不是题南京半山亭联，而是题山东孟子故里邹城峄山的对联。板桥先生在山东潍县任知县，曾游览邹城峄山，应邀题联是十分有可能的。乾隆十八年（1753）端阳节，板桥先生曾来到孟子故里访圣，孟子第65代嫡孙孟衍

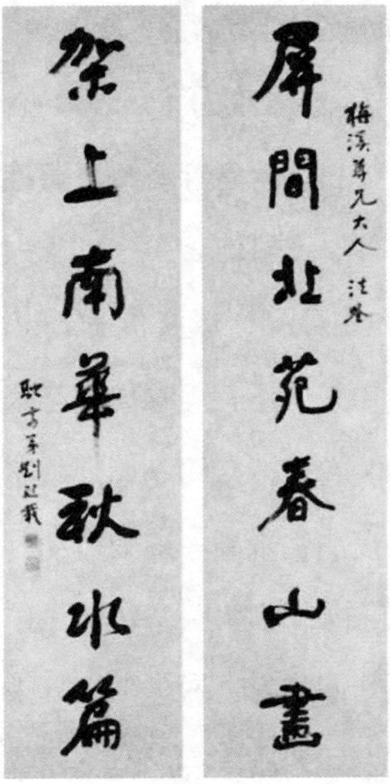

郑板桥同乡，兴化刘熙载（1813~1881）
对联“屏间北苑春山画；架上南华秋水篇”

泰和邹城士绅接待了他。先生首先拜谒了孟庙、孟林，然后登上峄山，还写下了“霁日华天远，百花簇四环。静灵台一歌，方悟吾辈晚”的诗句（邹城孟子故里孟子纪念馆资料）。峄山上奇峰怪石，陡峭峻拔，岩洞幽深，且多松柏清泉。循盘道登山，沿途多怪石、巧石，使人叹为观止，如龟、如鱼、如兔、如冠、如丸，子孙石、元宝石、骆驼石、鹦鹉石、八卦石、虎皮石、左龟石、试剑石、卧虎石、思亲石、探海石等千姿百态，嶙峋兀立。山上，磊磊巨石之下，有许多天然洞穴。据考察，有名洞穴 144 个。最著者如白云洞、居龙洞、盘龙洞、隐仙洞、石鼓洞、妙光洞等。诸洞大如广庭，小如斗室，纵横通达，曲径通幽，深邃莫测；且洞多有泉水，每每东北风起，百泉涌涨，云气汹涌，“峄山戴帽”，大雨来到，其情景尤似仙山。先生对联所写极符合峄山的地形地貌。《板桥诗钞》里有一首《峄山》诗，也描写到了这样的山峰奇景。

再次“说”字、词、联大意，免去读者查阅词典、检索句意之劳。对词句梳理偶有不同于定论的，笔者尽力自圆其说。如：“雷文古鼎八九个；日铸新茶三两瓯”一联，大家都说是先生游历浙江日铸山时为日铸山所题。笔者觉得，如果此联为日铸山所题，那么上联就不好解释了。兴化明清之时城内商铺多矣，茶叶店一定不会少。卖茶一定要用到存放茶叶的罐子，上联中的“雷文古鼎”笔者觉得是指存放茶叶的工具。日铸山以产茶著称，所产之茶即以“日铸”为名，日铸新茶，即日铸山出产的新茶。这样解释，上下联连起来咀嚼，句意贯通，毫无滞涩难解之处。由此，笔者提出此联不是题日铸山，而是为兴化某茶叶店题写（据说此联拓片藏兴化郑板桥纪念馆）。上联写的是店铺或居室陈设，显示主人的高雅；下联写的是日常生活，显示主人的脱俗。

第四“说”对联的创作妙处，欣赏对联的艺术，供读者审美之需。如：题兴化柳园联“北迎拱极，西接延青，共分得一池烟水；春步柳堤，秋行蔬圃，最难消六月荷风”，巧于运筹，在短短数语里融进了偌大的空间（北、西）和绵长的时间（春、秋），使人一读便能够想见柳园胜概。“草因地暖春先翠；燕为花忙暮不归”一联，用拟人，写得天然成趣，生机盎然。“燕为花忙”又是双关语，既描写初春景致，又打趣园主人江秩文混迹于梨园弟子中间。先生曾在《板桥偶记》里亲记江秩文对这副对联的喜爱：“江郎喜曰：‘非惟切园亭，并切我。’”“白菜青盐粯子饭；瓦壶天水菊花茶”一联，罗列 6 种生活物品，构成简朴的生活画面，表达先生的生活情趣。所“说”的这些文字，记录的是笔者读联的感受和感悟，点到为止，意在与读者分享，互相启发。

第五“说”对联的内容旨归。板桥先生对联内容极其丰富，是丰厚的思想和艺术双绝的文化瑰宝。

有的对联，再现了当时社会的风尚，揭示了当时社会生活的现实。如：“千家养女先教曲；十里栽花算种田”，从教授女子唱曲、栽花卖花两个点上侧面描写了扬州的繁华，也婉讽了扬州的时弊。“须要小心；不可大意”“世道不同，话到口边留半句；人心难测，事当行处再三思”，曲折地揭示当时大兴文字狱，压迫知识分子的黑暗朝政。

有的对联，描写大自然的胜景，思接千载，神通万里，时空阔大绵长，表现了板桥先生超强的制联艺术。如：题中堡蜈蚣湖联“半湾活水千江月；一粒沉沙万斛珠”，小中见大，以一当十，描写了波光粼粼、湖产丰饶的湖水。题杭州西湖联“近水短桥皆画意；远峰晴雪有诗无”，

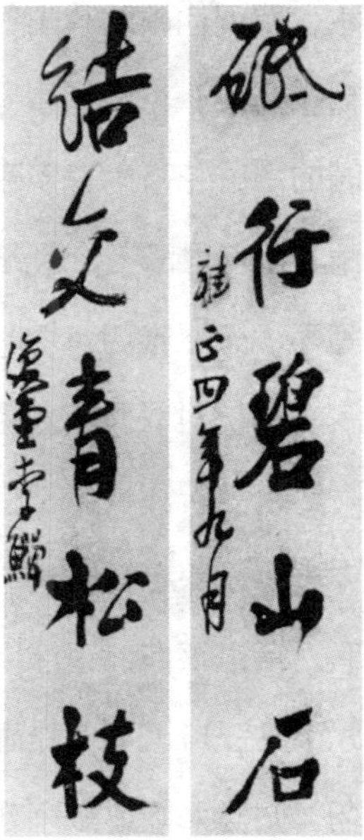

郑板桥好友、扬州八怪之李鱓（1686~1756）对联“砥行碧山石；结交青松枝”

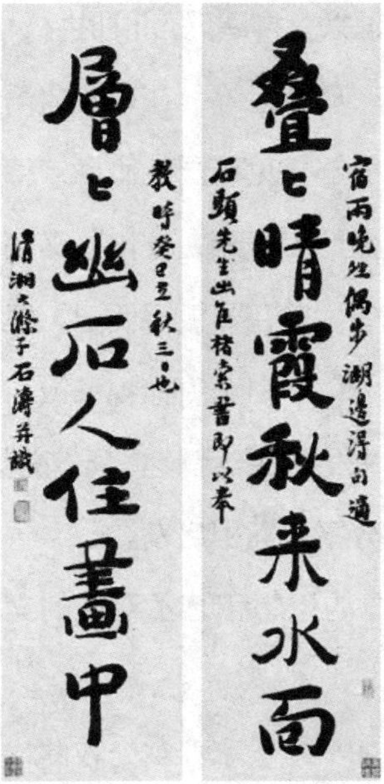

石涛（约 1630~ 约 1724）对联“叠叠晴霞秋来水面；层层幽石人住画中”

则用近镜头定格短桥，用远镜头摄入未融白雪，顿使西湖美景呈现于前，景中含饱满、浓郁的诗情画意。“霜熟稻粱肥，几村农唱；灯红楼阁迴，一片书声”“一庭春雨瓢儿菜；满架秋风扁豆花”“六七月间无暑气；二三更后有渔歌”三副对联十分传神地再现了简朴、悠闲，充满生活气息的农家渔家生活场景。

这类对联中，有为名胜古迹、园亭楼阁题写的，大多紧扣题写对象的特征，寥寥数语，神来之笔，绘就一幅清新、自然、明丽的山水亭台图卷。如：为镇江焦公祠题写的“苍茫海水连江水；罗列他山助我山”；为镇江焦山海若庵题写的“楚尾吴头，一片青山入座；淮南江北，半潭秋水烹茶”；题扬州瘦西湖小金山的“汲来江水烹新茗；买尽吴山作画屏”；题山东潍县南松废园的“屏花蓄雨春还丽；水槛临风晚更佳”；题山东潍县复园的“倚树听泉，任天而动；看花濯雨，得气之清”；题潍县县署静俭斋的“雨过风恬，满目养花天地；渊涵珠润，十年闭户功夫”，等等，无不雅切，切时、切景、切事。

有的对联，表达板桥先生对人生的感悟，对美好人格、精神、生活的追求。“操存正固称完璞；陶铸含弘若浑金”“格超梅以上；品在竹之间”“君子易做；小人难为”“栽培心上地；涵养性中天”“深心托豪素；努力爱春华”等就是这类对联。“欲求寡过偏多过；且喜藏书未卖书”一联，话语平白，语涉诙谐，暗藏机锋，启迪后人顺其自然，由着天性，诸事不要违背内心真实的愿望勉强自己。“作画题诗双搅扰；弃官耕地两便宜”一联，洋溢着书卷气，抒写了先生厌恶官场，归隐书画，亦读亦耕的人生情怀。

有的对联，表达先生对治学、艺术的理解和主张，充满了创造性和辩证精神。“花香不在多；室雅何须大”一联启示人们，艺术要创造典型，摒弃芜杂，以少胜多，以小驭大，凸显精华。“读书从剸齿而入；作文以生辣为先”一联议论读书的方法——从剸齿而入，作文的风格——以生辣为先，烛照“路人”，引导光明，走向智慧。“隔靴搔痒赞何益；入木三分骂亦精”一联，表达了板桥先生对文艺作品品评、鉴赏、评论的见解。上联指出，赞赏、好评一篇文章、一幅书画、一方印章，倘若抓不到“要害”，说不明白可点赞的地方，就决不能给读者、作者带来帮助。下联指出，评论文章、书画、金石的不足和错误，只要实事求是，以理服人，只要切中肯綮、击中要害、鞭辟入里，即使言辞尖锐、词句激烈一些，也会使人心服口服，“骂”出来的也是精品。这是极深刻的艺术见解。“删繁就简三秋树；领异标新二月花”“书从疑处翻成悟；文到穷时自有神”则耐人咀嚼，充满睿智，放射理性的光芒。

有的对联，或题赠亲朋好友，或挽亲朋好友，无不感情真挚，恰到好处，既不谄媚、巴结，也不虚应故事、虚与委蛇。“书似安石大哥”的对联“白菜青盐粯子饭；瓦壶天水菊花茶”（安石，即袁安石，板桥先生亲家翁，先生的二女儿嫁给袁安石的儿子袁继周），写得清新、朴质，体现了板桥先生在清贫生活中仍然积极向上的乐观精神和崇尚自然的生活情趣，这是与亲家翁敞开心扉、交流思想。赠焦山长老联“花开花落僧贫富；云去云来客往还”，充满禅机，既与长老交流，颂扬长老超然的人情僧品，又开示他人，不要人为背负名利、富贵之累，要循自然之道，勇于放下，豁达自如，甘于淡泊，当下心安，写得切人、切情。

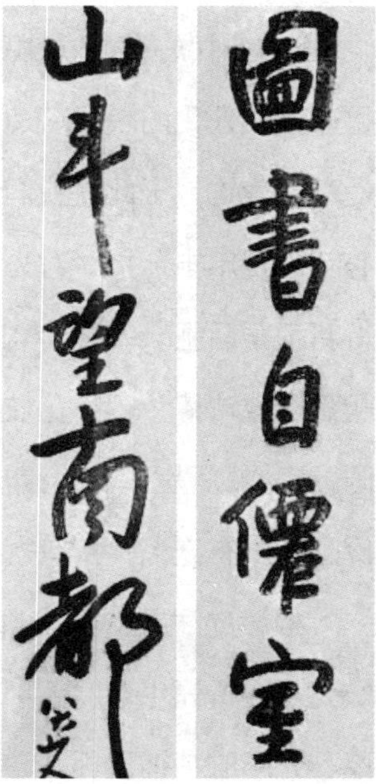

八大山人朱耷（1626~1705）对联

“图书自仙室；山斗望南都”

再如挽乳母联，“一饭尚铭恩，况负抱提携，只少十月怀胎；千金难报德，论人情物理，也应泣血三年”。“一饭”“负抱提携”是概写乳母抚育先生所做的种种，“只少十月怀胎”是说乳母视先生如己出，疼爱有加。“铭恩”是说永远记住乳母的恩情。“千金难报德”是说报答乳母是用金钱无法表达的，为乳母“泣血三年”仍属于“人情物理”，情所应当。此联表达先生一辈子报答不了乳母的抚育之恩的深情，感荡心灵，催人泪下，把先生的真性情、良心至诚呈现于文字之中。

有的对联，直抒胸臆，表达性情，有人把先生的这类对联视为“自题述怀”，为自己题写，是一种私人化的表达。请看：自题书斋联“伴我书千卷；可人竹一丛”，直白地告诉世人，先生爱书、爱竹，于此联我们看到先生的精神世界里那种超乎一般人的追求。“过眼寸阴求日益；关心万姓祝年丰”抒写对光阴易逝的感慨，对百姓年丰人欢的祈祷与祝福。“拈来旧稿花前改；种得新蔬雨后肥”“贫不卖书留自读；老犹栽竹与人看”“书有未曾经我读；事无不可对人言”“醉题蕉叶成诗稿；闲折花枝当酒筹”等对联抓住生活细节，表达生活感悟。自题书室联“诗酒图书画；银钱屁股□”，自题述贫联“人贫双月少；衣破半风多”，则是冷眼观世界，热心抒情怀，冷幽默中有诙谐，别有寄托，耐人寻味。

板桥先生是对联大师，读先生对联，我们觅到了一条直抵先生心灵的捷径。读者诸君，不妨先从赏析先生对联入手，窥其堂奥，了解先生，进而再读先生其他的文字，进入先生博大、丰厚、光明的精神世界。

三

印章，一种与中国书法、绘画密不可分的艺术样式，它把雕刻和书法有机地融合进方寸世界之内。中国印章是汉族传统文化的代表之一。印章种类繁多，基本上可分为官印和私印两类。官印，官方所用之印章。封建王朝时的官印由皇家颁发，代表权力，以区别官阶和显示爵秩。官印一般比私印大，谨严稳重，多四方形，有鼻纽。私印，官印以外印章之统称。私印体制复杂，可以从字意、文字安排、制作方法、治印材料以及构成形式上分成各种类别。印章具有较高的美学价值，集中表现为印章的艺术美和印章的材质美。

中国绘画发展到明清，把印章作为书画的重要组成部分，已成定式。一幅好画，从艺术上来说，主要从三个方面来看：一是画本身，如风格、构图、笔墨、色彩。二是落款，如位置、字体、大小，与画本身搭配的一致性，书法水平等。三是印章，如风格、大小、流派、阴阳文印章的搭配、盖印的位置、印文内容与书画的统一。明清以来，一个全面的画家，一般都有书画的理论修养，通晓书法、画法、篆刻，而且具有娴熟的技法。他们不仅精书画，而且自己也会治印，使用的印章能与自己的绘画作品相匹配，达到完美的和谐、统一。像“扬州八怪”诸人大抵书、画、印兼长。

板桥先生也是这样一位杰出的“诗、书、画、印四绝”的书画家。

笔者 25 岁始读先生全集，尤喜先生家书、对联和所填之词，至今情深趣浓。近 50 岁时爱上了先生的印章，着力搜集先生印章。先是关注印文，慢慢觉得喜爱印章必须欣赏印迹，于是留意搜集印迹。对先生印章的感悟和理解，使笔者又从一个角度进一步认识、理解、崇敬板桥先生。现在，把近五六年搜集的先生印文印迹加以汇集，并逐印品评，记下自己的感悟。

世界书局 1935 年版《郑板桥全集》收录板桥先生书画印章 35 方；商务印书馆 1940 年版王季铨、孔达《明清书画家印鉴》收录 27 方；文物出版社 1987 年版《中国书画家印鉴款识》收录 95 方。笔者收集到的板桥先生印章印文 139 条，印迹 140 方。有的印文，没有找到相应的印迹；有的 1 条印文不止 1 方印迹，如“雪浪斋”有 2 方，“七品官耳”有 3 方，“二十年前旧板桥”有 3 方，“荥阳郑生”也有 3 方。“克柔”笔者收集到 7 种印迹，“板桥”收集到 8 种印迹。

139 条印文中，单字印文 3 条，双字印文 29 条，三字印文 20 条，四字印文 42 条，五字印文 10 条，六字印文 8 条，七字印文 15 条，七字以上多字印文 12 条。这些印章绝大多数都是放在先生手边备用的，其中有几方是为别人治刻的。

140 方印章印迹中，单字印迹 8 方，双字印迹 39 方，三字印迹 20 方，四字印迹 34 方，五字印迹 12 方，六字印迹 5 方，七字印迹 14 方，七字以上多字印迹 8 方。

从数量上来看，板桥先生用印不可谓少。先生印章中精品较多，一幅书画作品常常钤几颗印章，这就使本来“诗书画三绝”的书画作品，变成了“诗书画印四绝”的杰作。难怪当时乃至后世之人如此这般地追捧先生的书画作品。

板桥先生印章绝大部分为自己所刻。阮充（1862~1892，扬州仪征人，阮元从弟，善篆刻）

的《云庄印话·印人诗事》有云："板桥曾为先祖制'学圃'石印，并绘赠墨竹巨幅，题云：'新竹高于旧竹枝，全凭老干为扶持；来年更有新生者，十丈龙孙绕风池。'惜未入集中。"无锡人秦祖永（1825~1884）在《桐阴论画》卷下"书画名家"中说先生"善刻印，印章笔力朴古，接近文何（明末篆刻家文彭及其弟子何震，笔者注）。"这两则资料十分明确地告诉了我们板桥先生长于刻印。

郑板桥研究专家、南京大学已故教授卞孝萱先生编著的《郑板桥全集·卷八文钞二》里有两则短文，一为《题程邃印谱》，一为《"英雄本色"印跋》，所题都跟印人、印事有关。如果板桥先生不懂治印，怎么能为印人和印事题词、作跋?

现代书法家、篆刻家邓散木（1898~1963）著《篆刻学》"上编·第三章别派"曰："浙派。开浙派者丁敬，远承何雪渔，近接程穆倩。人谓：'入清以来，文、何旧体，皮骨都尽，皖派诸子，力复古法，而古法仅复，丁敬兼撷众长，不主一体，故所就弥大。'盖丁氏力追古贤，而不肯墨守汉家成法，所见既远，所就自大。踵丁氏而起者，有金农、郑燮、黄易、奚冈、蒋仁、陈鸿寿。除板桥外，余皆杭人，共丁氏称雍嘉七子。"

踵"雍嘉七子"后，浙派流绪绵长，又有西泠印社。西泠印社仰贤亭中有1914年吴隐集刻的二十八家《印人画像》，均为浙、皖派名家，板桥先生名次第四。中有《板桥道人小影》和题跋（见下页图），对板桥先生篆刻评价很高："道人刻印，兼书画之精神，而直追汉与秦，其醇厚与疏宕，殆仿佛其为人，宜乎业不多觏，是固希世之珍。"

杭州西泠印社内仰贤亭题名匾

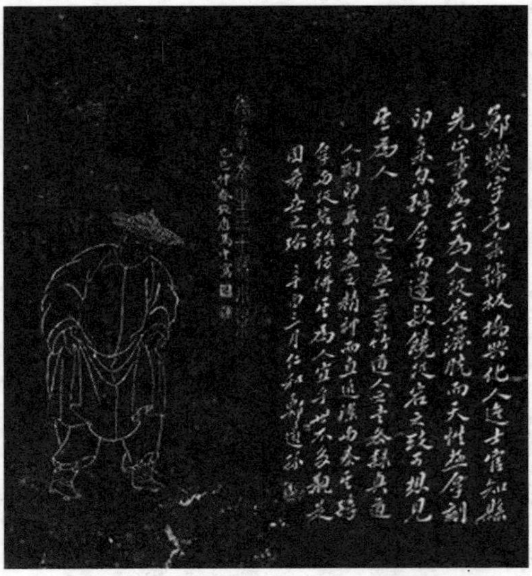

上面这两则材料说明，板桥先生不仅会治印，而且技艺不凡，名列浙派，与另外六位大家合称“雍嘉七子”。今人杨谔（南通市书协副主席）说：“（板桥先生）自己擅长刻印，一生中又使用了那么多印章，主要由自己兴来时或需要时奏刀完成。何况，当时请人治印价格不菲，《扬州画舫录》有丁敬刻印的价格：‘每字白镪十金。’黄学圯（yí）《东皋印人传》卷上‘姜恭寿’云：‘游广陵，住蕃匣观，选《瓠尊集》，网罗天下名士，称一时之盛。尝摹汉铜印数百方，对之几有乱其真者。呜呼，可谓工矣！生平不轻为人作印，有以百金求篆而不得者。’即使是同好或刻字或以画相换，这么多印章，恐怕也来之不易，况且板桥又并不富裕，因此凭板桥的性格，恐主要由自己来操刀。”

为板桥先生刻印的人也有好多，先生在《四凤楼印谱》里作了详细的交代（见附录一《四凤楼印谱》），一共记录了 19 位印人。有的就是篆刻大家，如：高凤翰（1683~1749，清代著名画家、书法家、篆刻家，扬州八怪之一，山东胶州人）；高翔（1688~1753，字凤冈，清代著名画家、篆刻家，扬州八怪之一，江苏扬州人。篆刻与汪士慎、丁敬齐名）；潘西凤（1736~1795，清代康乾时期竹刻家、篆刻家。浙江新昌人，侨居扬州）；沈凤（1685~1755，字凡民，清代书画篆刻家，自言生平篆刻第一，画次之，字又次之。江苏江阴人）。因这四人姓名字号中有“凤”字，又是当时的篆刻家，故先生自己说——“板桥藏印，称‘四凤楼’，盖谓胶州高凤翰、扬州高凤冈、天台潘西凤、江阴沈凤也。”再如：丁有煜（1682~1764，字丽中，晚号个道人，清代著名书画家、篆刻家，南通州人）。这五人在当时就是书画、篆刻大家，与板桥先生为亦师亦友的关系，彼此间赠画题画、赠印刻印，互惠互利，相交甚契。

这五位篆刻大家为板桥先生治印，可见先生印章的艺术价值之高。书画作品上钤上他们刻的印章，当然锦上添花，商品价值亦随之抬升了。

活动于清代嘉庆、道光年间的如皋篆刻家黄学圯在所著《东皋印人传》中说："板桥道人图章，多出凡民手。时有《四凤楼印谱》，凡民而外，则胶州高西园凤翰，天台潘桐冈西凤，江都高翔凤冈也。竹木交错，石章亦少，晶玉皆无。不过十余页。圯幼时曾见之维扬中。"这则记录让我们知道了板桥先生印章的材质，有竹根，有佳木，石印不多，用晶玉治印则没有。这跟板桥先生诗书画印的艺术地位是不相称的。先生守着清贫，如此低调，怎不令人肃然起敬！

有人曾说过，板桥先生的印作主要取法于汉印，格调高古，布局轻重得宜，用刀凝重而又挺拔，如"麻丫头针线""借书传画"；有的又不乏轻快流利，如"燮何力之有焉"等可说是精彩之作。隶书印"樗散"也朴拙而有新意。还有人说先生的朱文印，有文彭的影子，没有文彭的婉转劲炼，运筹全局和驾驭线条的能力明显不够，如"思贻父母令名""歌吹古扬州"。还有一部分法汉之作，显得有些板滞缺乏生气，如"板桥道人""恶竹""富贵非吾愿"等。有的甚至还可以说是略显粗疏，如"爽鸠氏之官""古狂""师竹"等。

邓散木著《篆刻学》评价"雍嘉七子"说："自来拟秦汉印者，未解古人刀法，唯知侧姿取媚，驯至貌合神违。及歙派兴，以涩刀入石，而作风为之一变。至浙派乃纯用切刀，于涩中寓坚挺之意，而秦汉精神，跃然毕现，不可谓非印学功臣。或谓：'浙派用刀，与巴（巴慰祖，歙派篆刻

郑板桥好友丁有煜
刻"秋空一鹤"印

郑板桥好友沈凤
刻"闭门身在万山中"印

家，笔者注）、胡（胡唐，歙派篆刻家，笔者注）辈俱宗汉人，各得一体，歙阴柔而浙阳刚。’”板桥先生是“雍嘉七子”之一，“印学功臣”的评价当然也适用于他。后世能称“印学功臣”的人能有多少！

笔者认为，板桥先生所刻之印不但精致，别具一格，而且印文内容十分丰富，把他的身世、爱好、性格、志向、思想、艺术主张等都真实地描刻出来了，真可谓方寸中有乾坤，笔画里多性情。欣赏、研读板桥先生的印章为认识、研究板桥先生又开了一扇窗户，辟了一个视角。

兴化籍文化大家、复旦大学喻蘅教授（1922~2012）1980 年在当年第六期《复旦学报》（社会科学版）上发表了《〈板桥先生行吟图〉及其题跋》一文，文中说：“以上资料（作者列举的有关板桥先生印章的资料，笔者注）与《印册》（即《四凤楼印谱》，见附录一，笔者注）及周跋（行吟图上周榘的题跋，笔者注），则板桥印文至少已知有五十九方。其中直接表达他姓氏、世籍和政治身份的印文大约二十多方，其余三十多方虽为‘闲章’词句，有的具有深刻寓意，强烈反映了板桥不满当时社会现实和关心人民疾苦的进步思想。”这段话启发我们，研究先生印章必须挖掘印章的“深刻寓意”，理解并光大印章蕴藏的“关心人民疾苦的进步思想”。

单从印文看，先生印章的丰富性足以值得研读和欣赏。

姓、名、字印章。如：郑，燮，郑燮，臣燮，燮印，郑燮之印，郑燮信印，郑燮私印，克柔，郑板桥，板桥郑燮等。

号、别称印章。如：板桥，板桥道人，板桥居士，红雪山樵，潍夷长，海滨民，荥阳郑生，丙辰进士等。

雅称、谑称印章。如：俗吏，郑大，都官，郑风（疯）子，老画师，风尘俗吏，七品官耳，所南翁后，歇后郑五，爽鸠氏之官，古爽鸠氏之官等。

书斋、家族堂号、籍贯印章。如：橄榄轩，雪浪斋，燃藜阁，北泉草堂，书带草，瓜州，兴化人，扬州兴化人，歌吹古扬州等。

表达艺术主张的印章。如：师竹，师造物，骨常新，恃鬻耳，借书传画，老而作画，六分半书，臣师造物，不求甚解，麻丫头针线，诗绝字绝画绝，搜尽奇峰打草稿，心血为炉熔铸今古等。

人生自白的印章。这类印章，有的直抒胸臆，如：横扫，余力学文，敬常存伪，放情丘壑，海阔天空，游好在六经，富贵非吾愿，畏人嫌我真，画像颇占家事，青藤门下牛马走，一片冰心在玉壶，动而得谤名亦随之，恨不得填满了普天饥债等。有的表达出道家清静无为、回归自然的思想，如：以天得古，兰竹石癖，无数青山拜草庐，游思六经结想五岳，有数竿竹无一点尘等。有的表达出佛教慈悲向善的思想，如：随喜，直心道场，吃饭穿衣，欢喜无量，结欢喜缘，多种菩提结善缘，见人一善忘其百非等。

表达独特思想感情的印章。如：樗散，官独冷，江南巨眼，眼大如箕，思贻父母令名，俗吏之为之也，乾隆书画东封史，书被催成墨未浓，康熙秀才雍正举人乾隆进士等。再如：谷口，谷口人家，有竹人家，鹧鸪，婴宁，白笺，此玄鸟，桃花潭等，笔者则把它们归入书画戳记一类的闲章。

板桥先生为丁有煜（个道人）小照题的字

读“横扫”“风尘俗吏”“七品官耳”“直心道场”“私心有所不尽鄙陋”“畏人嫌我真”等印章，我看到了一个一生鄙弃权贵、不谋富贵、同情人民、厌恨不平社会的板桥先生。读“青藤门下牛马走”印章，我体会到七个字中所包含的先生的理想和心愿，以及他自愿拜在徐渭先生门下，情愿当牛做马、为奴为仆、虚心学习的态度。读“兴化人”“扬州兴化人”“瓜州”等印章，我看到了一个有情有义、不忘家乡、热爱家乡的先生。读“麻丫头针线”“鸡犬图书共一船”等印章，我又体会到先生的诙谐幽默、不随流俗、狂傲不羁的生活态度。

除了研读印文，还可以欣赏、品味先生的印跋。从印跋里体悟先生的思想和性情。比如“郑为东道主”一印，是他的好友兼弟子朱青雷刻的，刻好后，先生自己操刀加了“跋”：“舍郑以为东道主，板桥割去‘舍’字、‘以’字，便是自作主张。凡作文者，当做主子文章，不可做奴才文章也。”这句“跋”既交代了“郑为东道主”印文的来历，又表达了先生的文艺创作思想。再如：“充柔”一印，他作的跋文是：“贱字克柔，犀堂（高凤冈）刻作充柔，真成谬误，余亦宝而藏之，人亦爱而玩之。若俗笔，虽字字六书，丝毫无舛，我正不取。”这几句跋，叙述了“克柔”误刻成“充柔”一事，话语间传达出先生与好友高凤冈之间的挚深友谊。像这些跋语，多是真性情、自主张的自然流露与表达，妙趣横生。

板桥先生一幅书画作品上往往诗、书、画、印皆备。细细揣摩，你就会发现，每一方印章都不是随意钤上去的，先生的艺术趣味、审美思想在钤印过程中亦有所体现。中国民族艺术摄影出版社（2003 年 10 月第 1 版）《郑板桥书画集》下卷第 300 至 305 页，有天津艺术博物馆藏《兰竹图》册页（计六开），每开上都钤一颗印，分别为："此玄鸟""燃藜阁""乐旷多奇情""放情丘壑""郑燮""不求甚解"，且钤印的位置各不相同，无不因画而定，随遇而安。如第一开，画幅上画了一盆蒲草、一株兰，题画文字为："玉盎金盆徒自贵，只栽蒲草不栽兰。板桥。"只在"板桥"左侧钤一颗"此玄鸟"印，画幅里，蒲草密匝交错，兰叶五六、花二朵，形成对比。作品清新疏朗，疏密有致的美感扑面而来。该书上卷第211页，有中国台北"故宫博物院"藏《墨竹图》，钤印三颗：右下压角钤"七品官耳"（大印）、左题款"板桥"二字下钤"兴化人"（中印）、左下压角钤"此玄鸟"（最小印），印章大小相杂，全钤于画幅底部，左右呼应，给人坚实之感。整个画面左密右疏，左实右空，上部最空，劲竹凌云，势不可挡，生长之美，精神之美，洋溢画幅。该书上卷第211页，有中国台北"故宫博物院"藏《墨竹图》，钤印六颗：中上部题诗左侧钤"郑燮之印"（上）、"二十年前旧板桥"（下），右下压角钤"歌吹古扬州"，右侧题款"板桥郑燮"左侧钤单字印"郑"（上）和"燮"（下），左下空白处钤"青藤门下牛马走"。该书上卷第122页，有湖北博物馆藏《墨竹通景图》，钤印竟有七颗。真是：只钤一颗，不嫌少，不显单薄；钤了六七颗，不嫌多，不臃肿，不堆砌。少者，以一当十；多者，恰到好处，无不匠心独具，与画、与题诗、与题款，和谐统一，美不胜收。

现代画家、教育家、艺术大师潘天寿先生（1897~1971）说过："艺术性之高度，是建立在艺人品德上、天才上、学养上，而非建立在艺人题材之对象上。"这话用在板桥先生身上，是再恰当不过。只要稍微了解板桥先生的生平、读书、绘画、书法、篆刻、为官为人，你就会觉得

郑板桥好友潘西凤
刻"白发多者故人少"印

郑板桥好友高凤翰自刻印

在康雍乾时代出来一个“郑板桥”，绝非偶然，而是先生品德、学养之个人因素和时代风尚之所必然。

在《〈板桥先生行吟图〉及其题跋》一文最后，喻蘅先生说：“板桥在诗书画三绝外，还有篆刻一绝，否则何能与明代篆刻祖师文彭、何震以及清代浙、皖诸派大师们比美？可惜我们今天缺少板桥篆刻可供鉴赏和研究其风貌（原文原句如此，笔者注），也难以从上述《印册》所列十九家手笔之外，把属于郑氏手刻的作品确切地鉴定出来，一代大师的篆刻作品，竟然就泯，未免十分遗憾。”笔者所作的“印章汇说”，或许能够弥补喻老所说的遗憾！

总之，板桥先生的每一枚印章都称得上切性、切地、切时、切事、切景，匠心独运，绚丽多姿，妙趣无穷，发人深思，是一笔丰厚的文化、艺术、思想精神的遗产，值得我们细细品味、研读、玩赏、继承和弘扬。

四

《郑板桥评传》的作者王同书先生，把板桥先生放在中国思想家的坐标系上为其作传，总结揭示、议论品评了板桥先生的艺术和思想内涵。他把板桥先生的艺术和思想内涵归纳为五点：“怒不同人”与“难得糊涂”的人生信念；物物平等、物我平等的自然主义观念；“民吾同胞”的近代人道主义思想萌芽；循天之道的社会理想；尊商和艺、商互优的意识。并总结说：板桥先生具有不可重复的独特艺术个性与“佳人难再”的深刻而广泛的影响。

笔者觉得，研读先生对联和印章，也能从中感受到先生艺术和思想上的这五点特质。

一个地方，对这个地方的历史文化挖掘不深，宣传不多，弘扬不力，是这个地方文化短视的表现。即使这个地方经济上去了，但他缺失了文化的滋养和润泽，经济会失去芳香。一个民族，一个国家，又何尝不是如此呢？从这个角度来说，今天继续深入研究郑板桥，继承这笔丰厚的文化、艺术、思想的遗产，仍然具有十分积极的意义。笔者“汇说”郑板桥先生的对联和印章，作一点浅浅的研究，目的是与喜欢郑板桥对联和印章的朋友分享感悟，表达对先贤的景仰，抒发对生我养我的昭阳（兴化）水土和文化的感恩之情。

最后，向读者诸君说明，为了方便阅读和检索，正文中对联按照首字汉语拼音字母顺序（ABCDE……）排列，印章按照印文字数多少顺序（单字印、双字印、三字印……）排列，并在文后附有对联索引和印章索引。

还有几幅对联图和印章图不是很清晰，为了证明板桥先生有此对联和印章，尽管图片不是很清晰但还是把图配进了正文里。敬请读者诸君察谅！

板桥先生有一首题画诗：“衙斋卧听萧萧竹，疑是民间疾苦声。些小吾曹州县吏，一枝一叶总关情。”他的每一副对联、每一枚印章又何尝不是“一联一印总关情”！

是为前言。

初稿：2015 年 10 月 1 日至 11 月 18 日

定稿：2017 年 11 月 12 日

目录

序……004
前言　一“联”一“印”总关情……007

对联汇说……001
印章汇说……135

附录一　《四凤楼印谱》(《板桥先生印册》)……188
附录二　(清)梁溪秦祖永辑《板桥印跋》……191
附录三　(清)李星渔旧藏郑燮印章……194

对联检索……196
印章检索……204

后记……207

对联汇说

A **爱君之才，悲君之命；**

先我而死，后我而生。

1936 年中央书店铅印的《郑板桥家书》收录 62 封书信。有专家考证，62 封家书中有 16 封为抄袭《板桥集》原文，其余 46 封为伪造；也有专家认为真伪相杂，难以考辨，不可轻易结论。

在所谓的 46 封伪造家书里，有一封《仪真客舍寄内子》的家书，是板桥先生闻内弟死讯后写给夫人的。其中写道："而今人间天上，觌（dí）面无由；高山流水，知音谁属？岂不痛哉！爱和泪率成挽联十六字，曰：爱君之才，悲君之命；先我而死，后我而生。"

此联是真郑联也好，是假郑联也好，单看文字，确是写得如泣如诉，写出了深情，写出了真情。这正是活着的人对逝去的亲人最真挚的、最感人的情感。

B **白菜青盐枧子饭；**

瓦壶天水菊花茶。

——书似安石大哥，板桥郑燮

此联"白菜青盐枧子饭；瓦壶天水菊花茶"为赠白驹老友"安石大哥"联，拓片藏兴化薛振国先生处，兴化郑板桥纪念馆藏有该联墨迹。似，即给、赠予之意。鞠，通"菊"。白驹即今盐城大丰市白驹镇，在板桥先生生活的清代，白驹属于兴化管辖。

2015 年 10 月以前，大家都这么认为"安石大哥"是板桥先生老友，家住白驹。2015 年 10 月兴化市社科联编印的总第三期《兴化论坛·郑板桥纪念集》第 19 页有兴化张培元先生的《郑板桥"书似安石大哥"对联考略》一文。该文详细考证，告诉我们"安石大哥"不是白驹人，而

是兴化安丰人（大丰市白驹镇在兴化市安丰镇东，两镇相距三四十公里）；也不是先生的一般老友，而是板桥先生的亲家翁袁安石。板桥先生的二女儿嫁给袁安石的儿子袁继周。这与嘉庆年间修《昭阳郑氏族谱》说法一致。族谱云：“女三，一适赵，二适袁，三适李。”北京故宫博物院藏墨迹《兰竹图》题诗曰：“官罢囊空两袖寒，聊凭卖画佐朝餐；最惭无隐奁钱薄，赠尔春风几笔兰。”题款曰：“乾隆戊寅，板桥老人为二女适袁氏者作。”题画诗和题款与族谱说法也一致。于是可知，此联是赠予亲家翁的。

从这副对联里，我们品味到板桥先生简朴自然、闲适恬淡的生活情趣。亦可见他与亲家翁袁安石淡如水的真交情。

又传，这副对联曾题郑家大堂屋厨房。现在，兴化郑板桥故居象征性的“厨房”里还悬挂着此联。

南京大学教授卞孝萱先生曾访问兴化郑氏后人郑家贵，郑家贵告诉卞先生：郑板桥在兴化竹泓港设馆授徒，书房门上有对联与此相仿。对联是：“青菜萝卜糙米饭；瓦壶天水菊花茶。”

存此两说，聊备咀嚼。

擅长写风俗诗的清代诗人、阮元的舅父林苏门（约 1748~1809），在他所著《邗江三百吟·板桥题画》里说板桥先生题画里有“瓦壶天水菊花茶”句。可见板桥先生喜欢这句话，不仅用它入联，也曾用它题画。

2014 年 12 月 21 日，四川德轩拍卖有限责任公司的秋季艺术品大型拍卖会“书法·拯救中国艺术（三）”专场预展拍卖品中有此联，估价 30 万。作品尺寸大小 129 厘米 ×22 厘米 ×2，题识为“禹公一笑，郑板桥”。钤印三颗，一为“郑板桥”，一为“郑燮之印”，一为“六分半书”。可见此联板桥先生多次书写以赠人。

这两副对联，用板桥体（六分半书）书写。“六分半书”是板桥先生所创书法字体，世人亦称“板桥体”。以隶书笔法形体掺入行楷，创出这种介于楷隶之间，而隶多于楷的字体。由于隶书又称“八分”，因此先生戏称自己所创的这种非隶非楷的书体为“六分半书”。他自己说：“板桥既无涪翁之劲拔，又鄙松雪之滑熟，徒矜奇异，创为真隶相参之法，而杂之以行草。”清人郑方坤（与先生同年出生）在《本朝名家诗钞小传·板桥诗钞小传》中说先生“雅善书法，真行俱带篆籀意，如雪柏风松，挺然秀出于风尘之表”。

白沙泉煮穿心罐；

黄连香烧索耳炉。

——戊寅春三月书武林西子湖上勾留处，板桥老吏郑燮

邑人（兴化）刁骏先生说他在《实用对联六千副》一书中看到过此联，题作“赠僧人”。

笔者看到的这副对联（见图片）有详细的题款：“戊寅春三月书武林西子湖上勾留处，板桥老吏郑燮。”

戊寅，即乾隆二十三年（1758），板桥先生66岁，确实是老吏了。武林，即杭州。勾留处，即吟香别业，在孤山放鹤亭南，为西湖十景之一。

查上联最后一字，实无此字，书家解作“罐”字。因为有“穿心罐”这一器具。下联最后一字为“垆”的繁体，“垆”本指黑色的坚硬的土，此处指用垆土做成的“炉”。

白沙泉，位于杭州栖霞岭上紫云洞前往黄龙洞的路上，在离紫云洞几百米的路旁，泉口堆砌着假山，山石上有“白沙泉”三字，这三字有人以为是康有为所题。据说杭州山水中泉水众多，唯有虎跑泉和白沙泉的水可以直接饮用。

穿心罐，一种煮茶用的工具，亦叫炭炊，金属制品，四边灌水，中间空心，置木炭燃烧。据说用它烧开的水泡茶，茶清香醇厚。

黄连香，即黄连香树，药用植物，有香气，焚烧有浓郁的清香。

索耳炉，一种香炉，两边有耳提。

上联，用穿心罐煮白沙泉的水泡茶，茶清香四溢；下联，在索耳炉里燃起黄连香，香烟袅袅。这种超凡脱俗的、充满闲情逸致的生活，令人神往。这种生活充满佛禅意趣，难怪有人说这副对联为“赠僧人”。

2013年12月23日，荣宝斋（上海）拍卖有限公司2013秋季大型艺术品拍卖会“书林撷英——中国书法五百年”专场拍品

中有此联。作品尺寸大小 129 厘米 ×27 厘米 ×2，估价为 10—20 万元，成交价为 103.5 万元人民币。此联款识为：戊寅春三月书于武林西子湖上勾留处，板桥老吏郑燮。钤印四颗，分别为：二十年前旧板桥、乾隆东封书画史、康熙秀才雍正举人乾隆进士、六分半书。鉴藏印为：闻武鉴藏。

“闻武鉴藏”为许姬传先生鉴藏印。许姬传（1900~1990），字闻武，号思潜，斋号燕赏斋、耄学居等。祖籍浙江海宁，出生于苏州，晚年定居北京。20 世纪 30、40 年代上海大文人，收藏家，一生致力于文物鉴赏和收藏，工书法，亦擅楹联。板桥先生的这副对联就是许姬传先生的藏品。

百尺梧桐阁；

千年构杞根。

此联为汪懋麟居所题。因为汪家园内旧有百尺梧桐一棵、千年枸杞一株，先生信手拈来入联，真是名士风流的体现呢！

梁章钜在《浪迹丛谈》中说过，康乾年间的扬州盐商有三位“通人”，即江春、汪懋麟和马日琯。所谓“通人”，在当时来说，应该是指经济、学问、才情皆通之人。江春、汪懋麟和马日琯都是扬州盐商，也都各有名园。江家在扬州城南河下，称为“康山草堂”，其余两家则是“汪懋麟之百尺梧桐阁”“马日琯之小玲珑山馆”，后先媲美，鼎峙而三。时至今日，汪、马、江三家园林都已不复存在，只剩下些许旧迹可寻。但郑板桥先生为“汪懋麟之百尺梧桐阁”“马日琯之小玲珑山馆”题写的对联至今仍为人称道。汪懋麟也是一个诗人。郑方坤《国朝名家诗钞小传》说，汪懋麟对于自己的诗，特别自信。据《龙威秘书》第三集载，有一次京中名士集会于祝氏园，酒过三巡，汪懋麟纵谈古人，声言唐人只佩服杜甫，其余不足道。昆山徐健庵与其抗争，两人针锋相对，互不妥协，声浪之高，致使“林鸟皆拍拍惊起，输攻墨守，未审谁雌雄也”。其倜傥性格，跃然纸上。

板桥先生为他撰联当然也要合他口味，用他赏心悦目的梧桐和构杞入联，言近而致远。这位倜傥之士定当欣然颔首。

百尺高梧，撑得起一轮明月；

数椽矮屋，锁不住五夜书声。

——乾隆乙酉春，板桥老道人郑燮

此联墨迹藏扬州博物馆，为板桥先生为扬州百尺梧桐阁所作。一说为兴化城隍庙题。乾隆

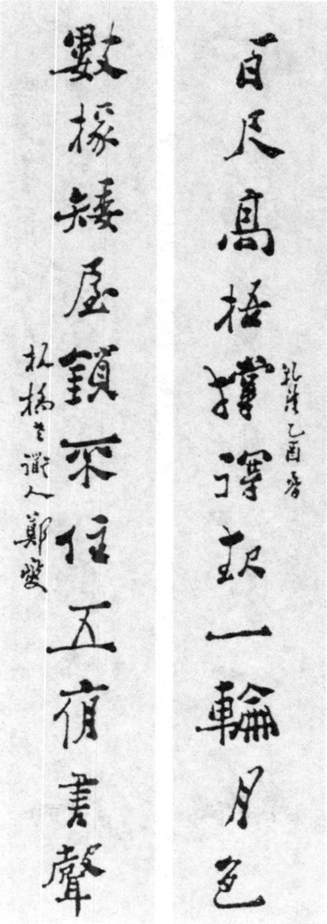

乙酉即公元 1765 年，先生 73 岁，确实年岁大了，所以在“道人”前面加上一个“老”字。是年冬天先生离世。

上联：高大挺拔的梧桐树，撑起了一轮明月。“撑”字有擎天之力。读此句，我体会到这棵高梧既有擎天的情感又为擎天付出努力。下联：几间矮屋，怎能锁住半夜时琅琅书声。“锁”字语出惊人，为写书声张本。读此句，可想见百尺梧桐阁主人的勤奋好学。整联因一轮明月和半夜书声而变得境界阔大，高雅脱俗。又因“撑得起”“锁不住”而见语言文字的力量。象外之象，象外之意，都很阔大而饱满。

百尺梧桐阁在扬州东关街哑官人巷，今称雅官人巷。出身于盐商之家、曾任内阁中书与刑部主事的汪懋麟就住在此巷之内。园内旧有百尺梧桐、千年枸杞，并有十二砚斋一座、朱砂井一眼、墨池一泓。板桥先生曾题汪懋麟所居云：“百尺梧桐阁；千年枸杞根。”又题云：“百尺高梧，撑得起一轮月色；数椽矮屋，锁不住五夜书声。”园中的百尺梧桐，当是此园最显眼的标志，园也因此得名。

又传，乾隆皇帝下江南驻跸（bì）扬州，曾幸百尺梧桐阁，泼墨写下“百尺梧桐阁；千年枸杞根”一联。相同的一副对联，到底是出自板桥先生，还是出自当年的皇上？实在不可考矣！

此联用六分半书书写，“板桥体”特征很突出。叶衍兰、叶恭绰祖孙编《清代学者像传》评板桥先生书法曰：“书有别致，以隶楷行三体相参，圆润古秀，楷书尤精，惟不多作。”

百年障眼书千卷；

四海资身笔一枝。

——乾隆廿三年秋八月既望，板桥老吏郑燮

乾隆廿三年为公元 1758 年，这一年板桥先生 66 岁，确是“老吏”了。

中国农历一个月内的有些天有特定的称呼，阴历每月初一叫“朔日”，十五日叫“望日”；十六日叫“既望”，表示满月后的一天。“秋八月既望”，就是中秋节后的一天。板桥先生过完中秋节，于节后第二天望着天上的圆月，心里产生无限的感慨，援笔写下这副对联。

上联就读书发感慨。书籍浩如烟海，岂止千卷，这些书籍遮蔽了读书人的双眼，使不少读书人成了“两脚书橱”，成了书痴、书愚，见识短，眼界窄。

下联就手中的画笔发感慨。全靠着这支笔到处卖画卖字，养活自己，得好好谢谢手中的这支“资身”的笔！

全联极有人生理趣，亦富生活况味，先生若不是到了66岁，这种感慨恐怕也讲不出来。

“百年”（指时间长）与“四海”（指空间广）相对；“书千卷”“障眼”与“笔一枝”“资身”相对，从语言形式上看此联对仗工稳，严丝合缝；从思想情感上看思辨与感慨共生。这是一副启迪人生、警策后人的上佳好联！

伴我书千卷；

可人竹一丛。

台湾版《名人与名联》载有此联。传是板桥先生自题书斋联。

读此联让我们想象到先生书斋内外的情形。书斋内，伴着先生的是千卷藏书；书斋外，四周种植着一丛一丛先生深爱的翠竹，那些翠竹是先生十分喜爱的，是先生千临万摹的对象，是先生无数次咏赞的对象。今天郑板桥故居的庭院里、故居外仍长着这样的可人竹丛。

先生爱竹，种竹，画竹，咏竹，终其一生不辍、不乏。他的咏竹诗十分传神地摹写竹的风貌，抒发赞美竹子的浓情。“咬定青山不放松，立根原在破岩中。千磨万击还坚劲，任尔东西南北风。”“衙斋卧听萧萧竹，疑是民间疾苦声。些小吾曹州县吏，一枝一叶总关情。”这样的咏唱至今不绝。他的题画竹往往寥寥数语，惟妙惟肖地揭示翠竹的形神。“种竹种竹，毫无尘俗。依依在牖，秋风四入。”“细细的叶，疏疏的节。雪压不垂，风吹不折。”这样近乎白话的语言、白描的方法，入木三分地刻画了竹的品格。

先生是一位富有真性情的人，也是富有浪漫情怀的人。这副自题书斋联就是很好的注脚。

半湾活水千江月；

一粒沉沙万斛珠。

此联见于1981年8月30日《新华日报》，是板桥先生为兴化中堡镇蜈蚣湖所题，写在蜈蚣湖岸旁某村庄木桥桥柱上。蜈蚣湖，又名吴公湖、吴翁湖，在兴化市北部乡镇中堡镇南。据清嘉庆《重修扬州府志》载，因昔有吴高尚隐居于此而得名。亦因蜈蚣湖位于中堡镇之南，与中堡镇之北的大纵湖南北相对，故当地又有南湖或前湖之称谓。为古射阳湖经解体分化后的残迹湖之一。湖长5.6千米，最大宽4.8千米，平均宽3.2千米，面积18.0平方千米；最大水深3.24米，平均水深2.6米，蓄水量0.468亿立方米。

斛，古代计量器具，10斗为1斛。古代1升米，在今天重1.25斤，10升米为1斗，1斗米重12.5斤就是6.25千克。1斛等于10斗，重就是62.5千克。万斛，夸张说法，极言其多。

上联写蜈蚣湖的湖水和天上、水中的月亮。半湾活水，皓月当空，波光粼粼，似有无数的月亮在湖面滚动、跳跃。下联写蜈蚣湖的沉沙和水中出产的珍珠。一粒沙子沉入水中，无数的珍珠生成，沙子和珍珠原没有任何关系，经先生这么一写，仿佛沙子如有神助，瞬间长成珍珠。据中堡人说，板桥先生曾在这里设馆授徒，40岁前常往来于县城和中堡之间，熟悉蜈蚣湖、喜爱蜈蚣湖，因此写成这副对联，表达心中的情愫。整联涉笔成趣，怡人心性。

此联有人（郑板桥研究者党明放）认为上下联要对调位置，改为“一粒沉沙万斛珠；半湾活水千江月”。笔者以为似有不当。从平仄来看，下联一般为平声字收尾，“珠”是平声字，而“月”是仄声字，故不能对调。

宝鼎沉香浮柏子；

玉壶春水浸梅花。

兴化昭阳镇文化站文史资料组提供此联，不知板桥先生在何时何地为何人何事而题写。

沉香，常绿乔木，高达30米。沉香，又是一种中药材名。属药瑞香科植物，受到自然界的伤害，如雷击、风折、虫蛀等，或受到人为破坏以后，在自我修复过程中分泌出油脂，油脂受到真菌的感染凝结而成的脂状物就是沉香。药材性味辛、苦、温，有降气温中、暖肾纳气的功效。主治气逆喘息，呕吐呃逆，脘腹胀痛，腰膝虚冷，大肠虚秘，小便气淋等症。

柏子，又称柏子仁，为柏科植物侧柏的种仁。含有脂肪油约 14%，多为不饱和脂肪酸组成，还含有少量挥发油、皂甙、蛋白质及钙、磷、铁多种维生素。柏子仁性平味甘。有静心安神、滋阴固肾、润肠通便的功效。主治心阴血亏、肾阴不足、阴虚肠燥引起的失眠健忘、腰膝酸软、遗精盗汗、大便秘结等症。用柏子仁煮的水有改善记忆的作用，其醇提物有镇静作用，所含大量脂肪油有润肠通便作用。

梅花，冰清玉洁，纯贞高雅，是冬春之季观赏的重要花卉。梅子可生食，可生津止渴，也可制成话梅、梅干等各式蜜饯和梅酱、梅膏等物。《神农本草经》说梅的药用价值："梅实味酸平，主治下气，除热烦满，安心，止肢体痛，偏枯不仁，死肌，去青黑痣，蚀恶肉。"近代医学界研究表明，梅花的果子入药，具有化痰止咳、解热镇咳、驱虫止痢的功效；花、根入药，能活血解毒、开胃散郁、生津利肺化痰。

弄明白了以上植物或药材的药用价值和保健价值后，就不难理解对联的意思。上联谓用宝鼎盛水，加进沉香和柏子仁，煮沸可饮用。下联说用玉壶煮沸春水，冲泡梅花，制成茶饮。饮用这两种方法煮制成的茶饮可以静心安神、延年益寿。此联罗列宝物数种，所描写的生活，有道家味，有佛禅风，有书卷气，反映了板桥先生的闲情逸致、文士雅趣。

先生在《靳秋田索画》题画语中说："今日晨起无事，扫地焚香，烹茶洗砚。"此语与此联都写先生之文士雅好，可比照欣赏。

饱暖富豪讲风雅；

饥馑画人爱银钱。

花城出版社 1983 年版《古今楹联拾趣》载有此联。

传此联是板桥先生嘲讽某盐商而写。传说是这样的：有些富豪明明不懂书画，却附庸风雅，上门求画，又吝啬得很，舍不得花钱，恨不得分文不花。这些富豪里有个盐商，很富有却爱钱如命。他想，家里如果能够挂副郑板桥先生的对联不是就挤进"雅士"行列了？果如此身份地位就提升起来了。他找到了郑板桥索联求字，板桥先生开口要一千钱，大盐商讨价还价，最后只答应给五百钱。板桥先生说："我有个规矩，先付钱，后写字。"大盐商只好付给五百钱。先生收齐了银钱，当即让盐商铺开宣纸，磨好香墨，他自己拿出毛笔，饱蘸浓墨，龙飞凤舞，写下七个大字：饱暖富豪讲风雅。

接着笔一搁，转身就走。大盐商连忙拦住板桥先生，说："下联还没有写呢。你怎么就要走！"

板桥先生说："不错呀，我要一千钱，你给了五百钱，一半价只好给一半联。这七个字的上联挂起来够讲风雅了。"盐商这才感觉遇到高手了，心想："半副对联怎么挂法？岂不招人闲话、笑话！"没办法了，只好另付五百钱。板桥先生拿到五百钱，马上挥毫写就下联七个大字：饥馑画人爱银钱。

他把对联交给大盐商，冷笑了两声，说："我们穷画人比不上你们高雅的人，我可是爱财如命的人呢。"

板桥先生可不是吝啬鬼，真的爱财如命，他是看不惯这些附庸风雅的富豪们，故意出他们的洋相。这毕竟是个传说，但却符合板桥先生的思想性格。

如果不从故事的角度来赏析，我们会读出板桥先生借这副对联所抒发的愤世嫉俗的情感。先生直言不讳，讲风雅是需要条件的，"饱暖富贵"是前提。像他这样的"饥馑画人"温饱难济，何谈风雅，只能"爱银钱"了。正因为先生有此洞见，所以，他在扬州卖画换钱，养活全家，慰藉劳人，心安理得，天经地义。这种对现实和人情的深刻解析，只有先生这样"冷眼看世界，热心为大众"的人才能做到。

北迎拱极，西接延青，共分得一池烟水；

春步柳堤，秋行蔬圃，最难消六月荷风。

此联见于姚文田等《重修扬州府志》卷三十三《古迹志四·兴化县》："柳园，在海子池边李氏延青阁左，邑人陈乔筑。亭台面水，杨柳沿堤，无墙垣障碍，位置天然。郑燮题句云：'北迎拱极，西接延青，共分得一池烟水；春步柳堤，秋行蔬圃，最难消六月荷风。'其胜概可想见矣。"

由此知道此联是板桥先生为故里昭阳（即今兴化）柳园而题。柳园，在古昭阳城西北角，海子池南岸，今不存。拱极，海子池北岸的高台，现在叫做拱极台。延青，即延青阁，海子池南岸、柳园西侧有一私家园林叫枣园，延青阁就是枣园的一个建筑，今不存。池，就是海子池，现在叫做海池河，从西向东流经古昭阳城北，到北水关处转弯向北流去，最后汇入上官河。

上联：点出柳园的地理位置，园北隔河有拱极台，园西隔鹦鹉路有延青阁。柳园、枣园和拱极台分别在海池河的南岸和北岸，故用"共分得一池烟水"来描写，用"迎"和"接"描写它们的空间呼应关系，给人鲜明的画面感，极具神韵。

下联：点出柳园主人可以欣赏到园内不同季节的美丽景致。春天漫步柳堤，欣赏婆娑起舞的柳枝；秋天行走蔬圃，分享稼穑丰收的喜悦，夏天风从荷塘吹过，带来六月的荷香，令人心旷神怡。所谓“最难消”实际上是最享受之意，极有韵味。

整联巧于运筹，在短短数语里融进了偌大的空间和绵长的时间，可谓联中佳构，非饱学之士不能为也。

不过奢华不过俭；

也知稼穑也知书。

盐城宗树源先生提供此联，传是板桥先生为外婆家今盐城市盐都区葛武乡郝荣庄郝氏祠堂题写。

先生生母汪氏，在先生 3 岁时就去世了，先生有“我生三岁我母无，叮咛难割襁中孤；登床索乳抱母卧，不知母殁还相呼”的凄恻诗句。以后，先生父亲娶继室郝氏。郝氏家在盐城（现盐都区）葛武乡郝荣庄，距离兴化市大邹镇数里之遥。继母郝氏对小板桥十分疼爱。她把板桥带到族叔郝梅岩先生那里读书、写字、吟诗、作对。小板桥在那里接受了绘画和写字的启蒙训练，学习了花卉翎毛的画法和真、篆、隶、草的书法。板桥先生也很爱他的继母。他在《七歌》中追念：“无端涕泗横栏干，思我后母心悲酸。十载持家足辛苦，使我不复忧饥寒。”清乾隆年间，板桥先生的表兄郝建三扩修过郝氏宗祠。先生为郝氏祠堂题写了“不过奢华不过俭；也知稼穑也知书”这副对联。

此联现在尚存。现盐都区葛武乡郝荣庄是国民党著名人士郝柏村先生的故乡，郝柏村故居在庄北，大门朝东，前后两进，东、南两厢和天井组成了普通砖瓦结构的民居，前进三间为客厅、书房，抱柱上就悬有郑板桥写的这副对联。

郝柏村（1919 年 8 月 8 日—　），字伯春，江苏盐城人，参加过抗日战争。曾任台湾当局行政事务主管部门领导人。1919 年 8 月 8 日出生于郝荣庄，1938 年 20 岁时离开这个村庄。61 年后的 1999 年 4 月 3 日到 7 日，郝柏村带领全家人从台湾回到故土扫墓，与居住大陆的郝氏族人团聚。郝氏祠堂内有一银杏树，已逾百年，古拙苍劲，枝繁叶茂。郝柏村回故乡扫墓时，曾在此树下对人说：“我小时候很顽皮，常和小伙伴比赛爬树，那时我可以毫不费力地爬上这棵树顶，没有哪个小伙伴比得上我。”2011 年 4 月 4 日，93 岁的郝柏村带领亲属 45 人回乡扫墓祭祖，特地坐船到兴化沙沟古镇，重游故地。童年时代，他的母亲经常带他坐船到沙沟镇管家巷外婆家作客。

上联谓居家过日子不可奢华，也不要过分省俭，俗话说“当用不可省”。下联说为人一世，既要懂得耕种，勤于劳作，又要读书明理，知书识礼。全联表达先生对生活的理解，写得率真、诚恳。此联张挂或粘贴于祠堂，表达宗族对族人及后辈的训示，非常恰当。

C　**才短自知能事少；**

礼疏常觉慢人多。

人民日报出版社 1990 年版《中华对联鉴赏》载有此联，传是板桥先生自题客室。

上联谓自己知道自己才疏学浅，因而擅长的事情很少，能够做成功的事情也不多。这当然是自谦之词。先生诗书画三绝，为“雍嘉七子”之一，“能事”还少吗？

下联说自己常常觉得持礼粗疏，因此多有得罪人的时候，常有怠慢人的地方。先生嫉恶如仇，直摅血性为文章，倒是多有“慢人”之处。但是先生不会怠慢那些正直、正派的人，那些自食其力的人，那些品格高洁的人。

此联自题客室，直抒胸臆，于谦逊中含傲岸正气，充满力量之美、率真之美。

中华民国大总统徐世昌（1855~1939）《题郑板桥画兰竹》诗曰：“童年我读《板桥集》，却喜板桥用字奇。板桥童年亦坎坷，胸有奇气人不知……”“大总统”读出了板桥先生胸中的奇气，我也读出了这副对联里所充满的“奇气”。

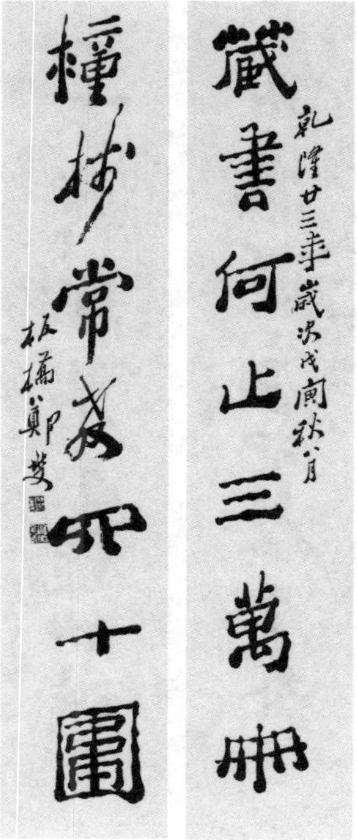

藏书何止三万册；

橦树常教四十圍。

——乾隆廿三年岁次戊寅秋八月，板桥郑燮

安徽省博物馆藏有此联墨迹。乾隆廿三年，农历戊寅年，即公元 1758 年，先生时年 66 岁，已经弃官归里，卖画扬州。这副对联写于“秋八月”，不知为何人而写。

上联谓联主家藏书十分丰富。“何止三万册”极言数量多。

下联中的“橦树”有人认为是一种树木，花可织布。笔者以为这种理解是错误的。“橦树”即“種树”，为板桥先生笔误，就是种树、植树。“种树”和上联“藏书”才相对。“四十圍”言种树地块大，种的树多。

全联反映了我国古代社会人们亦耕亦读的理想生活。古人说：“传家无别法非耕即读；裕后有良图惟俭与勤。”先生借此联赞誉联主耕读传家，生活美满。

藏书古鼎良朋，百年相伴；

美酒名花皓月，四季皆春。

——板桥老人郑燮

板桥先生同邑人兴化王吉生先生藏有此联墨迹。

上联说，古鼎、藏书和良朋益友都是可宝之物，值得终生相随、永远相伴。下联说，只要有皓月可赏、名花可亲、美酒可饮，一年四季都可以是春天。

整联道出板桥先生的诗酒才情和不俗的生活情趣，以及对生活的感悟和理解。

藏书古鼎瑶琴，千秋如昨；

好鸟名花邃屋，四壁皆春。

——板桥郑燮

此联为网上所得，不知所出，亦不知真伪，姑存之、评之、赏之，一俟方家考辨。

此联意趣同上一联。上联谓藏书、古鼎、瑶琴都是可宝可乐的东西，得之可以展阅，可以把玩，可以抚弹，不觉时间流逝，千年过去还觉得就在昨天，极具夸张的文字道出先生才情。下联说好鸟可以逗玩、名花可以亲近、幽深的住处可以养性，都是怡人性情的去处，有了它们蓬荜生辉，四壁春色明媚。

上联夸张，下联通感，板桥先生的高雅才情和不俗的生活情趣可见矣！

苍茫海水连江水；

罗列他山助我山。

传此联是板桥先生为镇江焦公祠题写。

焦公祠，又名焦公洞、三诏洞，位于焦山西麓引人上山顶的路旁。洞中原有一尊石刻像，服式为深衣大带，两旁站立两个童子，后被毁。现洞内焦光像是1979年8月塑成。身着隐士服，脚穿草鞋，右手执书卷，仪态大方，形象生动。相传东汉末年，学士焦光，不愿做官，避乱流寓镇江，隐居在此。他学问高深，精通医术，经常在山上采药为周围渔民治病。每天在山上砍柴，靠卖柴度日，自食其力，生活十分清贫。汉献帝刘协闻其高名，曾三下诏书请焦光出山做官，他都拒不应诏，世称“三诏不起”，故名三诏洞。据传，皇帝第一次来诏书时，焦光煎汤熬药，以妻子患病为由推诿；第二次，借邀友出门远游而回避；第三次，焦光躺在床上，以自己年迈多病而拒诏。后人为了纪念他，把当时樵山改名为焦山。这也是镇江“焦山”一名的来历。

焦山，位于中国历史文化名城镇江的东北面，是万里长江中唯一的一座四面环水可供游人观光探幽的岛屿，犹如中流砥柱，满山苍翠，宛若碧玉浮江。长江流经镇江焦山，继续东流，归入大海。所以说“苍茫海水连江水”。

焦山四周，还有其他山峰分布、排列，好像是造物主安排它们来帮助、护卫焦山似的。“我山”，我们的山，指的是焦山。用“我”限定“山”，让人感受到板桥先生对焦山浓浓的喜爱之情。

全联境界阔大，山水相依，“连”出浩荡之气，“助”生温暖人情，切地切景，妙笔生花。

此联又写作“茫茫海水连江水；罗列他山助我山”，只相差一字，说是板桥先生为镇江焦山西麓的海西庵题写。

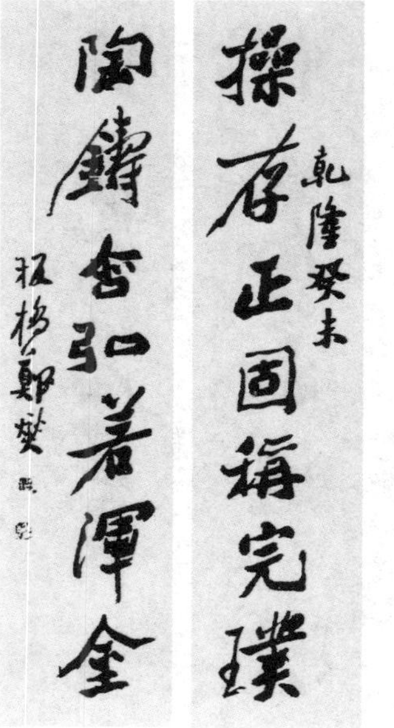

操存正固称完璞；

陶铸含弘若浑金。

——乾隆癸未，板桥郑燮

此联墨迹藏扬州博物馆。重庆博物馆亦藏有此联墨迹。看来，先生不止一次书写过此联。乾隆癸未为公元1763年，板桥先生

71 岁。

上联：操守正直坚固，就可称是“完璞”。完璞，完好无损的玉石，借指个人操守纯正。下联：锻造品性，成就大业，形成包容之胸襟，正直之人品，就像是“浑金”。陶铸，本指烧制陶器砖瓦，铸造金属器物，此联中意思为锻造、造就。含弘，含是包含之意，弘是弘愿、事业之称，含弘合起来表示正直的人品和成功的事业。浑金，没有锻炼的金，借喻人品质朴。

整联述怀，表达先生对“操存正固”的品格、成就事业的宏愿的追求，也启示众生要一辈子坚持操守和志向。

全国重点文物保护单位——丁氏故宅，坐落于山东省龙口市（原黄县）城区，是明清两代延至民初山东首富“丁百万”家族的故居。丁氏故宅里抱柱漆金楹联众多，是一道亮丽的风景，也是丁氏家族丰厚文化底蕴的体现。这些楹联中就有板桥先生的这副对联。

草因地暖春先翠；

燕为花忙暮不归。

——书为翔老年学长兄政，板桥郑燮

扬州博物馆藏有此联，从题款上可知，这一副对联是书赠翔老年学长兄的。另有一副相同联语的对联，款署“板桥”。

此联又曾题扬州江秩文园亭。郑板桥手卷《板桥偶记》说：“江秩文，小字五狗，人称为五狗江郎，甚美丽。家有梨园子弟十二人，奏十种番乐者。十二人皆少俊……其园亭索板桥一联句，题曰：‘草因地暖春先翠；燕为花忙暮不归。’江郎喜曰：‘非惟切园亭，并切我。’遂彻玉杯为寿。”先生亲自所记，来龙去脉一清二楚。该手卷藏上海博物馆。

上联写草木，春天到来，气候变暖，草木抢先呈现出一片片翠绿；下联写燕子，在繁花中上下翻飞，翩跹起舞，傍晚了竟不知归巢。写得天然成趣，生机盎然。“燕为花忙”双关语，一是描写初春景致，另一意思是打趣园主人江秩文混迹于梨园弟子中间。所以五狗江郎才说“非惟切园亭，并切我”。

茶亦醉人何必酒；

花还耐雪况于松。

板桥先生同邑人、兴化管同庆先生提供此联，传是先生为自己题写。

吾邑先贤，元末明初的施耐庵先生著有《水浒传》，《水浒传》被称为中国第一部真正意义上的长篇小说。其第四回有句云：“酒中贤圣得人传，人负邦家因酒覆。解嘲破惑有常言，酒不醉人人自醉。”板桥先生当是知道“酒不醉人人自醉”这句话的，因为这句话是“常言”。或许先生的上联“茶亦醉人何必酒”就是从施耐庵的“酒不醉人人自醉”来的。

下联告诉我们，花卉中也有能耐雪寒的，如梅花。既然花能耐寒，何况青松呢？陈毅元帅《青松》诗“大雪压青松，青松挺且直。要知松高洁，待到雪化时”，为我们描写了青松傲立雪中的伟岸形象。可以帮助我们进一步理解下联的意思。

清朝有个醉月山人，他是《狐狸缘全传》的作者，此人写过一首诗，其首句大概就脱胎于板桥先生的这副对联，诗文如下，请君一读。

茶亦醉人何须酒，书自香我何须花。

酒不醉人人自醉，花不迷人人自迷。

吟成白雪心如素，最到梅花香也清。

昔日浣沙今日恨，玉人如许愿相亲。

常如作客，何问康宁，但使囊有余钱，瓮有余酿，釜有余粮，取数叶赏心旧纸，放浪吟哦，兴要阔，皮要顽，五官灵动胜千官，过到六旬犹少；定欲成仙，空生烦恼，只令耳无俗声，眼无俗物，胸无俗事，将几枝随意新花，纵横穿插，睡得迟，起得早，一日清闲似两日，算来百岁已多。

此联见于梁章钜《楹联丛话》卷十二“杂缀谐语”，为板桥先生六十自寿联。

上联：人生天地间，原是远行客，要顺其自然，不必斤斤计较于一时的健康、安宁和快乐。只要口袋有余钱、瓮缸有余酒、铁锅有余粮，平常日子不至困顿窘迫就好；如果能够取几页旧纸，画几笔画，写几个字，肆意地吟唱，兴致勃勃地，随心所欲地，那就更舒心；再锻炼筋骨，活动五官，让身心康健，岂不胜过千千万万感官的一时享乐。果如此，过到60岁还是像少年。

下联：如果一定要追求成仙，求得荣华富贵，到头来只怕烦恼连连。只要耳朵听不到俗声、眼睛看不到俗物、胸中不存俗事就好；如果能够掐几枝鲜花，插瓶远观也好，手握近赏也罢，纵横穿插戴在头上也行，随意适心，那就更雅；睡得迟也好，起得早也罢，睡得早也罢，起得迟也行，岂不是清闲一日像两日。果如此，活到60岁，算算已经超过百岁。

整联是自寿，又是述怀，别出心裁，耐人寻味。孔子曰：三十而立，四十不惑，五十知天命，六十而耳顺。板桥先生当六十生日之际，回顾走过的人生道路，一定感慨良多，于是援笔写就这副自寿联，表达自己脱俗就雅、去庸求新、不愿拘束，但求自由的潇洒、旷达的名士风度和圣哲情怀。

吃墨看茶听香读画；

吞风卧露喝月担云。

台湾名望出版社《别传丛书》载有此联，同时载有另一联："尧舜生，汤武末，桓文净丑，古今来多少角色；日月灯，江海油，风雷笛鼓，天地间一大戏场。"

传说清代扬州有个姓张的恶霸，外号"张老虎"，依仗在京城做官的舅舅的势力，欺压过往，鱼肉百姓。他在运河边上建了一座花园，经常和一些帮闲文人在船上饮酒作乐，霸住河面，不让过往船只通行。有人有急事请求让路，他就故意刁难，又是要钱，又是要对出下联。既没钱给，又不会属对，只有停船等待，任他凭心情发落。

这张老虎出的上联是"吃墨看茶听香读画"，原是他的清客从小时候塾馆先生教的对课里捡来的。看上去好像不通，但仔细推敲却能品出神韵。对子里的四件事看似无理，却又有理。对得出来的实在不多。

此时，板桥先生正寓居扬州，听说这件事后，非常气愤，决定好好治一治他。他乔装成渔翁，划条小船来到张老虎河面上。张老虎的爪牙连忙拦住小船，张老虎双手叉腰立在船头，高声地说："老头，你可晓得张老爷的规矩？"先生说："晓得，晓得。不就是对对子，再要点钱吗！"张老虎说："看你头发白了，本老爷不要你钱，只要对上下联。"张老虎看先生这个样子，料他肚里没有多少墨水，便口出狂言，说："你若能对上，我张大爷把岸边的花园拆掉，不再在这河面上玩乐。你若对不出，嘿嘿，我可不是好惹的。"

板桥先生应声道："你听我的下联，吞风卧露喝月担云。"张老虎一伙听了，顿时哑口无言，灰溜溜地上了岸。

后来，他们查到老渔翁是郑板桥乔装的，来者不善，就只好拆掉了花园，离开了河岸，不再在这里横行霸道了。

这个故事肯定不会是真的，但是我们读来觉得有趣。因为有了这故事，我们对对联的理解和感受会更加清晰和具体。

上联写了闲情逸致，喝茶、写字、画画、燃香，如果不是文人雅士的雅趣，就是有钱有闲之辈附庸风雅的举动。下联写得纵横捭阖，境界阔大，力量无比，大有风卷残云之势，压住了上联。张老虎一伙不得不甘拜下风。上下联由 8 个动宾结构的短语联缀而成，动词运用一反常态，别具匠心。墨怎么能吃，茶怎么去看，香何以能听，于不合情理处出奇、出新，可见板桥先生炼字造语的功夫和崇尚自然的、敬畏自然的胸襟。

重慷不卷留香久，古砚微凹聚墨多。

——板桥郑燮

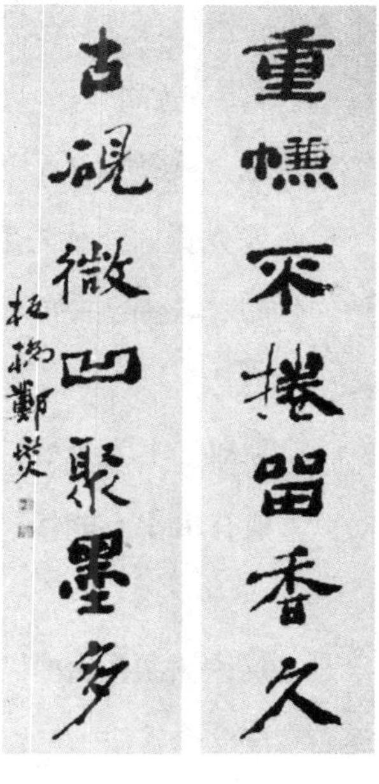

慷，读 lián，是"帘"的古字，作帷幔解，如门帘之类。

此联是撷句联，用的是陆游诗《书室明暖，终日婆娑其间，倦则扶杖至小园，戏作长句二首》其二中的成句。陆游全诗是："美睡宜人胜按摩，江南十月气犹和。重帘不卷留香久，古砚微凹聚墨多。月上忽看梅影出，风高时送雁声过。一杯太淡君休笑，牛背吾方扣角歌。"

板桥先生平生读书甚多，陆游的诗先生应当是研读过的。他自序诗集时曾老老实实地说自己的诗："余诗格卑卑，七律尤多放翁（即陆游）习气，二三知己，屡诟病之。"如果不是研读过陆游的诗，先生怎能讲出这样的话来，又怎能信手拈来陆游的诗作为自己对联的内容。

陆游部分诗作有弊端，文学史家们早有论述。诸如平滑浅易，语句重复，有句无篇，模仿明显，议论矛盾等。这大概就是先生所说的"放翁习气"吧。钱穆先生曾对"重帘不卷留香久，古砚微凹聚墨多"作过精妙的解释，他说："放翁这两句诗，对得很工整。其实则只是字面上的堆砌，而诗背后没有人。若说它完全没有人，也不尽然。这个人在书房里烧了一炉香，帘子不挂起来，香就出不去了。他在那里写字或作诗，有很好的砚台，磨了墨，还没用。则是此诗背后原是有一人，但这人却教什么人来当都可，因此人并不见有特殊的意境，与特殊的情趣。无意境，无情趣，也只是一俗人。”

中央电视台十集文化系列电视片《江南》第五集《烟雨青山》的解说词写道：“关于歙砚更多的故事和描画，则是蕴含在千百书生文人内心深处的咏叹。‘我生无田食破砚，尔来砚枯磨不出’，这是苏东坡的感慨系之。‘重帘不卷留香久，古砚微凹聚墨多’，这是郑板桥的有感而发。”解说词直接把“重帘不卷留香久，古砚微凹聚墨多”归到板桥先生名下。

2011 年 7 月 6 日，北京东方艺都拍卖有限公司 2011 春季艺术品拍卖会“濡古怡心——宋元明清书画专场”竞拍品中有此联。尺寸大小为 137 厘米 ×28 厘米 ×2，题识为“板桥郑燮”，钤印二颗，一为“郑燮之印”，一为“板桥”。这副对联是板桥先生书写又一个证据。

先生用成句入联，借陆游的文字来表达自己的胸臆，因而就不能再按照陆游诗句来解读。上联的“香”意蕴多重，除了燃香的香气外，还有墨香、书香、花草香（如芝兰）。下联的“聚墨多”暗里巧妙地点出室主人是骚人墨客一类，不是白丁一般的俗人。此联有文雅气、书卷味，切人切地，虽属撷句，却同己出。

吾乡先贤刘熙载先生有一副七言联，联曰：“为爱鸟声多种树；因留花气久垂帘。”和板桥先生的对联有异曲同工之妙，录于此，一并欣赏。

除却诗书无可好；

独有山水不能怜。

盐城宗树源先生提供此联，不知为何人何处题写。有人认为这是言说先生之志的自题之联，笔者认同这个看法。

上联谓在板桥先生心中除了诗书典籍再也没有什么可以称得上是好东西。俗语说得好，架上有书真富贵，胸中无事即神仙。下联说除了山水所代表的自然美景为先生所爱，其他没有什么值得去爱的。

上联言爱读书，不读书则人愚莽，无以成才立功；下联言爱山水，山水可以怡情悦性，荡涤污垢，还可启迪人生。先生心胸廓然洞明，将他“可好”“能怜”的思想借这 14 个字表白出来，一吐为快。

我想，无论谁读此联都将获益不尽。

除旧布新，明知往者非来者；

改天换地，始信今人胜古人。

这是一副春联。福建人民出版社《对联常识》载有此联，说是板桥先生壮年教书时撰写。

上联谓家家户户过春节都要除旧布新，先生借此启发人们要改除旧事，追求新事，一切要向前看，好日子终会到来。下联说过年时每家每户除旧布新，恰似换了天地，新的总比旧的好，先生借此联启迪人们要坚信未来，相信今人一定会胜过古人，生活也会越来越好。

上下联，旧、新相对，来、往相随，今、古相较，天、地相换，充满理趣和哲思。作为春联来说，真正是雅俗共赏，适时切地。

处世总无穷竭处；

看花全在未开时。

——板桥道人

故宫博物院藏有此联墨迹，此联是一副题画联，画中画的是兰花（《兰竹图》册页）。

处世是指在社会上活动，与人相处，处世是一门学问，是一种非常重要的人生经验。吾邑兴化有俗话“当家容易处世难”，道出了处世对人生的重要意义。前人积累了许多处世感受，淬炼成了生活的哲学。比如：处世宜谦让，处人应和善，处事要公平。别人得势时不趋炎附势，别人失势时不落井下石；自己得势时不得意忘形，自己失势时不自暴自弃。忠心对待国家，真心对待上级，诚心对待朋友，爱心对待晚辈，善心对待贫弱，孝心对待长辈。爱心不可少，贪心不可多，歹心不可有，良心不可无。由此看来，对处世的体认和实践哪有穷尽？这就是上联的意思，阐述自己对处世哲学的理解，不能不说先生见解深刻。

看花就是欣赏兰花，自古来赏花就是人们生活的一个内容，文人墨客士大夫更是喜欢栽培兰花，欣赏兰花，并积累了许多赏花的方法和体会，唐代杨巨源告诉我们赏花要当时，在最好的时候赏花。他的诗歌《城东早春》说：

城东早春

唐　杨巨源

诗家清景在新春，绿柳才黄半未匀。

若待上林花似锦，出门俱是看花人。

宋代文学家曾巩也有一首题为《看花》的诗，写得更有文人气息：

看　花

宋　曾巩

春来日日探花开，紫陌看花始此回。

欲赋妍华无健笔，拟酬芳景怕深杯。

但知抖擞红尘去，莫问鬅鬙白发催。

更老风情转应少，且邀佳客试徘徊。

欣赏兰花是一种审美活动，具有很强的主观色彩，板桥先生也借此联表达了自己的观念，就是在花儿“未开时”去欣赏。这就给我们无尽的想象和解读的空间，先生为什么“看花全在未开时”呢？这是一个一百人有一百种回答的问题，这就是下联魅力之所在。

“处世”与“看花”原不相干，经板桥先生一连一点，二者内在的生活哲学与审美哲学的联系一并明晰于纸上。

楚尾吴头，一片青山入座；

淮南江北，半潭秋水烹茶。

此联题镇江焦山海若庵，见于《焦山志》卷一：“海若庵，旧名海神庙。乾隆二十六年，两淮盐政高恒建。沈尚书德潜题联云：‘境以沧江旷；山因真隐高。’三十七年，分住自然庵僧光治号慧通重修殿宇，起建僧寮，王文治书额，郑燮题联云：‘楚尾吴头，一片青山入座；淮南江北，半潭秋水烹茶。’”

镇江及焦山的准确位置查阅地图便可知道，板桥先生联语中用“楚尾吴头”“淮南江北”告诉我们镇江及焦山大概的地理坐落。因为楚都在长江中游的武汉附近，所以把地处楚都东面的镇江一带称为“楚尾”。古吴国中心地区在今天苏州一带，故把苏州北面的镇江区域称为“吴头”。淮河之南，长江之北，正是镇江焦山的地理位置所在。“楚尾吴头”，“淮南江北”，字字贴着“焦山”。

上联谓在空间上，焦山位列“楚尾吴头”“淮南江北”之中，一片浮玉似的青山像一个高贵的客人一样入座于自然山水构成的席位之间。这是多么阔大、多么形象、多么富有神韵的描画！下联说淮河和长江给焦山送来了清澈甘甜的河水，正可用来烹茶，怡悦身心。这是紧贴“海若庵”下笔的，多么传神、多么清新、多么富有禅味的茶事！

整联用语典雅，显得清新自然，又用拟人之法，写出青山动态，加上“半潭”的空灵和“秋水烹茶”的闲适，把焦山海若庵写得令人神往。

春风放胆来梳柳；

夜雨瞒人去润花。

——板桥郑燮

徐州博物馆藏“春风放胆来梳柳；夜雨瞒人去润花”对联拓片，落款“板桥郑燮”。1982年文化艺术出版社《对联欣赏》一书载有此联墨迹影印联。

上联写动感之美，用中镜头表现柳树在春风中摇曳、柳枝在春风中舞蹈。柳枝经春风的梳理而欢快的情态跃然纸上。下联写静态之美，用特写镜头表现夜雨过后花朵的润泽、鲜亮。花朵经细雨滋润后带露含水的样子，惹人爱怜。

整联用拟人手法，描写春风放胆“梳理”柳、夜雨瞒人“滋润”花的自然画面，理趣横生，生机顿出。读此联，不得不佩服板桥先生的想象瑰伟，用语奇俏，描摹逼真。

春物诱才归健笔；

夜歌牵醉入丛杯。

——板桥郑燮

此联墨迹藏扬州古籍书店，齐鲁书社《郑板桥全集》载有此联，传是寓居扬州交游卖画时所作。

上联——春物：春天妩媚的景色。诱才：引发敏捷的才思。归健笔：回归到用健硕的笔表达，意即用生花妙笔来描写春天的美景，抒发颂春的才情。

下联——夜歌：夜里听到的动人的歌声。牵醉：拟人用法，歌声牵着你让你沉醉于歌声中。丛杯：形容杯子多，丛聚一般。入丛杯：指因好歌助兴，饮下一杯又一杯美酒。赏春，听歌，写诗，饮酒，都是赏心乐事，风雅有致。板桥先生或为自己题写，借以抒怀；或题赠别人，借以示好，道出的都是真性情。

此人如碧梧翠竹；

其志在流水高山。

此联见 1982 年 11 月 13 日《新华日报》，传说是题赠郝梅岩的。郝梅岩，现江苏盐城市盐都区葛武乡郝荣村人，板桥先生继母郝氏的族叔。名振高，号苍扶、梅岩，中过进士，未能入仕，在郝荣庄西北净土庵设帐授徒。净土庵建于清康熙二十四年（1685），由前殿、后殿、东西厢房组成，前后殿飞檐琉瓦，古色古香，两厢皆屏风隔扇，壁挂字画，四周有回廊相通。继母郝氏对小板桥很疼爱，把小板桥带到族叔郝梅岩先生那里，跟表兄郝建三一起跟从郝梅岩先生学习。小板桥在郝梅岩先生那里接受了最基本的绘画和写字训练，学习了花卉翎毛的画法和真、篆、隶、草的书法。现在郝荣庄郝柏村故居的廊柱上还悬挂着郑板桥先生所写的这副对联，只是文字略有出入。联曰：“其人如碧梧翠竹，此志在流水高山。”距郝柏村故居不远的郝氏宗祠，也与郝柏村故居一并修复了。据传，郝氏一族迁盐城始祖郝贵四原是苏州阊门富户。因“洪武赶散”迁此，传至郝柏村，已历十八代。清乾隆年间，板桥先生的表兄郝建三扩修，1921 年再修。

上联用比喻，说梅岩公就像碧绿的梧桐、苍翠的竹子，傲岸挺拔，有高尚节操。下联用高山流水典故，说梅岩公志存高远。整联颂扬梅岩公之情溢于言表，虽用语通俗，却格高情远。

也有人认为，此联是板桥先生求学时述志自题对联。郝荣村古稀老人郝昌说：“郝梅岩先生一次为学生讲怎样立志、怎样做人，并以此为题，要求学生各撰写一副对联。板桥先生稍思片刻就写成了‘其人如碧梧翠竹，此志在流水高山’这副对联。”存此一说，聊备参考。

此地从来有修竹；

为师真可立梅花。

此联题镇江焦山自然庵。当年，板桥先生为焦山自然庵共题写两副对联，另一联是："汲来江水烹新茗；买尽青山作画屏。""汲来江水烹新茗；买尽青山作画屏"被收入《楹联丛话》卷六，"此地从来有修竹；为师真可立梅花"未收入。

此地，即指焦山自然庵。上联告诉我们自然庵周围历来长着修长的翠竹，郁郁苍苍的竹子将自然庵围在当中，环境幽静至极。下联说扎根生长在自然庵周围的梅花能够为人效法，做人的老师，因为梅花的品格节操堪为人师。下联又含对自然庵僧人的勉励之情，先生勉励僧人们要像修竹、梅花那样，不改、不移初衷，修行修身修道。

全联用互文见义的方法构联，说明修竹和梅花具有高尚的品格和节操，包含了许多做人的启示。修竹可以修身，养梅可以养德，此联切人、切事、切境，合情、合理、合心。

自然庵，在焦山主体建筑定慧寺的东面。旧在观音岩右，垒石建成。创于北宋时期。苏轼好友佛印和尚曾赋诗云："垒石为庵本自然，此庵成就在先天。庵中人一与天老，不似蓬莱有怀年。"明代弘治年间，此庵移建于山下文殊阁西边。清代乾隆年间重建。板桥先生有《题焦山自然庵墨竹》诗，诗曰："静室焦山十五家，家家有竹有篱笆。画来出纸飞腾上，欲向天边扫暮霞。"

从来名士能评水；

自古高僧爱斗茶。

此联题扬州青莲斋。清代李斗《扬州花舫录》卷四"新城北录中"第四条："青莲斋在街（天宁街）西，六安山僧茶叶馆也。僧有茶田，春夏入山，秋冬居肆，东城游人皆于此买茶供一日之用。郑板桥书联云：'从来名士能评水；自古高僧爱斗茶。'"

名士、高僧，评水、斗茶，都是互文见义。名士也好，高僧也好，都喜欢、都擅长评水、斗茶。评水、斗茶，指比较、欣赏、品评泡茶的水和茶的优劣高下。此两者都是文人墨客的雅趣。板桥先生抓住青莲斋主人既是僧人又善种茶、买卖茶的特点，从茶和水入笔撰得此联，贴切而有生活趣味。

打草稿用全力；

说闲话无慢心。

——乾隆戊寅，板桥郑燮

重庆市博物馆藏有此联墨迹。乾隆戊寅年为公元1758年，板桥先生66岁，时已弃官归里，卖画扬州。

闲话是中国汉语里的词汇，有多重意思。1. 闲谈。唐周贺《赠胡僧》诗:“闲话似持咒，不眠同坐禅。”2. 无关紧要的话，题外话。《朱子语类》卷一一四:“假饶句句说得，段段记得，有甚精微奥妙? 都理会得，也都是闲话。”3. 背后议论他人是非的话；不满意的话，有关私人的谣言、传闻、幕后消息等。唐卫准逸句：“莫言闲话是闲话，往往事从闲话来。”下联中的“闲话”意思兼上述三者而有之。

慢心，就是轻慢之心，就是不经心。佛教有专意，指的是傲慢之意。佛说众生因久往以来的习气薰习，形成了五毒恶习，即：贪、嗔、痴、慢、疑。有人将中间加了“妒”成了六毒。笔者以为下联中的“慢心”亦兼佛意和俗意的解释。

上联谓写文章即使打草稿也要全心全意、认认真真，不可因为是草稿就放松要求。足见板桥先生严以律己的严谨之风。下联说哪怕是讲闲话也要掏出真心，千万不可信口雌黄，轻慢不负责任，或者傲慢地妄加议论。

全联启迪人心。66岁的先生积一生之感悟，告诫人们做人做事做学问要“用全力”“无慢心”，这是非常切用的人生经验和生活智慧。

打松算盘；

得大自在。

——板桥郑燮

此联为赠某商人联，江苏扬州周斯达先生藏有拓片。

算盘，是华夏民族计算用的工具，老一辈人人皆知，过去学校里专门有一门课教授算盘怎样使用，笔者上小学曾学过，大约最晚80年代后学校里不教怎样打算盘了，孩子们也不知算盘为何物了。

说人唯利是图，刻薄吝啬，精于算计，兴化人常用“算盘精”来描写或形容，说一个人心算速度快，算得准确，记账、结账技艺娴熟，兴化人也用“算盘精”来表达。板桥先生化用乡言俚语，用“打松算盘”来婉讽劝说好友商人经商不可钻钱眼，不能太精明，不能唯利是图。先生还告诉商人朋友，只有“打松算盘”才能赢得别人尊重，求得心安自在。

自在，安闲适意，心旷神怡。俗话说：“自在不成人，成人不自在。”

寥寥八字，贴事切人，意味深长，也表现了先生的真诚和幽默风趣。

大道母群物，

达人腹众才。

——板桥

2005 年 11 月 8 日，北京保利国际拍卖有限公司 2005 秋季拍卖会“秋宜室藏中国书画”专场竞拍品中有此联。作品尺寸大小为 96 厘米 ×17.5 厘米 ×2，题识为“板桥”，钤印二颗，一为“郑燮之印”，一为“二十年前旧板桥”。

此联是撷句联，联语出自唐朝诗人孟郊的诗歌《大隐坊 · 赵记室俶在职无事》。全诗如下：

卑静身后老，高动物先摧。方圆水任器，刚劲木成灰。

大道母群物，达人腹众才。时吟尧舜篇，心向无为开。

彼隐山万曲，我隐酒一杯。公庭何所有，日日清风来。

老子曰：“道生一，一生二，二生三，三生万物。”上联“大道母群物”即由老子的这句话化用而来。道，即大道，自然法则，就是我们存在的这个世界一切事物运行的规律。母，滋生，产生。群物，指世上的万事万物。我们人类也是这个大道的产物。

达人，通达事理、明德辨义的人。语出《左传 · 昭公七年》：“圣人有明德者，若不当世，其后必有达人。”现在多指在某一领域非常专业、出类拔萃的人物。达人又是网络常用语，最早从台湾开始流行，源于日语中的 Kanai。达人，意思是在某方面比较擅长的专家，技术与才华高于“高手”。一般用法为某某达人，褒义为主，无贬义。例如音乐达人就是在音乐方面非常杰出的人；灌水达人是指在 BBS 里长期大量发无意义帖子或回帖，非常熟练的人。达人，通达事理，明德辨义，出类拔萃，多才多艺，“腹有诗书气自华”，达人给我们这个世界带来了许许多多的技术以及发明和创造。

在“大道”面前“万物”是渺小的，在“达人”面前“众才”是平常的。人生在世，若要不庸常，就要尊重“大道”，发挥生命力，努力成就自己为“达人”。此联横空出世，卓尔不群，充满力量，引领人生。板桥先生当是悟出了这句诗对人生的启迪，要不然他不会撷来此句，书写为联。

涤浣澄心兰可佩；

熏蒸和气玉为仪。

传此联为白驹“兰玉池”浴室题。白驹，地名，现为大丰市白驹镇。郑板桥所处清朝时候白驹尚归当时的兴化管辖，是兴化的属地。潍县罢官归里后，先生曾小住白驹。兴化城内市民素有“早上皮包水（到茶馆吃茶），晚上水包皮（到浴室洗澡）”的生活习俗，先生从小生活在兴化东门郑家大堂屋，亦当常到浴室洗澡。为浴室题联当不足为怪矣。

涤浣（huàn），洗涤、浣洗，这里指洗澡。澄心，使人心澄澈纯洁，心灵得到净化。兰可佩，可以佩戴兰草兰花。洗澡过后，人外表污垢被洗尽，心变得澄澈纯洁，佩戴高洁之物的兰花才可以、才合适，否则就玷污了这兰。上联切洗澡净身。

熏蒸，指浴室里烧水，水蒸出蒸汽，沐浴浴客。和气，使人心平气和，不急不躁。仪，匹配。玉为仪，可以和宝玉匹配，指身体经水汽蒸洗后光洁白皙，就像白玉一般，这样纯净的身体才可以、才合适与玉相配，否则也就玷污了这玉。下联亦切浴室洗澡。

上联含“兰”字，下联含“玉”字，合起来即“兰玉”，切“兰玉池”浴室店名。洗澡原属俗事，但在先生笔下却写得清新雅洁，全联书卷气、君子风、玉石品、兰草质洋溢其间，对仗工稳严谨，别出机杼。

苏州留园揖峰轩对联（笔者 2014 年冬拍摄）

蝶欲试花犹护粉；

莺初学啭尚羞簧。

——板桥郑燮

此联是板桥先生为江苏苏州留园揖峰轩题写的对联，无锡市文物商店藏有木刻。留园是中国著名古典园林，位于江南古城苏州，以园内建筑布置精巧、奇石众多而知名。留园与苏州拙政园、北京颐和园、承德避暑山庄并称中国四大名园。笔者2014年冬天曾赴苏州留园寻访此联，在揖峰轩并没有看到板桥先生所书写的对联。那里悬挂了本地一位书法家所书写的这副对联。题款说明他所书写的此联为揖峰轩旧联（见上页图片）。

上联写蝴蝶在花丛中飞舞，用拟人手法写蝴蝶想要采花粉，又生怕弄伤了花蕊，故小心翼翼地试探着、尝试着。写得活灵活现。下联写黄莺的雏鸟在枝头学习鸣叫，初学就能发出悦耳动听的声音，使那些能演奏出好听乐声的器乐都觉得羞愧了。极言鸟鸣婉转动听。这种天籁之声是任何人造的乐器不能奏出的。整联写得生机满满，天趣盎然，将留园揖峰轩前美丽的瞬间用文字永远定格，用清朝对联大家梁章钜的评联标准看，此联最是“雅切”。

这副联语不是板桥先生原创，是先生从唐朝著名文学家皮日休《闻鲁望游颜家林园病中有寄》一诗里“拿来”。皮日休的七律诗原文是：

一夜韶姿著水光，谢家春草满池塘。

细挑泉眼寻新脉，轻把花枝嗅宿香。

蝶欲试飞犹护粉，莺初学啭尚羞簧。

分明不得同君赏，尽日倾心羡索郎。

先生只改动了一个字，将“飞”换成了“花”。

读书从刬齿而入；

作文以生辣为先。

1983年，兴化郑板桥故居收藏了资料《郑板桥在潍县》一书，此书中载有此联，说是题赠潍县学者韩梦周的对联。该书记载：板桥先生到潍县不久，某天私访，发现韩梦周深夜攻读不辍，当场给予表扬，赠送书籍，并要他第二天到县衙来。第二天，二人相见，交谈甚欢，谈文论理，见解颇多一致。板桥先生书赠此联，鼓励他刻苦钻研。后梦周果不负先生厚望，成为潍县有名的学者。

韩梦周（1729~1798），字公复，号理堂，潍县城区东关人。乾隆二十二年（1757）举进士，乾隆三十一年（1766）任安徽来安县知县，法令严明，不畏权势。乾隆三十五年（1770）调江宁南闱任同考官，恰遇来安遭蝗灾，因未能及时灭灾被劾罢官。乾隆三十七年（1772）他回到故里潍县，在程符山讲学。他是清初山东著名的“宋学”学者，也是潍县古文派的主要人物。他学宗程朱，法守陆陇其的“居敬穷理”。在求学时期，就书写“毋不敬、思无邪”为座右铭。他先后讲学27年，对潍县学者的影响很大。晚年移居草庙子村，建书房5间，名为“西园草堂”。嘉庆三年（1798）病逝。一生著作等身，有《周易解》《中庸解》《大学解》《阴符经解》《理堂文集》《理堂诗集》《理堂日记》《山禾集尺牍》《圩田图三记》《养蚕成法》《文法摘抄》等。

剸，读 zhuān，专一、专擅之意。齿，啃咬之意。剸齿，谓做学问专攻一处，把问题弄透彻。生，生动，栩栩如生。辣，泼辣，文章鞭辟入里、言辞厉害谓之辣。

板桥先生借此联向韩梦周表达自己对读书写作的主张，这个主张韩梦周不仅认同，而且终生践行。上联说读书要专心致志，研读一处，弄深弄透，不可杂览，不可浮光掠影，那样只会浅尝辄止；下联说做文章用词造句、叙事论理、写人状物要生动形象，文风要泼辣、果断、入木三分。

东邻文峰古塔；

西近才子花洲。

此联为板桥先生自题兴化东城外住宅（郑家大堂屋）之对联，为板桥后人郑荣庆提供，至今邑人口耳相传。兴化郑板桥纪念馆展出了该联复制联（见图）。

郑家祖产房，又称“郑家大堂屋”，位于古昭阳城东城外，东南面与文峰塔相邻，西面则靠近明朝“后七子”之一宗臣的读书楼，该楼在百花洲上。宗臣被邑人誉为“中原才子”，故有“才子花洲”之谓。“文峰古塔”是古昭阳著名人文景观之一，邑人李思诚倡议建造，于明朝万历二十六年（1598）建成，通高6丈多（20

多米），有六七层楼那么高。传在 20 世纪抗战期间此塔因战火而毁。

今天仍有关于文峰古塔的传说在古昭阳土地上流传。笔者小时候就听父辈们说，文峰塔有一口锅状塔顶，里面积聚了满满的雨水。一只水鸟口衔小鱼在天上飞，小鱼不小心从鸟口滑落，恰好掉进锅状塔顶的水里，竟然在里面长成大鱼，被人发现时已经长到二三斤重了，是一条生命力顽强的黑鱼。

此联就地取材，写郑宅沐浴于古昭阳文气雅风之中。

顿餐不离盏；

书画伴终身。

1983 年，兴化郑板桥故居收藏了《郑板桥在潍县》一书，此书中载有此联，为山东潍县田玉棚、陈兰蕙收藏并提供。

此联表现了板桥先生的诗酒才情。正因为先生好酒，顿餐不离盏，才上了奸商的当。又因为先生爱书、爱画，书画伴终身，才写下“停画百日”来自我警醒。

在山东潍县流传着板桥先生上当的故事。说潍县有一个叫杜士的秀才，被大奸商李武正用一千两银子收买，设“桃花狗肉”计，骗得板桥先生醉酒后画了巨幅《墨竹图》给奸商。先生酒醒后知道这件事，深感懊悔，写下一首诗：“贪杯辱身，理当受责。停画百日，戒酒三春。”

多读古书开眼界；

少管闲事养精神。

此联有拓片，现藏山东潍坊市博物馆。

眼界，目力所及的范围，引申指见识的广度。眼界广者其成就必大，眼界狭者其作为必小。精神，指人的精气、元神，相对于形骸而言。又指人的精力、体气。板桥先生认为，书要多读，尤其要多读古书，这样才能开拓眼界，增长见识；闲杂的、跟自己无关的事情不要去管，管了，徒费口舌和精力，说不定还会惹上麻烦，少管、不管，则会省却诸多烦恼，消解若干羁绊，有利于培养自己的精气神，使自己变得更加有学养、有涵养。

细细咀嚼，我们能够从联语里感受到先生明哲保身的消极思想，不免心生纳闷，先生是一个积极入世的人，怎么如此消极？只要联系先生的生平遭际来思考，就觉得一点不奇怪、不纳闷了。现实生活如此糟糕和黑暗，先生一个人无力去改变，愤慨之余流露出这样的消极思想。这是先生真性情的抒写。

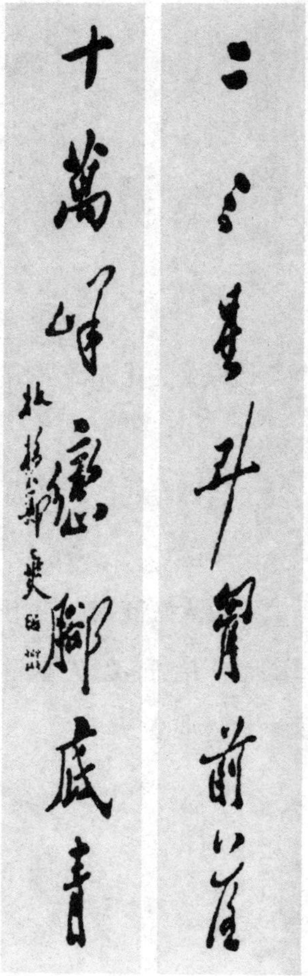

E **二三星斗胸前落；**

十万峰峦脚底青。

——板桥郑燮

此联见《名人楹联真迹大全》之二《行草·七言联》。

《郑板桥全集·词钞》有一首题为《贺新郎·送顾万峰之山东常使君幕》的词，全词如下：

（一）

掷帽悲歌起，叹当年父母生我，悬弧射矢。半世销沉儿女态，羁绊难逾乡里。健羡尔萧然揽辔，首路春风冰冻释，泊马头浩渺黄河水。望不尽，汹汹势。

到看泰岱从天坠，矗空青千岩万嶂，云揉月洗。封禅碑铭今在否？鸟迹虫鱼怪异，为我吊秦皇汉帝。夜半更须陵日观，紫金球涌出沧溟底。尽海内，奇观矣！

（二）

独有难忘者，宁不见慈亲黑发，于今雪洒。检点装囊针线密，老泪潺湲而泻，知多少梦魂牵惹。不为深情酬国士，肯孤踪独骑天边跨？游子叹，关山夜。

颇闻东道兼骚雅，最羡是峰峦十万，青排脚下。此去唱酬官阁里，酒在冰壶共把，须勖以仁风遍野。如此清时宜树立，况鲁、邹旧俗非难化，休沉溺，篇章也！

在词的正文下有作者自注。注曰："常君名建极，字近辰，旗下人。有《登泰山绝顶》诗云：二三星斗胸前落，十万峰峦脚底青。又云：烟霞历乱迷齐鲁，碑版零星倒汉唐。皆警句也。"可知此联不是板桥先生原创，而是书写别人警句以赠人。

顾万峰，兴化人，诗人，书法家，板桥先生少时同学，从《送顾万峰之山东常使君幕》词作来揣测，此联或就是书赠顾万峰的。顾万峰就任"常使君幕"，要前往山东，板桥先生信手拈来常使君的警句相赠，表达对同学的羡慕和祝贺。词中有两句，一句“健羡尔萧然揽辔，首路春风冰冻释”，另一句“此去唱酬官阁里，酒在冰壶共把”，很明白地传达出羡慕之意。

上联似说顾万峰赴山东常使君幕犹如“二三星斗胸前落”，是一件好事，可喜可贺，这里用借喻手法，曲呈胸臆。泰山在山东境内，登山揽胜，极顶之上回望山下，便是“十万峰峦脚底青”的奇观，这句写实，扣紧“顾万峰之山东常使君幕”来写。全联写得气象开阔，气势凌厉，表达了板桥先生旷达豪迈的情怀。

写作《贺新郎·送顾万峰之山东常使君幕》之时，板桥先生还没有出仕，生活困顿失意。词里有一句“半世销沉儿女态，羁绊难逾乡里”，从字里行间可以感受到先生的心情。可贵的是，先生困顿失意的时候却写出了超迈、高韬的对联。

F　**风篁类长笛；**

流水当鸣琴。

——板桥郑燮

此联题于漆器之上，漆器为板桥故里兴化魏伯埙先生所藏。

篁，竹林。屈原《九歌·山鬼》：“余处幽篁兮，终不见天。”柳宗元《至小丘西小石潭记》：“隔篁竹闻水声，如鸣佩环。”也单指竹子。板桥先生题画竹，常用到这个“篁”字。如：“余家有茅屋两间，南面种竹。夏日新篁初放，绿阴照人……”“昨在西湖，过六桥，入小有天园，上南屏山，丛篁密筱，嵌岩充谷，牵衣挽裾，满身皆湿翠也。”“新篁初放，在夏月中，能驱吾暑，能豁吾胸。”“雷停雨止斜阳出，一片新篁旋剪裁。”“疏疏密密复亭亭，小院幽篁一片青，最是晚风藤榻上，满身凉露一天星。”

上联，清风吹过竹林，发出沙沙的悦耳的声音。这声音好像长笛吹出，悠扬动听。下联，流水顺溪前行，叮叮咚咚地发出潺潺声，就像是鸣琴奏出，清脆蕴藉。没有鸣琴可弹奏，权把流水当鸣琴。这种想象，这种体悟，这样的文字，令人叫绝。

板桥先生为漆器题写，写得文雅脱俗，虽是日常用品，因有先生题联，顿觉品位非凡，实可宝贵也。

风吹柳絮为狂客；

雪逼梅花做冷人。

——板桥郑燮

此联墨迹藏江苏常州天宁寺文物陈列室。

柳絮因春风吹拂而离开柳枝，漫天飞舞，便做了狂放不羁的人。白雪未融，环抱朵朵梅花，梅花便成了冷面孤傲的人。整联由风、雪引起，写风吹柳絮，柳絮曼舞的癫狂，写雪压梅枝梅花凌寒开放，这种景致奇特瑰伟，催生思考，给人启发。喻柳絮为狂客，拟梅花为冷人，体悟独到，想象精妙，别出心裁。一个“逼”字出语惊人，艺压全联，境界顿出。

风度如联寒水淼；

秋空还接野云平。

此联为笔者忘年交、文化老人兴化高岩前辈提供。传是板桥先生晚年时为自己题写。

风度，指一个人的言谈举止所显露出的良好素养和美好神韵。风度是一个人内在实力的自然流露，是一个人独有的个性化标志，也是一种魅力。风度是不可模仿的。修养和实力是风度的原因，魅力是风度的结果。

联，即联翩，本意指鸟儿高飞，此联中用鸟翩翩飞翔喻指人的翩翩风度。寒水，清冷的河水。淼，通“渺”，苍茫遥远。

上联谓风度优雅，如鸟儿盘旋高飞，翩翩舞蹈；又如清冷的河水和顺、深沉、悠远。

下联谓秋日的天空，飘浮的云朵，互相连接，平铺于秋空，像展开向远处平铺的绒毯。一个“野”字平添无限生趣。

上联言风度，下联说秋空，看似毫无关联，实则互有牵连比拟。风度如秋空，空阔、渺远，秋空高远亦像人风度翩翩。全联想象瑰伟，巧用比喻，状难写之境如在目前。

板桥先生“诗、书、画三绝”。清人张继屏在所著《松轩随笔》里说，“三绝之中有三真，曰真气，曰真意，曰真趣”。这副自题联，让我们感受到了先生的“真”。

富于笔墨穷于命；

老在须眉壮在心。

——板桥居士郑燮

南京大学中文系教授、博士生导师卞孝萱先生（1924-2009）据墨迹收录此联入《郑板桥全集》，兴化张学曾先生亦藏有此联拓片。

上联：富，富有、丰富、拥有很多的意思。笔墨，指的是书写工具笔和墨。笔墨，又是中国画的术语，指的是中国画技法的总称。在技法上，“笔”通常指钩、勒、皴、擦、点等笔法；“墨”指烘、染、破、泼、积等墨法。在理论上，中国画强调笔为主导，墨随笔出，相互依赖映发，完美地描绘物象，表达意境，以取得形神兼备的艺术效果。穷，困顿、困窘。命，指人的命运，生活遭际。“富于笔墨穷于命”是说生活困窘，命运多舛，但于绘画、书法等艺术方面却具备许多的才能。

下联：须眉，胡须和眉毛，借指一个人的外貌。壮，茁壮、雄壮，发奋有为。心，这里指内心，思想感情。“老在须眉壮在心”是说年龄大了，身体会老去，但是，雄心犹在，壮心不已，思想感情里绝不悲观叹息年华逝去，积极向上，不服老。

整联十四个字浓缩了板桥先生一生的遭际、一辈子的艺术追求。先生用借喻之法，抒发胸臆，用四个形容词“富”“穷”“老”“壮”言说自己当下“真实”的生命状态，寓无奈之况味和积极之壮心于一联，别出机杼，令人仰止。

浮碧一川思训画；

硬黄半榻右军书。

——书为允翁年学兄，板桥郑燮

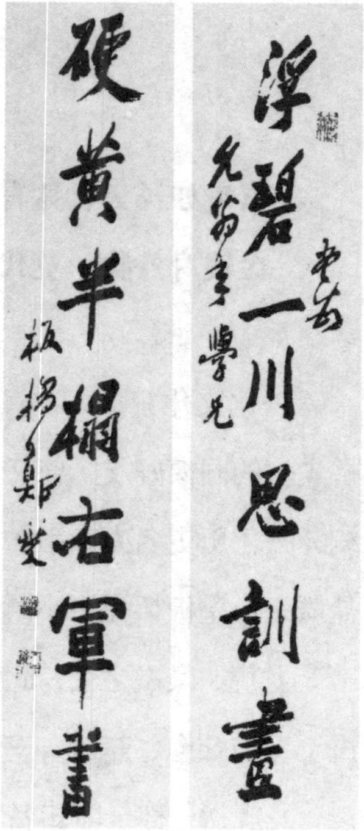

此联墨迹藏扬州博物馆。“书为允翁年学兄”，就是为允翁年学兄书写，可见这是题赠联。

浮碧：即青绿山水画，为唐代画家李思训独创之山水画风格。川，河流，切山水画。像碧玉一般，浮在水面上的青山在宣纸上绵延。

硬黄：纸名，用以写经和临摹古帖，唐宋时最为流行。右军：东晋书法家王羲之，因官至右军将军为后世称为王右军。

榻，狭长而较矮的床形坐具（见附图）。《后汉书·徐稚传》："蕃在郡不接宾客，唯（徐）稚来特设一榻，去则悬之。"半榻，与上联"一川"对仗，言数量之多。

上联言画，而且是李思训的"浮碧"画，下联述书，而且是王羲之的书法。名画对好字，相得益彰，皆可为宝。整联写得富有书卷气。

榻——床形坐具

富贵如浮云，休言子弟登龙虎；

金钱身外物，莫代儿孙做牛马。

兴化文化馆编印的《水乡文艺》载有此联，传是题赠金国元的对联。金国元，有人说是板桥先生的同窗好友，曾任山东道台。查《咸丰重修兴化县志》《民国续修兴化县志》及高岩先生编《兴化历史名人索引》，均未见有金国元其人。据盐城郝荣庄人传说，金国元不是兴化人，是盐城人，是板桥先生小时候在外婆庄盐城郝荣庄从郝梅岩先生读书时的同学。

龙虎，豪杰之士，此处指的是"龙虎榜"。《辞海》这样解释，《新唐书·欧阳詹传》："举进士，与韩愈、李观、李绛、崔群、王涯、冯宿、庾承宣联第，皆天下选，时称龙虎榜。"后因以"龙虎榜"称一时知名之士同登一榜。登龙虎，谓科举考试同登一榜。做牛马，当牛做马之意。

上联谓富贵就如天上飘浮的白云，一会儿就会散去，不要贪念，也不要奢望子孙后代同登龙虎榜，全都荣华富贵。下联说金钱是你身外的东西，生不带来，死不带去，也不可执着，想为儿孙留下若干财富金钱而自己当牛做马没有多大意义。

全联对世俗社会追求荣华富贵进行了婉转的批评、深刻的警醒，表达了板桥先生实事求是过平常生活的淡泊思想。题赠同学，有劝慰之情，有婉讽之意，情真意切。

关于此联，还流传一则故事。

板桥先生的同学金国元的两个儿子同时中举，先生前去祝贺。金国元知道板桥先生的为人，明白先生不把富贵当回事，于是很谦逊地写了上联：富贵如浮云，休言子弟登龙虎。板桥先生领会其意：孔夫子都说富贵于我如浮云，俩犬子中个举人，不值一提。联语虽谦，喜悦之情却溢于言表。先生提笔挥毫，顺着主人的心意写下下联：金钱身外物，莫代儿孙做牛马。

其实板桥先生为人父是十分爱儿子的，他在家书中说“余五十二岁始得一子，岂有不爱之理”，但是，儿孙自有儿孙福，为儿孙做马牛挣钱其实没有必要。

G　**隔靴搔痒赞何益；**

入木三分骂亦精。

江西人民出版社 1985 年版《谐联集萃》收录了此联。

此联注评参见本书“搔痒不着赞何益；入木三分骂亦精”一联的注评。

格超梅以上；

品在竹之间。

板桥先生同邑人、兴化王中书先生提供此联，传是先生自题。

在中国文化里，梅、兰、竹、菊为四君子，是人美好品格和精神的象征。上联谓人格、精神超过梅花以上。下联说人品、性情处在翠竹之间。

此联既可以看作是先生对自己的评价，让后人得见先生的自负和傲岸；也可以看作是先生对自己的要求，他要求自己修心养性，追求美好的人品，能够炼得梅花和翠竹的品格；还可以看作是先生对世人的希望，希望世人不要碌碌无为，不要追名逐利，不要尔虞我诈……

板桥先生曾写过一首题为《梅竹》的诗，与此联相表里，可以连起来欣赏——

梅 竹

一生从未画梅花，不识孤山处士家。

今日画梅兼画竹，岁寒心事满烟霞。

各人自扫阶前雪；

莫管他家屋瓦霜。

板桥先生写给堂弟郑墨的家书《焦山读书寄四弟墨》完整意思如下：僧人遍满天下，不是西域送来的。即吾中国之父兄子弟，穷而无归，入而难返者也。削去头发便是他，留起头发还是我。怒眉瞋目，叱为异端而深恶痛绝之，亦觉太过。佛自周昭王时下生，迄于灭度，足迹未尝履中国土。后八百年而有汉明帝，说谎说梦，惹出这场事来，佛实不闻不晓。今不责明帝，而齐声骂佛，佛何辜乎？况自昌黎辟佛以来，孔道大明，佛焰渐息，帝王卿相，一遵六经、四子之书，以为齐家治国平天下之道，此时而犹言辟佛，亦如同嚼蜡而已。和尚是佛之罪人，杀盗淫妄，贪婪势利，无复明心见性之规。秀才亦是孔子罪人，不仁不智，无礼无义，无复守先待后之意。秀才骂和尚，和尚骂秀才。语云：“各人自扫阶前雪，莫管他家屋瓦霜。”老弟以为然否？偶有所触，书以寄汝，并示无方师一笑也。

在书信里，先生引用了兴化当地的俗语“各人自扫阶前雪，莫管他家屋瓦霜”，用以说明守本分、做好事的道理。秀才要守秀才的本分，要做好秀才自己的事情，和尚要守和尚的本分，要做好和尚自己的事情，不要互相谩骂。

这句俗语不是对联，不合对联规矩。若改为“自扫各人阶前雪，莫管他家屋瓦霜”就差不多成了一副对联，而且属于流水对。但是先生引用来讲明一个生活道理，劝说一类人物实在是恰当不过。

古鼎藏书，百年相伴；

名花美酒，四季皆春。

——板桥郑燮

此联墨迹藏镇江博物馆。

上联说，古鼎和藏书都是可宝之物，值得终生相伴、永远相伴。下联说，只要有名花可赏、美酒可饮，一年四季都可以是春天。整联道出板桥先生的诗酒才情和脱俗的生活情趣。

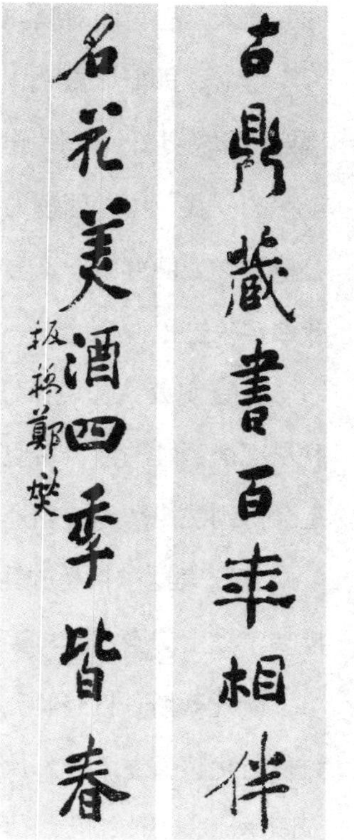

清朝书法家、文字训诂家、篆刻家桂馥在《丁亥烬遗录》卷三“书画灾烬目录”中讲他自己曾见过板桥先生对联真迹：“楷书对联真迹，妙品。赤青缣笺本。高六尺，阔一尺二寸。端正楷书八言。字句日久不忆。左书乾隆某年月日，右书板桥郑燮，下有名号印章。字圆劲而肥大，似颜鲁公，沉著痛快，乃似苏东坡。”

请读者注意，录此条资料不是说明桂馥所说的对联就是上面这副对联，而是让我们知道，先生曾有过这么一副八言对联，楷书所写，书法极可称道。

古书不厌看还读；

益友何妨去复来。

山东潍坊房文斋先生提供此联，当是板桥先生宰潍县时为某友人题写。

上联谓人要手不释卷读古代典籍，一般的“看”——浏览远远不够，反复的“读”——研磨才算是读书。这里揭示了读书的方法。

下联谓对自己有益的、有帮助的朋友一定要多交，相互砥砺，常来常往。谈到交友，便想到孔子说的“益者三友，损者三友”的话。夫子指出跟三种朋友为友是有益的，跟三种朋友交友是有害的。益者三友：友直，友谅，友多闻。损者三友：友便辟、友善柔、友便佞。这里阐述了交友之道。

上联言读书，下联谈交友，观念鲜明，态度真诚，既是勉人，又是自勉。板桥先生的智慧表现在很多方面，家书里、题画里、诗词里、尺牍里，对联虽片言只语，却凝练妙绝，极富启迪人生、警策后人的力量，充满了“生活力”和“教育力”，是先生大智慧的载体。

官要虚心，总能发伏厘奸，须识我得情勿喜；

民宜安分，若到违条犯法，可怜汝无路求生。

此联见贵州人民出版社 1988 年版《郑板桥》。传是板桥先生宰潍县时某一年的除夕当天为县衙大堂题写的对联。

虚心，即低调做人，不自满，不骄傲，听得进别人的意见。发伏，即发现隐瞒、隐藏之事。厘奸，即惩处奸诈，使干坏事的人得到应有的惩罚。识我，即理解、懂得我的思想和为人等特点，这里的“我”可以理解为板桥先生，也可以理解为到这里来当官的人。得情勿喜，指板桥先生秉公执法，为民办事，不会因得别人的情谊而欢喜，意思是告诉人们他不会徇私枉法。上联说自己或希望来这里为官的人一定要惩恶扬善，清正廉洁，不以己悲，不以物喜。

民宜安分，是说百姓要安分守己，不要作奸犯科。违条犯法，即违反法律，干起坏事。下联是寄语百姓的话，希望百姓安分守己，本本分分过日子。同时告诫百姓，如果违法乱纪了，一定会得到法律严厉的惩处，到那时无路求生。岂不是太可怜！

整联表达了板桥先生对为官者、对老百姓的希冀，写得平和清远，发人深省。这副对联也反映了先生“当官不与民做主，不如回家卖红薯”的民本思想和亲民精神。

阮元（1764~1849）《题板桥先生行吟图》：“板桥先生出宰潍县，爱民有政迹。余督学时，潍之士犹感道之不衰。片纸只字，皆珍若圭璧，固知此君非徒以文翰名世也。”将先生此联与阮元题语比照阅读，我们体悟到，先生爱民、亲民、有政迹，才有大学士阮元“非徒以文翰名世”的感叹与赞誉。

柜内银钱如春虱越捉越多；

店中顾客似秋虫挤进挤出。

这是一副戏赠某商人的对联，是兴化市政协高考补习班陈老师提供，据说是板桥先生壮年教书时写的。

收联的商人，拿到对联后一定会洋洋得意，他从字面上读到的是先生祝他生意兴隆、多多赚钱，却不知道此联暗含讥刺。板桥先生借对联把商人唯利是图的贪婪本性揭露得淋漓尽致。虱子、虫子对人都有害，不义之财理当遭抨击。

过眼寸阴求日益；

关心万姓祝年丰。

文化艺术出版社 1982 年版《对联赏析》载有此联，传是板桥先生自题述怀。

上联谓短暂的光阴，一寸一寸从眼前过去。这是客观规律，谁也留不住光阴，但人要爱惜时间，不能虚度年华，每天有所收获和进益，使人生变得充实和丰腴。

下联说心系百姓，情倾万家，祝福天下百姓年年丰收，岁岁有余。

上联典雅清新，下联通俗平实；上联要求自己珍惜时间，日有所进：下联祝福万民，年丰岁实。

先生严以律己、心忧万姓的情怀令人感动！

H　**寒山万里寻梅鉴；**

古渡千秋见板桥。

板桥先生有《赠梅鉴和尚》诗，诗下自注曰：“此雍正十一年重九日奉别梅鉴和尚之作，时结交已十余载。”梅鉴和尚，泰州（旧称海陵）城南弥陀庵和尚。道光刊本《泰州志·寺观》：“弥陀庵，在南山寺东南，兴化郑燮有诗。”“郑燮有诗”即指这一首《赠梅鉴和尚》和另一首《别梅鉴上人》。先生曾多次到泰州，每次都住在梅鉴和尚住持的弥陀庵，可见先生和梅鉴和尚是非常要好的朋友。先生题诗题联赠给梅鉴和尚当是情理中事。

上联，“寒山万里”，不远万里来到寒山之意，此为虚写，并不实指。意谓先生寻访梅鉴和尚。下联，“古渡千秋”同上联的“寒山万里”，亦属于虚写，意谓梅鉴和尚也曾寻访过板桥先生。全联表达对梅鉴和尚的颂扬之情。

因为此联是先生写给方外好友的，当中充满了禅慧佛理，所以联中的“寒山”和“古渡”都可以作佛教典故看。寒山（约691~793），也称寒山子，唐代长安人，出身于官宦人家，多次投考不第，被迫出家，30岁后隐居于浙东天台山寒岩，成为著名诗僧，享年100多岁。古渡，在今扬州邗江区瓜洲镇船闸东南角，相传唐代高僧鉴真和尚曾从此入海东渡日本讲学。

此联由板桥先生同邑人兴化汤践生先生提供。

附诗如下：

别梅鉴上人

郑　燮

海陵南郭居人少，古树斜阳破佛楼。
一径晚烟篱菊瘦，几家黄叶豆棚秋。
云山有约怜狂客，钟鼓无情老比丘。
回首旧房留宿处，暗窗寒纸飒飕飕。

赠梅鉴和尚

郑 燮

十年不见亦如斯，逐日相从了不奇。

挑菜旧篮犹挂壁，种花新陇欲通池。

风霜渐逼慵缝衲，楮墨重寻但索诗。

此别无多应会面，雪花飘落马头时。

板桥先生诗下自注曰：此雍正十一年重九日奉别梅鉴和尚之作，时结交已十余载。

何劳绿叶扶持我；

自有孤芳压服他。

此联为题画联，据桂馥的《丁亥烬遗录》记载，此联题画兰，画上“画兰一箭，数花无叶”。

联中的“我”指画上所画的兰花，“他”指其他的有香气的花卉。上联以兰花的口吻说：我就是我，不要什么绿叶来扶持。因画中所画的兰花“数花无叶”才这么写。俗曰，红花虽好尚要绿叶扶持。先生上联当是从此俗语化用而来。这口吻表现了兰花独立、不阿附的品格。下联亦以兰花口吻写：开放时能够散发出香气的花卉很多，我兰花自有独特的芳香胜过它们。“坚贞还自抱，何事斗群芳”（板桥先生诗句）。同样表现出兰花的自负、自强、自立的人格品质。

全联运用拟人方法写兰，未著兰一字，尽得兰风流。

板桥先生极爱兰花，一生画兰、咏兰、种兰。他在题画中说：“画家无别个，只画郑家香。”“叶长花则少，叶少花则多。世上有余不尽，英雄豪杰如何！”“身在千山顶上头，突岩深缝妙香稠。非无脚下浮云闹，来不相知去不留。”“兰草已成行，山中意味长。坚贞还自抱，何事斗群芳。”

鹤矫云中，霞飞天半；

竹明水际，松挺岩阿。

——乾隆甲申秋杪，书于杏花楼。板桥郑燮

卞孝萱先生见此联照片而辑入《郑板桥全集》。

乾隆甲申，即公元1764年，先生年72。杪，树木的末梢。秋杪，秋天的末尾，即晚秋初冬相接之际。此时，候鸟当南飞。故才有想象中的“鹤矫云中”。杏花楼，今不存，是当时昭阳城内的一座酒楼，在鹦鹉桥北，海子池西南的枣园中，枣园主人为李清，明朝遗民，著名历史学家。

上联：写在杏花楼所仰视情景，有实有虚，实指“霞飞天外”，虚写“鹤矫云中”，仙鹤在云中奋飞。下联：写在杏花楼所俯瞰景致，海子池水边翠竹明亮，青松挺立假山岩边。

整联写得动静有致，高空与低景相映成趣，状自然之境如在眼前，读来有身临其境之妙。先生书作此联时已经72岁，但从此联中看不出“老”的样子，品不出“老”的味道，给人的是老而犹健、老当益壮的感受，就像“挺且直”的青松一般。

黑漆衙门八字开；

有钱没理莫进来。

1984年春风文艺出版社《古今对联故事选》载有此联。

有句俗语说“黑漆衙门八字开，有理没钱莫进来”，原是痛斥官府衙门贪赃枉法、鱼肉百姓的。板桥先生把这句俗语改动了一下就成了“黑漆衙门八字开，有钱没理莫进来”，表达先生秉公断案、公正司法、廉政爱民的思想。

关于此联还有个故事：

清朝乾隆十一年（1746），先生到山东潍县任知县。一到衙门，先生就叫衙役在县衙大院墙上开凿了10多个脸盆大的墙洞。众人不解，问先生何故凿墙开洞。先生笑道：“我听说从前有的官吏，敲诈勒索，弄得百姓怨天抢地，叫苦连天。我要把留在衙门里的那种腐败官气放掉。”说完他又写了“本官日夜受理状子”的告示，叫衙役张贴到县衙大门口。又写了一副对联“黑漆衙门八字开；有钱没理莫进来”，也叫衙役张贴到县衙正门两边。于是，喊冤的、叫屈的、告状的，络绎不绝。由于板桥先生断案公正，潍县百姓称他为青天老爷。

笔者觉得，这是称赞板桥先生为人的那些友善正直的人附会后编讲出来的故事，恐怕不是史实，只是故事而已，但却符合板桥先生的品性。

花香蕉露重；

茶熟竹烟轻。

此联为兴化市政协副主席、本地书画家彭国良提供。彭先生告诉刁骏老先生，他在青少年时候，听其祖父说过，这副对联是板桥先生在塾馆教学生时写给彭先生祖辈的。彭家精裱后常年挂在大厅，后因战争年代躲战乱，城里乡下迁居多次，途中丢失了。

上联谓清晨闻到很浓的花香，看到芭蕉叶上很重的露水。下联说水已经煮开，茶已经泡好，从竹间正蒸腾起水汽和烟雾，袅袅地浮动于翠竹之间。

读此联，仿佛看到板桥先生手捧茶壶，伫立于庭院，看翠竹，闻花香，赏重露压低了的蕉叶，望丛竹间游动的烟雾，一副惬意陶醉的神态。

此联从嗅觉——花香，视觉——蕉露、竹烟，心觉——重、熟、轻，多角度入笔，用语通俗而清浅，写得富有诗情画意，就像五绝短诗中的佳句，悦人耳目，怡人性情。

花落家僮未扫；

鸟啼山客犹眠。

此联题山东潍县草庙子花园，现有石刻可观。草庙子花园在潍县城东南 3 里草庙子庄，清乾隆年间板桥先生好友韩梦周在这里讲学。

上联说落花缤纷，满布花园，随风蹁跹，家僮还没有来打扫。下联说鸟儿啼鸣，满树啁啾，呼朋引伴，山客仍在睡觉，还没有起来。花落了由它去落，鸟叫了任它鸣叫，家僮不扫地也没有人去催，山客犹眠睡则由他眠睡。对联所写，田园风光，田园生活，恬淡自然，绝无人为，何等空灵。这种闲适情致亦是板桥先生远离尘嚣、寄情田园生活态度的表达。

花开花落僧贫富；

云去云来客往还。

此联为赠镇江焦山长老联，见于《楹联续话》卷四“杂缀谐语”：“郑板桥有赠焦山长老联云：‘花开花落僧贫富；云去云来客往还。’今此联墨迹，犹存山中。”《楹联续话》清人梁章钜编辑，道光二十三年（1843）完稿并刊刻，分为四卷。卷一故事、应制、庙祀；卷二廨宇、胜迹、格言；卷三佳话、挽词；卷四集句、杂缀，收联话 330 则。

此联为集句联，是板桥先生信手拈来他人对联里的词句加以改造而成。故《楹联续话》将其归入卷四“集句、杂缀”。明代洪应明《菜根谭》句云：“宠辱不惊，闲看庭前花开花落；去留无意，漫随天外云卷云舒。”康熙皇帝钦赐大臣张英的对联：“白鸟忘机，看天外云卷云舒；青山不老，任庭前花开花落。”板桥先生取来“花开花落”“云卷云舒”，并加以改造，创作出此联。

上联说僧。僧人对贫富应看得淡泊，要像花开花落那般自然，不可执着于贫富，不可追逐富贵。下联言客。香客拜佛，也不要执着于俗念和实际的利益，要顺其自然，像云去云来似的。僧人对香客、友朋应真诚，不可巴结忽悠；一切都要随缘、随愿，刻意追求，有违僧人之道。香客对僧人不要奢求保佑，像俗人一般礼尚往来。板桥先生用比喻之法，道出贫富和往还要像花开花落、云去云来般自然。

整联充满禅机，既与长老交流，有颂扬长老超然的人情僧品之意，又开示他人，不要人为背负名利、富贵之累，要循自然之道，勇于放下，豁达自如，甘于淡泊，当下心安。

黄山云似海；

天姥日为丸。

——书似周老年学先生，板桥郑燮

此联见于1984年山东艺术出版社《明清名人楹联墨迹集》，为题赠周老年学先生之联，一说为安徽黄山题。

黄山有四绝，奇松、怪石、云海、温泉，择其一绝为上联，引人入胜。天姥，山名，在浙江嵊县与新昌县之间，唐代大诗人李白曾梦游天姥山，发出“天姥连天向天横，势拔五岳掩赤城”的赞叹。天姥山顶挂着像小丸一般的太阳，反衬山之高。以此为下联，引人遐想。

此联表面写山，实则喻人之美德，欣赏、赞美周老年学先生的情谊藏于字里行间，十分切合题赠之意。

慧里聪明长奋跃；

静中滋味自甜腴。

——板桥郑燮

此联卞孝萱先生见于《板桥书画拓片集》而收入《郑板桥全集》，山东潍坊市十笏园亦藏有石刻。

智慧里充满着聪明和机巧，如果不奋发有为、勇于探索，聪明和机巧又有何用？所以说，再聪明的人也要坚持不懈，勤奋有为。

安静里贯注着思考和体悟，可以让人洞见人情冷暖，苦乐酸甜，别样滋味，胜过美酒佳肴给人的口舌享受。所以说，安静守拙，精神专注，别有一番甘甜肥美的滋味在心头。

上联动，下联静，动中有奋跃之力，静中藏自然之趣，一动一静，趣味无穷。上联积极，奋跃建功，有儒家治国平天下之气；下联静修，向壁体悟，有道家守拙不露之风。板桥先生撰联述怀，启迪人生，开示愚蒙。

J　**汲来江水烹新茗；买尽青山当画屏。**

汲来江水烹新茗；买尽吴山作画屏。

传当年板桥先生为镇江焦山自然庵共题写了两副对联，一联是：“汲来江水烹新茗，买尽青山当画屏。”另一联是：“此地从来有修竹；为师真可立梅花。”

梁章钜《楹联丛话》卷六“胜迹上”云：“郑板桥（燮）题焦山自然庵联云：‘山光扑面经新雨；江水回头为晚潮。’又云：‘汲来江水烹新茗，买尽青山当画屏。’”《楹联丛话》十二卷，清代梁章钜编。梁氏 1838 年开始编辑，1840 年完稿，并刊刻。全书卷次为：一、故事；二、应制；三、四、庙祀；五、廨宇；六、七、胜迹；八、格言；九、佳话；十、挽词；十一、集句集字；十二、杂缀谐话，收联话 600 余则。

另，南京大学教授卞孝萱先生曾见扬州瘦西湖小金山悬挂有板桥先生木刻对联，联曰：汲来江水烹新茗，买尽吴山作画屏。只一字不同，当是一联两写两用。

上联：汲水即打水、取水之意。取来长江的水，煮沸，烹茶，茶是新制的茶。下联：焦山自然庵四围都是青山，恰如绘画的屏风。本是造化形成，板桥先生却说是花钱买来，诙谐戏谑，浪漫情怀。

镇江古属吴地，故，焦山自然庵周围的山称为吴山。

整联有禅味，启示人尊重自然，顺应自然的生活，不要追名逐利。茶、禅实是一味，谈茶也可悟禅，先生闲情逸致于中可见矣。

扬州著名文化学者、文史专家顾一平先生（1937 年出生于江苏兴化海南镇）2007 年 3 月 8 日写了一篇题为《郑板桥的木刻对联》一文。现摘录其中段落帮助我们来欣赏“汲来江水烹新茗，买尽吴山作画屏”这副对联：

“日前，一位喜爱古玩的朋友从北京来扬州，与笔者谈及他在朋友家看到的一副郑板桥木刻对联，并出示他拍摄的照片。他说，这副木刻对联高 120 多公分，宽约 30 公分，上联为‘汲来江水烹新茶’，下联为‘买尽吴山作画屏’。下署‘板桥郑燮’，并有‘丙辰进士’印章。上联于‘来’字上方右侧有‘橄榄轩’印章。因保存不善，上下联第一个木刻字已腐朽截去，其下均完整无缺，清晰可见。

清人梁章钜《楹联丛话》卷六记载的这副对联，只是下联为‘买尽青山当画屏’。《丛话》记载，这副对联是郑板桥为镇江焦山自然庵写的。卞孝萱先生（《郑板桥全集》）于联下有一小注，他说：‘扬州小金山悬挂郑燮“汲来江水烹新茗，买尽吴山作画屏”木刻对联’。卞先生是扬州人，想必他是见过此联的。于是笔者拨通南京卞先生府上的电话，接电话的正巧是卞先生。他得知来电用意，随即告知笔者：‘数十年前，我在小金山见过郑板桥这副木刻对联。至于下联与他为镇江焦山自然庵写的有所区别，很可能是郑板桥在扬州为小金山写联时，一来认为“买尽吴山作画屏”比“买尽青山当画屏”更贴切景点，二来认为不能与自然庵联完全雷同，于是将下联改动了两字。’

由此可见，我的朋友看到的郑板桥这副木刻对联，很可能就是卞先生当年在扬州小金山见到的那副木刻对联。至于这副木刻对联是怎么从扬州流落到外面的，那就不得而知了。”

几株垂杨，一弯流水；

三椽茅屋，两道小桥。

此联是板桥先生为山东济南曲水亭街曲水亭题写的对联。《曲水流觞曲水亭》一文记录了此联。

《走向世界》杂志（周刊）是山东省人民政府新闻办公室主管主办的一份向世界介绍山东、让山东了解世界的双语种（中、英文）全彩印对外传播媒体。该刊 2009 年第 6 期刊载了郑连根撰文、刘富国摄影的《曲水流觞曲水亭》一文。该文用文字和照片介绍了泉城济南的一条老街——曲水亭街。其中有一段记录了板桥先生的对联。摘录如下：

曲水亭北邻百花洲，南靠府衙后门。据记载，该亭原是三间小房，坐东朝西，房前屋后，小溪弯弯，流水潺潺，垂杨依依，又有小桥渡客，亭门悬挂着清人郑板桥撰写的一幅对联："三椽茅屋，两道小桥；几株垂杨，一弯流水。"后来小房倾圮，亭主将其建在水中，形为木制敞厅，四面回廊环绕，花格透窗，远远望去，犹如翠绿丛中盛开的一朵芙蓉，仍为茶室棋社，亭门楹联曰："历下亭中坐怀古，鹊华桥畔静观棋。"鹊华桥原在曲水亭街北头，今大明湖门坊的一侧，高达数米，只有行人可以通过，传说站在上面能北眺鹊、华二山，曾是泉城一大景观。

2014年6月3日《齐鲁晚报》任宝祯文《曲水亭与"曲水流觞"》也记录了此联。选段如下：

曲水亭虽名曰"亭"，实为坐东朝西的三间小房，内设茶座围棋，供人消遣。房舍前后，小溪潺潺。每当夏日，垂柳依依，曲水缓流。游人多在此休憩品茶，而棋林高手又聚集此处博弈。亭前曾悬挂着清代著名文学家、书画家郑板桥专为此亭撰写的楹联："三椽茅屋，两道小桥；几株垂杨，一湾流水。"可惜民国间已失无考。清济南诗人王初桐曾在《济南竹枝词》中对曲水亭加以咏唱："曲水亭南录事家，朱门紧靠短桥斜。有人桥上湔裙坐，手际飘过片片花。"诗中生动形象地描绘了当年曲水亭小桥、流水、亭榭、浣衣人等清丽幽雅之景象。小桥后来倾圮，亭主人改在溪水之上搭筑一木制敞亭，四面透窗，仍为茶室棋社，亭门楹联曰："忙里偷闲，下盘棋去；闹中取静，泡碗茶来。"颇多围棋名家高手皆出师于此。

这副对联用白描手法为我们介绍曲水亭，最精彩的是引"三""两""几""一"四个数字入联，罗列"茅屋""小桥""垂杨""流水"四境，构造了引人入胜、给人身临其境美感的空间。

奸佞当朝，焉能安其身；

蒺藜满田，何以措禾苗。

《清代扬州画派研究集》第六辑载有兴化人魏伯勋、吴汉池撰写的《扬州八怪李鱓》一文，该文收录了这副对联，说是板桥先生为李鱓"我适居"而题的对联。

李鱓（1686~1762），兴化人，曾在宫廷当画师，在山东为官，遭奸佞陷害而罢官，从此卖画扬州。善画能诗长书，与板桥先生相友善，曾一同在扬州画画写字卖画卖字，两人同列"扬州八怪"。清史有传。扬州大学黄俶成教授著有《画仙春秋》（上海人民出版社2001年8月第一版）为李鱓作传。

我适居，为李鱓书斋，在其别业浮沤山庄内，李鱓亲题匾额“我适居”三字。浮沤山庄今已废，原址在今兴化市一中北隅。

上联谓奸佞把持朝政，正直、不谄媚的李鱓怎么能够在朝堂上安身立命？赞扬李鱓一身正气，不同流合污。下联说刺蒺藜（一种杂草）长满田地，庄稼就不能生长于田地中，有举世皆浊、李鱓独醒之喻意，暗中点出李鱓罢官归里。还是在颂扬李鱓独立的人格精神。

全联切人切事，曲折地表达出为好友鸣不平、唱赞歌的真挚感情。

槛外有奇观，野鸟闲花皓月；

堂前无别物，秃毫破砚残书。

——乾隆二十四年夏六月上浣书于真州客舍，板桥老道人燮

2014年6月6日，北京宝瑞盈国际拍卖有限公司2014春季拍卖会中国古代书画专场预展拍品中有此联。尺寸大小为177厘米×24厘米×2。钤印三颗：郑燮之印（白文）、二十年前旧板桥（朱文）、六分半书（朱文）。

乾隆二十四年，即公元1759年，先生67岁，故自称“老道人”。此时，先生已经弃官归里，卖画扬州。

唐朝、宋朝的官员实行的是旬休制度，在官九日，休息一日。休息日多行浣洗。因此以“上浣”指农历每月上旬的休息日或泛指上旬。

真州，即今扬州仪征市。

此联是在客舍里书写，用客舍情境为撰联内容。或许是为真州某客舍而题写。上联写客舍室外的自然环境，野鸟、闲花、皓月，多么恬淡、惬意。下联写客舍堂前笔墨纸砚的摆放与布置，秃毫、破砚、残书，多么古朴、典雅。整联营造了自然、斯文的氛围，无论是取物入联，还是用语对仗，都表现出先生独特的眼界和胸臆。

江秋逼山翠；

日瘦抱松寒。

——郑燮

南京田原先生藏有此联照片，天津杨柳青年画社藏有墨迹。扬州广陵书社《扬州名胜楹联》载有此联，为瘦西湖小金山松风亭楹联。

小金山是扬州瘦西湖二十四景之一，为瘦西湖中一小岛，原名长春岭，建于清代中叶。当时扬州豪绅为了打通瘦西湖至大明寺的水上通道，在瘦西湖之西北开挖了莲花埂新河，挖河的土堆成了一座小山，这就是今天的小金山。小金山四周环水，水随山转，山因水活。山顶有“松风亭”一座，是全园最高点。板桥先生此联即为该亭而题。

上联写秋的意境，下联写冬的况味，整联描写小金山晚秋初冬的景致，小中见大，大境界，大手笔。秋风秋雨，让江边的山峦失却葱绿，现出萧瑟之态。冬天阳光灰白没劲儿，无力地拥抱着冷冷的松树。“逼”和“抱”是拟人之词。“逼山翠”是说逼迫山峦褪去翠绿；“抱松寒”即抱着寒松，好像要给寒松温暖似的。这里，“逼”无情而有力，“抱”有情而无力。有情有力是什么呢？板桥先生没有说，留给读联的人去思考、去遐想、去补充。果如此，联趣横生矣！

交忠朝廷；

因赐百姓。

1983年，兴化郑板桥故居收藏了《郑板桥在潍县》一书，此书中载有此联。传是板桥先生为山东莱州“黄金府台”题写。

莱州有个名叫孙家新的财主，金银无数，为了光宗耀祖，花了若干金钱捐买了个府台（所以叫“黄金府台”）。此人又为了附庸风雅，着人到潍县请板桥先生题写对联。先生晓得此人为富不仁，就想借此机会奚落他。于是，便挥毫写下对联：“交忠朝廷；因赐百姓。”又写了横批：“金修前程。”

笔者以为，这可能是民间聪明人士附会先生而创作的故事，表达对有钱人诸如财主、商人的奚落、痛恨。借先生之名，行打骂之实。

交忠，即効忠，効（xiào）为效异体字。“効忠”朝廷，却不出“力”（“効”字去掉“力”旁），就成了“交忠朝廷”。因赐，即恩赐。“恩赐”百姓，却不用心（“恩”字去掉“心”底），就成了“因赐百姓”。此联文字藏有极大的机巧。

传说莱州百姓还编了个顺口溜来讽刺这个孙财主：“可笑莱州孙家新，四品府台靠黄金。効忠朝廷不出力，恩赐百姓缺一心。”

阶下青葱留玉节；

夜来风雨作秋声。

——如南年长兄先生，板桥郑燮。

此联为赠联。如南，应该是受赠人的表字，古时候，称呼别人一般呼称表字不称人名，这是出于尊敬。长兄，一指兄弟中排行最大者。古乐府《木兰诗》：“阿爷无大儿，木兰无长兄。”又指男子相互间的尊称。《儒林外史》第十七回：“赵先生问道：‘此位长兄尊姓？’景茳江道：‘这位是乐清匡先生。’”这里的“年长兄”有特殊的意思。我国古代文人参加科举考试，同一年考取登科的人彼此的关系称为“同年”“年谊”，互相之间称为“年家”“年兄”，称对方长辈为“年伯”，同辈亦为“年兄”，后辈为“年家子”。这种“同年”不是说年龄一样大，而是指同科上榜者彼此的关系。

上联写竹，属于实写，眼睛可以看到的。石阶下青翠的竹子生命力顽强，已经悄悄地长出笋儿。玉节，笋的美称。唐皮日休《奉和鲁望早春雪中作吴体见寄》：“竹根乍烧玉节快，酒面新泼金膏寒。”明杨慎《和方思道毛坞之什》：“冉冉孤生竹，迟此方苞月。玉节本璘珣，孚尹亦旁达。”

下联写声，属于虚写，是听到风雨声后联想到的。夜来风雨，敲打阶下翠竹的声音，传进不眠之人的耳朵里，让他想到秋天，想到草木凋零，想到肃杀的秋风之声，“噫嘻悲哉！此秋声也”。

上联实写，状难写之境具呈眼前，下联虚写，想象风雨夜在翠竹间穿行的风声。一静一动，意蕴浑厚，有声有色，胸臆深藏，耐人寻味。先生有诗咏竹，“千磨万击还坚劲，任尔东西南北风”，这就是翠竹之神、玉节之品，也是板桥先生的人品。

洁疑无地种；

芳不待人知。

这是一副为《兰竹图》而作的题画联。板桥先生家乡兴化市图书馆藏有此联拓片，南京艺术学院教授、“扬州画派”研究会名誉会长、中国郑板桥研究会及日本郑板桥学会顾问周积寅先生的《郑板桥书画集》亦载有此联。

兰是高洁的象征，有君子之风。栽种它、培养它，一定要精心挑选种植的环境，否则就是玷污了兰花。上联说怀疑找不到洁净之地来种兰，就是在赞美兰花的高洁。下联谓兰花开放，芳香四溢，只为自己香，不为他人忙，也不管他人是不是知道欣赏兰花。孔子说：“人不知而不愠，不亦君子乎？”实则也是板桥先生在颂扬兰花的高洁。

此联写兰，写种兰，礼赞兰花的特立独行品格，不著“兰”一字，尽得“兰”风流。先生制联，出神入化，艺术高妙。

锦江春色来天地；

玉垒浮云变古今。

诗圣杜甫有《登楼》诗一首，全文如下：

花近高楼伤客心，万方多难此登临。

锦江春色来天地，玉垒浮云变古今。

北极朝廷终不改，西山寇盗莫相侵。

可怜后主还祠庙，日暮聊为梁甫吟。

颔联描述山河壮观，“锦江”“玉垒”是登楼所见。锦江，源出灌县，自郫县流经成都入岷江。玉垒，山名，在今茂汶羌族自治县。凭楼远望，锦江流水挟着蓬勃的春色从天地相接的边际汹涌而来，玉垒山上的浮云飘忽起灭正像古今世势的风云变幻。上句向空间开拓视野，下句就时间驰骋遐思，天高地迥，古往今来，形成一个阔大悠远、囊括宇宙的境界，饱含着对祖国山河的赞美和对民族历史的追怀。而且，登高临远，视通八方，独向西北前线游目骋怀，也透露诗人忧国忧民的无限心事。

板桥先生直接引用杜诗颔联作为他的对联，当属于集句联。江西人民出版社 1984 年版《实用对联》载有此联。

近水短桥皆画意；

远峰晴雪有诗无。

——戊寅八月书于明圣湖之勾留处。板桥郑燮

此联为先生游览杭州西湖时所作，江苏宜兴史庆康先生藏有此联拓片钩摹本。

戊寅年，公元1758年，先生时年66岁，已经弃官归里。这副对联写于“八月”，不知为何人何处而写。明圣湖，即杭州西湖。

勾留处，即吟香别业，在孤山放鹤亭南，为西湖十景之一。

上联描写近前所见之美景，实写近水、短桥，并揭示近水短桥所构成的景致富有诗情画意，自然、和谐。下联描写远眺所见、所想之美景，日照远处的山峦，山峦上未融化的残雪，亦充满诗情画意，那么鲜明、壮观。但板桥先生是用怀疑的口吻道出，“有诗无”就是“有诗否”，婉转曲折，含不尽之意于文字中。

重庆云阳县张飞庙书画廊之石碑、木刻中亦有此联，款署“板桥郑燮”。卞孝萱先生《郑板桥丛考》记录，他在1997年9月25日，“在张桓侯庙书画廊之石碑、木刻中，观赏了郑燮作品，其中有两副对联，尚未有人述论”。这副对联是其中一副，并说这副对联“也是由风景而联想到诗画的”。

径幽花气聚；

波定月光圆。

兴化昭阳镇文化站文史资料组提供此联，不知何时何地、为何人题。

上联谓小路幽静，行人罕至，花儿的芬芳得以聚集，小路流荡着醉人的花香。下联说水波不兴，水面平静如镜，月亮倒映在水里，显得那么圆润。

“径幽”和“波定”表现出环境的幽深、静谧，“聚”有暗香浮动之动态美，“圆”有团圆、圆满之感觉美，分别从嗅觉和视觉的角度描写景色的优美。“花”鲜明，“月”朗照，花好月圆，一派诗情画意。若是为小园亭台、池水莲塘题写，则再贴切不过。先生遣词造句，举重若轻，句句熨帖，字字饱满，语言艺术神乎其神矣。

静检羲轩册；

浓薰班马香。

——板桥郑燮

此联见《铁如意室所藏书画录》卷二："郑板桥楷书联。纸本，高三尺五寸，阔八寸七分。下款'板桥郑燮'四字，押'郑燮之印''二十年前旧板桥'两印，左联起首有'橄榄轩'大印，下角'燮何力之有焉'一印，书法纸墨皆精品也。"传为潍县县署静俭斋题。

铁如意室，清代浙江嘉兴画家郭照的画室。郭照（1827~1895）书似倪瓒，善画花卉、翎毛。结交多名士。卒年69。著《隐吾草堂诗集》《铁如意室题画杂缀》《艺林悼友录》《甲子纪元编》。

此上联图中的"義"字是"羲"字笔误。羲，伏羲；轩，轩辕；册，简册；羲轩册，指的是远古圣人所留下的典籍和历史文化。班，班固；马，司马迁；香，芳香；班马香，指的是司马迁和班固为代表的古代文化传统。

上联，静心检读远古圣人所留下的历史文化典籍；下联，自觉接受司马迁和班固为代表的古代文化传统的熏陶。整联洋溢文化的芳香，十分切合在县署静俭斋读书人的趣味。

"静俭斋"，潍县县署书斋，三字为板桥先生所题，墨迹现藏潍坊市博物馆。

菊松陶令宅；

书画米家船。

此联见金盾出版社1995年版《巧妙对联三千副》。传是板桥先生为山东潍县复园题写，有人说是为潍坊碧云斋题写。

复园，原名西园，在潍县城东南3里草庙子庄，清乾隆年间潍县学者韩梦周在此庄讲学，因为园子在他住宅西边故名西园。到光绪年间西园几度易主，光绪中叶，为乡绅丁毓庚购得，遂更名复园，表示对韩梦周的景仰（韩梦周字复堂）。韩梦周是板桥先生的好朋友，先生为好友题联当在情理中。需要强调的是，先生宰潍县时此园叫西园，还没有叫做复园，所以，为山东潍县复园题写的说法是不准确的，准确的说法是为山东潍县西园题写。

陶令，晋朝陶潜陶渊明也，他曾做过彭泽令，故称陶令。他爱菊花和松树，在住宅四周种植了许多菊和松。米，指米芾，北宋著名书画家，一生爱好收藏字画，人到哪里书画带到哪里，须臾不离。若是坐船行走，则把书画全装到船上，故称米家船。陶令喜菊松故住宅周围多植，米芾爱书画故满船多载。整联用典，表达对西园主人的颂扬之情，写得蕴意丰满，高雅脱俗。

2013 年 12 月 8 日，法国福羲国际拍卖公司（FECI AUCTION）亚洲艺术品专场拍卖会竞拍过此联。作品尺寸大小为 98 厘米 ×24 厘米。款识为：板桥郑燮。钤印三颗，分别为：都官、板桥、俗吏。这副对联是美籍华人收藏家罗锦堂（1929—　）先生旧藏中国书画。

君子易做；

小人难为。

——坦夫老寅长兄，板桥弟郑燮

2009 年 8 月北京体育大学出版社《郑板桥书法集》载有此联墨迹。

君子，特指有学问、有修养的人。“君子”一词出自《易经》，被全面引用，最后上升到士大夫及读书人的道德品质始自孔子，并被以后的儒家学派不断完善，成为中国人的道德典范。君子有真有假，真君子为人坦率，做事诚实，重信用和义气，爱体面凡事说一不二。假君子俗称“伪君子”恰恰与之相反，背地里什么伪劣的事都敢做出来，表面却装好人。

小人，小人的意思很多，可以指平民百姓；可以指识见浅狭的人；可以指人格卑鄙的人；古代亦称“鄙人”，自称用谦词。现在常指中国儒家定义君子的“反义词”，如“君子坦荡荡，小人长戚戚”；专指喜欢搬弄是非、挑拨离间、隔岸观火、落井下石之类的人格卑鄙的人。小人有多种，如“市井小人”与“卑鄙小人”就不同。

在一般人思维中，做君子比较难，因为做君子要求高；做小人比较容易，因为小人是平常人，安的是平常心，做的是平常事，只要不做坏事恶事。可是在板桥先生的理解里却一反常理，他认为“做君子易，为小人难”，这其中有他独特的人生体悟。在先生看来，小人就是常人，为人在世，做一个常人是“人”最本质的要求，把一个自食其力的、心底坦荡的“常人”做好是生活的最高要求，这是很难的。独善其身的君子，只做他自己，只顾他自己，相对而言是比较容易的。

这是一副送给“坦夫老寅长兄”的赠联，有颂扬老友君子之风的应酬之意，同时先生借题发挥，阐释人生哲理，别出机杼，警策众生。

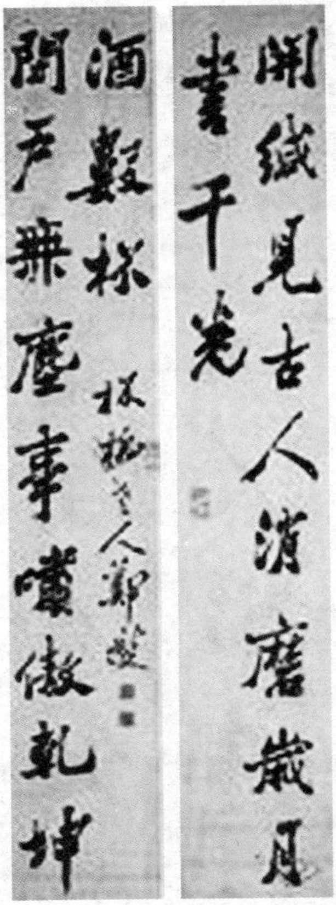

K　**开缄见古人消磨岁月书千卷；**

闭户弃尘事啸傲乾坤酒数杯。

——板桥老人郑燮

缄，封闭，给书信封上口。开缄，拆开书信。唐李白《以诗代书答元丹丘》：“开缄方一笑，乃是故人传。”喻指打开封闭的所在，此联中指开卷读书。南宋陆游《梦中作》有诗句“读书历见古人面”可注解“开缄见古人”。消磨，虚度，意志、精力等逐渐消失。尘事，世俗的事情。啸傲，隐士般逍遥自在，不受礼俗拘束。乾坤，天地间。

上联谓打开古代典籍阅读，与古人对话，用读千卷书来消磨岁月。下联说关起门来，不问世俗的事情，端起酒杯，寄情美酒，在天地间逍遥自在。

全联表达淡泊情怀，消极心态，大有看破红尘之意。此时先生已经是“老人”，对联中表达出人生末年的感慨，实属常理。

2014年11月30日，山西晋宝拍卖有限公司“晋宝2014秋季艺术品拍卖会”中国书画专场竞拍预展中有此联，尺寸大小为168厘米×30厘米×2。

快意行时防失足；

问心难处急回头。

——灵翁老长兄老先生嘱书，板桥弟郑燮

1993年第3期《书法丛刊》载有此联，是一副题赠联。

快意，表示内心瞬间放松，十分愉悦。行时，用兴化方言讲就是“走时”，行好运。发达了，见重于当时，就是行时。失足，足未站稳，不慎跌倒，比喻堕落或犯严重错误。如俗语“一失足成千古恨，再回头已百年身”。问心，反躬自问。难处，指处境艰难，生活穷困，亦指事情复杂、有重重阻碍。

上联谓人生得意的时候，要保持头脑冷静，小心谨慎，不可得意忘形、忘乎所以，防止失足，这是智者的选择和修为。下联说遇事处事，碰到困难和阻碍，要问问自己能不能闯过去，不能闯过去，那就赶快回头，不要勉强行事，这才是智者的融通与灵活。

这是两个老友的对话，也是两个智者的交流。板桥先生积人生之感悟写出这样的联语，真诚而深刻。灵翁老先生则心有灵犀，当能会心一笑。

课子小书斋，聊可借观鱼鸟；

连家新竹圃，何须多构湖山。

——乾隆癸酉仲春，板桥郑燮

兴化郑板桥纪念馆藏有此联拓片。山东潍坊市十笏园藏有此联石刻。

潍坊市博物馆《十笏园石刻资料》说此联“大概是郑板桥离潍前写给郭芸亭的”，“也可能是为郭家园（南园）写的”。常之英等《潍县志稿》卷十一《营缮志 · 园亭》：“南园，在县署东南天仙宫东，明嘉靖时刘应节园也。天启时，归郭尚友，增构旧华轩、知鱼亭、松篁阁、来凤轩诸胜。其孙饶州府知府一璐复加修葺。一璐侄郭伟业字质亭，伟勣字芸亭，均能诗工画，与知县郑燮为文字交，时殇咏其中。今园已无迹可寻，而郑之诗画犹存人间。”

乾隆癸酉是公元 1753 年，先生 61 岁，这一年春天先生弃官离开潍县返回故里兴化。“郑板桥离潍前写给郭芸亭”一说当是符合事实的。

上联，描写园主人“课子”的情景和心境。课子之余，主人可以走出书斋，徜徉于园中小径，徘徊于园中池边，静观鱼儿游戏、鸟儿飞翔。

下联，描写园主人之南园及园周围的环境，丛丛新竹，翠绿欲滴，环绕着书斋。在先生眼里何等赏心悦目，此情此景，叫人心旷神怡，何必要去构湖叠山。这是颂扬园主人有雅趣、有淡泊之心。

全联写景、叙事、抒情熔于一炉，先生的率真、旷达、雅趣得到了自然和谐的表达。

板桥先生有《南园画竹赠郭质田先生》诗：

我辈为官困杀人，到君园馆长精神。

请看一片萧萧竹，画里阶前总绝尘。

先生还有二首题画诗：

题南园丛竹图留别质田先生四弟芸亭先生二首

名园修竹古烟霞，云是饶州太守家。（原注：饶州太守芸亭胞伯也）

饮得西江一杯水，如今清趣满林遮。

七载春风住潍县，爱看修竹郭家园。

今日写来还赠郭，令人常忆旧华轩。

乾隆十七年（1752）底，板桥先生去任已定，借住在郭家南园旧华轩。知道这个史实，再读这三首诗，可以知道先生和郭家南园主人郭质亭、郭芸亭确实非常友好，在先生弃官归里离开潍县的前夕题写这样一副对联实属情理中事。

L　**老圃老农，吾不如也；**

一丘一壑，自谓过之。

兴化昭阳镇文化站文史资料组提供，传是板桥先生自题联。

《论语·子路》：樊迟请学稼。子曰："吾不如老农。"请学为圃。曰："吾不如老圃。"樊迟出。子曰："小人哉，樊须也！上好礼，则民莫敢不敬，上好义，则民莫敢不服；上好信，则民莫敢不用情。夫如是，则四方之民襁负其子而至矣，焉用稼？"

孔子毫不客气地指责想学种庄稼和种菜的樊迟是小人，可以清楚地看出他的教育思想。他认为，在上位的人哪里需要学习种庄稼、种菜之类的知识，只要重视礼、义、信也就足够了。他培养学生，不是为了以后去种庄稼种菜，而是为了从政为官，改革社会。在孔子时代，接受教育的人毕竟是少数，劳动者只要有充沛的体力就可以从事农业生产，而教育的目的，是为了培养具有真才实学的、能够治国平天下的知识分子。孔子的教育目的并不是为了培养劳动者。这在当时的历史条件下有其相对的合理性。从这个意义上看板桥先生的上联，我们就会理解先生并不是瞧不起庄稼人，而是曲折表达他读书入世济世的“修齐治平”的理想。

刘义庆《世说新语·品藻》第十七：明帝问谢鲲：“君自谓何如庾亮？”答曰：“端委庙堂，使百僚准则，臣不如亮；一丘一壑，自谓过之。”

谢鲲的回答大意是：“用礼制整饬朝廷，使百官有个榜样，这方面，臣不如庾亮；至于寄情于山水的志趣，自以为超过他。”从这个角度来看先生下联，便知道先生的本意。先生强调自己有浓厚的寄情山水的志趣，在这一点上不会逊于他人。

全联用典，曲折表达“达则兼济天下，穷则独善其身”的人生理想。这种理想在古代社会读书人中具有相当的普遍性。

老屋挂藤连豆架；

破瓢舀水带鲦鱼。

此联载《兴化佛教通志》，传是为昭阳古宝筏寺藕花居题写。

古宝筏寺，在兴化乌巾荡南岸，藕花居为当家和尚的住室，是一座平房，平房后围墙外就是乌巾荡。《兴化佛教通志》于 1933 年由上海玉佛寺震华法师编撰出版。震华法师名乘实，一名全心。生于清宣统元年己酉（1909），江苏兴化翟唐庄唐氏子，近代禅门著名史学家、教育家、诗人。《兴化佛教通志》专记“昭阳古邑”兴化的教源、法要、梵宇、僧彦、尼范、居士、信女，并为之作志立传，广泛搜罗有关佛教的序跋、碑记、塔铭、诗什及遗闻、逸事，成一方之专史。据《通志》记载：此联是板桥先生撰赠古宝筏寺当家和尚的，原是一首赠诗，联语撷自赠诗的颔联。

全诗如下：

藕花居

郑 燮

菱丝荇叶藕花居，帘外清风槛外渠。
老屋挂藤连豆架，破瓢舀水带鲦鱼。
农歌远蒲钟残后，鱼唱三更月上初。
最是真僧无一物，拈来活泼总成虚。

上联写藕花居四周长着扁豆，豆藤已爬满豆架。下联写僧人的生活，破瓢舀水，连水里的鲦（tiáo）鱼都舀上来了。全联写得朴素、清新，再现僧人清心寡欲的礼佛生活，语涉禅意，耐人寻味。

雷文古鼎八九个；

日铸新茶三两瓯。

板桥故里兴化薛振国先生藏有墨迹，山东潍坊博物馆藏有拓片。

传此联题浙江绍兴日铸山。笔者以为此联不是为日铸山而题。

兴化明清之时城内商铺多矣，其中一定有茶叶店。卖茶一定要用到存放茶叶的罐子，上联中的“雷文古鼎”指的就是存放茶叶的工具。这不是笔者臆说，下联“日铸新茶”就已经告诉你了。由此看来，此联很有可能是为某茶叶店题写。

还有另一解。上联写的是居室陈设，显示主人的高雅。下联写的是日常生活，显示主人的脱俗。说不定是板桥先生为骚人墨客之友人而题。

雷文，古时宫殿庙宇陈设的宝鼎，其外形铸刻着一个个方块，方块内有秀丽多彩图案，称之为雷文。古鼎，古代青铜铸造的礼器或饮器。雷文古鼎，即雕刻着雷文的古鼎。

日铸，即日铸山，在浙江省绍兴市境内。以产茶著称，所产之茶即以“日铸”为名。新茶，一般指清明前采摘上市的茶叶，又称明前茶。瓯，泡茶的瓦制工具。日铸新茶，即日铸山出产的新茶。

整联清新典雅，语涉禅机，妙不可言，最适宜啜茶静坐时品悟。

雷霆走精锐；

冰雪净聪明。

——板桥郑燮

这是一副集句联，原句出自唐代诗人杜甫的诗《送樊二十三侍御赴汉中判官》：“威弧不能弦，自尔无宁岁。川谷血横流，豺狼沸相噬。天子从北来，长驱振凋敝。顿兵岐梁下，却跨沙漠裔。二京陷未收，四极我得制。萧索汉水清，缅通淮湖税。使者纷星散，王纲尚旒缀。南伯从事贤，君行立谈际。生知七曜历，手画三军势。冰雪净聪明，雷霆走精锐。幕府辍谏官，朝廷无此例。至尊方旰食，仗尔布嘉惠。补阙暮征入，柱史晨征憩。正当艰难时，实藉长久计。回风吹独树，

白日照执袂。恸哭苍烟根，山门万重闭。居人莽牢落，游子方迢递。裴回悲生离，局促老一世。陶唐歌遗民，后汉更列帝。恨无匡复姿，聊欲从此逝。”

先生把杜诗“冰雪净聪明，雷霆走精锐”两句翻转了位置，成了“雷霆走精锐，冰雪净聪明”这副对联。为什么要翻转句序？是为了符合制联规范，上联仄声收尾，下联平声收尾。

净、走二字含有去掉、除去、洗涤、失去的意思。所以诗句的意思是：用冰雪洗净了聪明，暗讽当时朝廷没有智慧，在安史之乱之际乱作一团。雷霆之势是精锐之所在，走了精锐除去了精锐，试问雷霆还有什么用呢？这也是暗讽当时政府运政不当，没有抓住有利时机，调兵遣将，平定叛乱。

板桥先生撷来诗句作联语，是有他自己的理解的。上联是雷霆送来了精锐，给人以希望和力量。下联是冰雪洗过了聪明，使得聪明更加纯净和智慧。这样就赋予了这副对联积极的意义，这是先生化腐朽为神奇的魅力所在。

泪尽数行；

诗留千古。

兴化市政协副主席、画家彭国良先生提供了此联，传是板桥先生述怀联。

上联言泪流已尽。为谁而流泪？居家时为痛失亲人，为官时为抚恤百姓……在潍县任上先生曾写诗抒发对百姓民生的关注和同情，诗曰：“衙斋卧听萧萧竹，疑是民间疾苦声。些小吾曹州县吏，一枝一叶总关情。”

下联谓要留下诗歌。为谁而留？为自己、为别人，亦为现实、为希望。先生生前刊刻了自己的“文钞”“诗钞”“词钞”“家书”“小唱”等文字，这些文字成为今天人们认识先生、研究先生的凭借。而且随着时间推移人们越来越喜爱先生、喜爱先生的文字。先生当年撰联述怀，立志要“诗留千古”，今天看来，先生真正做到了。

先生曾写诗表达他一贯的思想，诗曰：“宦海归来两鬓星，故人怜我未凋零。春风写与平安竹，依旧江南一片青。”结合这首诗再读这副对联，能够体会到先生的柔软内心和倜傥潇洒的才情。

此联对仗严丝合缝，“泪尽”对“诗留”，“数行”对“千古”。特别是“尽”和“留”相对，相辅相成，没有“泪尽”何来“诗留”？

利欲除刀，凡尘半点不染；

金炉剥火，锁住意马心猿。

传山东潍县东南白浪河西岸有一座叫武殿寺的庙宇，寺里有个和尚，俗名胡兴凤，原是大财主的儿子。从小娇生惯养，花天酒地，吃喝玩乐。父母亲亡故后，家财被他挥霍得一干二净。生活无着落后出家做了和尚，但仍不思悔改，一点不守出家人的规矩，照样吃喝玩乐，玩弄女性。当家和尚北海长老多次教育、警诫，此人就是不改，反而怀恨在心。据说，一次长老生病，他借口为长老治病，用毒药毒死了北海老和尚。

郑板桥、高凤翰、金农知道了这件事后，各写了一副对联来嘲笑、鞭挞这个佛门中的败类。三副对联上下联各藏一个字，合起来是“秃驴”“和尚”“黑心”。

郑板桥先生的对联是：“利欲除刀，凡尘半点不染；金炉剥火，锁住意马心猿。”这是一副拆字、离合联，“利欲除刀”是个“禾”（利字去掉立刀旁，就是禾），“凡尘半点不染”是个“几”字，合起来是个“秃”字；“金炉剥火”是个“户”字，“锁住意马心猿”是个“马”字，合起来是个“驴”字。

高凤翰先生的对联是：“禾熟填口不为丢；常借一巾去遮丑。”也是拆字、离合联，上下联所含的字是“和尚”。

金农先生的对联是：“佳墨不染尘土；相思苦无良田。”也是拆字、离合联，上下联所含的字是“黑心”。

拆字、离合，就是利用汉字中合体字的部件可离可合的特点来创作对联，它具有亦庄亦谐、冷嘲热讽、妙趣横生的表达效果。它虽然具有游戏性质，但能充分显示撰联者的聪颖机敏、智慧机巧。传郑板桥先生用这个方法还创作过一副对联：“凤来禾下鸟飞去，马到芦边草不生。”上联含的字是“秃”，下联含的字是“驴”，合起来是“秃驴”。

这三副对联是否真是郑板桥、高凤翰、金农三位先生所写，已无从考证。笔者认为，这是附会三位先生而创作出来的对联故事。

怜莺舌嫩由他骂；

爱柳腰柔任尔狂。

此联为扬州商人常书民私家花园题，手卷藏上海博物馆。板桥先生《板桥偶记》说：“常二书民有园，索板桥题句。题曰：‘怜莺舌嫩由他骂；爱柳腰柔任尔狂。’常大喜。”常书民小园，位于扬州市郊雷塘、玉勾斜一带，今已废。

上联：怜爱黄莺，任由它嫩舌百啭唱千声。骂，即鸟叫。因为怜爱黄莺、喜欢听它的鸣叫，就是鸟儿再骂也任由它骂下去。

下联：喜欢翠柳，放任它柔腰癫狂作娇态。因为爱柳的柔美，就是它轻薄、癫狂，也不加指斥，而是容忍它。爱它，就要包容它。

上联听声，下联观舞，正是主人漫步园中耳闻目睹之特写，故园主人“大喜”。“骂”写黄莺啼鸣，“狂”状柔柳摇曳，用拟人手法写出，又是反语，表面看是“骂”，是“狂”，实质上是“怜”，是“爱”。此联用词造句奇谲，画面感极强。

两间东倒西歪屋；

一个千锤百炼人。

1983年，板桥先生同邑人、兴化新华书店退休老职工李春华提供此联。李春华说他在青少年时期，听他祖父讲过，板桥先生青少年时，曾经为一个打铁的邻居写过这副对联。

上联——抓住“两间”“东倒西歪”来描写铁匠家贫困的生活，就像电影的中景镜头。

下联——是一个特写镜头，一个脸色黝黑的、浑身充满力量的匠人形象，出现在我们面前。“千锤百炼”切合铁匠身份，突出了打铁这个老行当的特点。

上联表现先生对铁匠的同情，下联抒发先生对铁匠的夸赞。

笔者对此联又有另解。先生未出仕时，生活十分困顿，上联就是对先生自己穷困潦倒生活的描写。但是先生并没有向艰苦的生活低头，他勉励自己要做一个千锤百炼的人。笔者觉得这是一副自题述怀的对联，它让我们看到了一个乐观、自负、诙谐、坚强的郑板桥！

临流口吸西江水；

隔岸拳擎北固山。

此联为镇江海西庵题写，海西庵在焦山西麓。

北固山，镇江三山（另两座山是金山、焦山）之一，北临长江，石壁嵯峨，山势险固，因此得名北固山。南朝梁武帝曾题书“天下第一江山”来赞其形胜。

海西庵西边是长江，它面江而立，滚滚长江水从海西庵前流过，好像被它吸进来。这就是上联所描写的景象，从庵与水的位置关系着笔。

隔着长江就是北固山，这北固山就像是海西庵用拳头高高擎起来一般。下联抓住庵与对岸的北固山位置关系来写，突出北固山的高峻。

上联气势非凡，有吞吐长江之势；下联力量无比，有擎天立地之状。写得纵横捭阖，切景切情，也反映了板桥先生的胸襟。

玲玲珑珑窍；

孔孔洞洞山。

此联见金盾出版社 1995 年版《巧妙对联三千副》，说是板桥先生为江苏南京半山亭题写。一共题写两副，另外一副是“蜿蜿蜒蜒路；晶晶玲玲泉”。另有一说，这两副对联是为山东邹城峄山半山亭题写。姑存两说。

笔者觉得为邹城峄山题写更合理。一、板桥先生在山东潍县任知县，曾游览邹城峄山，应邀题写是十分有可能的。乾隆十八年（1753）端阳节，先生来到孟子故里访圣，孟子第 65 代嫡孙孟衍泰和邹城士绅接待了他。先生首先拜谒了孟庙、孟林，然后登上峄山，还写下了“霁日华天远，百花簇四环。静灵台一歌，方悟吾辈晚”的诗句。二、峄山就是孟子所说“孔子登东山而小鲁，登泰山而小天下”中的东山。山上奇峰怪石，陡峭峻拔，岩洞幽深，且多松柏清泉。循盘道登山，沿途虎皮石、左龟石、试剑石、卧虎石、思亲石、探海石等千姿百态，嶙峋兀立。山上，磊磊巨石之下，有许多天然洞穴。据考察，有名洞穴 144 个。最著者如白云洞、居龙洞、盘龙洞、隐仙洞、石鼓洞、妙光洞等。诸洞大如广庭、小如斗室，纵横通达、曲径通幽、深邃莫测；且洞多有泉水，每每东北风起，百泉涌涨，云气汹涌，“峄山戴帽”，大雨来到，其情景尤似仙山。先生对联所写极似该山。三、南京半山园，位于今江苏省南京市玄武区海军指挥学院，中山门段城墙内西北隅，前湖南面。这里曾是北宋政治家、文学家王安石晚年定居之所。此园内建有半山亭。半山园现存碑刻数块，其中，最著名的是《重修半山亭记》碑，原立于旧半山亭内壁，今立于新半山亭前4米处。笔者目力所及，凡介绍或者考辨南京半山园、半山亭的碑刻或其他文字的材料里，只字未提板桥先生与园亭的关系，更不用说题联两副了。

玲珑，明彻的样子，又有灵巧意味。窍，洞穴。孔洞，就是洞窟。全联用叠字手法描写洞穴和山峰，再现了山上的洞窟和洞穴的明彻、灵巧，写景状物，用字奇巧，既像泼墨的山水画，又像细致描画成的工笔画。板桥先生胸中有丘壑，笔底有功夫。

六七月间无暑气；

二三更后有渔歌。

兴化政协文史资料委员会编辑的《兴化文史》1986年第十辑《拱极台》（作者，邑人王益谦、吴汉池）一文载有此联，说是为兴化拱极台渌波亭题写。

拱极台，在兴化城北海池河北岸，原台已废，90年代政府重建。渌波亭，在拱极台南面，也是重建而成。这里曾是“昭阳十二景”之一“玄武灵台”的所在地。当年楼台亭阁依城傍水，参天大树遮天盖地，景色幽雅秀丽。是兴化城内最具规模的一处人文景观，拥有700多年历史。据史籍记载，南宋宝庆元年（1225），兴化知县陈垓为防御金兵和刚崛起的蒙古兵等北方军队渡淮南犯，利用改造大小垛岛和河道开挖的积土，围绕县衙署四周筑成长约7华里的土城和东南西北四门以及4座水关，并在县衙以北的土城南侧构筑高台；根据五行方位及其对应“四象”中的玄武（神龟），将此台命名为“玄武台”。由于取土筑城筑台，“玄武台”南面形成较大水面，元代被称为“海子池”（今海池河），海子，为蒙古语，意为湖泊。渌波，指清澈的水波，非“绿波”。

上联谓渌波亭即使在盛夏时候的六七月间也感觉不到酷热的暑气，极言这里凉爽怡人。下联说二三更过后，渔人便到海子池里打鱼，唱起了渔歌，道出渌波亭闲适幽静的环境。全联对仗工巧，不差分毫，“六七月间”对“二三更后”，“无暑气”对“有渔歌”，一静一动，用字造句清新自然，让人觉得渌波亭真是好地方。

龙虎山中真宰相；

麒麟阁上活神仙。

江苏省民间文学协会1983年编辑出版的第四期《乡土报（增刊）》载有此联，传是为江西贵溪龙虎山天师府头门题写。笔者检索龙虎山对联没有发现板桥先生的这副对联。

天师府头门抱柱上现有“麒麟殿上神仙客；龙虎山中宰相家”一联（大门抱柱联），为明朝董其昌题写，与板桥先生的题联相仿佛。

天师府大门上的这副对联还有一个民间传说。说万历年间，龙虎山第五十代天师张国祥登门请董其昌题联，董其昌十分爽快地答应了，第二天就派人送来了上联。当时董其昌是明万历年间南京礼部尚书。可是好多天过去了，还没有送来下联。张国祥只好再次登门求联，董其昌却避而不见。夫人对张国祥说：“董其昌出去借钱了。”天师一听就明白其中的意思了，马上送去纹银5000两。第二天董其昌就送来了下联。这就是5000两纹银换一副对联的故事。

另外，龙虎山上清宫棂星门柱子上有“玉玺传家，龙虎山中真宰相；金符报国，麒麟阁上活神仙”（门柱联）一联，不知是何人题写，也与板桥先生题联差不多。或许，板桥先生真的题过这幅对联，只是后人卸掉不用了。姑妄存之，以俟异日考辨。

板桥先生这幅对联，上联用典，龙虎山的天师，自元代以来，都是世袭二品，与宰相同爵位，所以对联中说是“真宰相”。龙虎山天师姓张，传说是汉张良的后裔。张道陵天师就是张良位下第十世孙。历代天师都有显赫的地位。

下联用汉张良的故事。汉高祖刘邦曾建造麒麟阁，用来召开军机大臣会议。《三辅黄图·阁》则说：“麒麟阁，萧何造，以藏秘书，处贤才也。”后世多以“麒麟阁”或“麟阁”表示卓越功勋和最高荣誉。活神仙，指的就是张良。下联谓龙虎山的每代张天师都是张良式的人物。

全联用张家的事、用道家的事入联，礼赞龙虎山天师府的道士道长及道人生活，既贴切又幽默。

M　**漫扫白云看鸟迹；**

自锄明月种梅花。

板桥先生同邑人、兴化张学珍先生提供此联，传是板桥先生为自己题写。据郑板桥纪念馆袁政余先生讲此联是用象形文字书写，写得奇特、清秀，功深力足，是先生楹联中少见的艺术珍品。

漫扫，随意地扫除。漫扫白云，是一种文学描写的方法，意思就是仰望天空，等白云飘走，好看鸟儿们自由飞翔（的痕迹）。上联所写是一种优美的姿势，伫立，翘首，眺望，反映出一种优雅的态度，闲适，自由。

自锄，自己动手除去杂草，不要他人帮忙。自锄明月，也是一种文学描写的方法，意思是明月朗照，月下除草，好来种植梅花。下联所写是一种优美的心境，反映的是闲情、逸致和雅趣。自锄明月“种”下的不仅仅是梅花，还种下了先生对高洁人品的欣赏和追求，种下了自己的人生理想。

据郑板桥研究专家、高中语文特级教师任祖镛先生说，此联原为兴化解勋所藏，上联“白云”二字如云浮动，“鸟迹”二字似鸟腾空；下联“明月”“梅花”四字，分别像月像梅，字中有画，极为罕见。惜于1949年新中国成立前夕，此联被友人借观，携至国外，迄今未还。

茫茫海水连江水；

罗列他山助我山。

岳麓书社1984年版《对联话》卷二载有此联，说是板桥先生为镇江焦公祠题写。又有人说是为镇江焦山西麓的海西庵题写。（注评文字见本书“苍茫海水连江水；罗列他山助我山”一联。）

古城镇江山明水秀，名胜众多，是全国有名的风景旅游城市和历史文化名城，素有“城市山林”的美誉，也是历代藏书的圣地。先后出现过文宗阁、焦山书藏、绍宗藏书楼等全国有影响的藏书楼，其中焦山书藏最能体现“书赖名山藏，山因古书靓”的特色。焦山书藏由清代著名学者、三朝重臣阮元首倡，这是他继杭州创办灵隐书藏后创办的又一重要书藏。嘉庆十八年（1813）阮元任漕运总督，这年春天，他在瓜洲和好友焦山诗僧借庵、翠屏洲诗人王豫谈到藏书事，一起商定在焦山设立书藏。嘉庆十九年（1814），阮元命丁百川等人在焦山西麓海西庵内建起了藏书楼，取名“焦山书藏”，后改名为仰止轩。1929年，柳诒徵、陈去病、庄蕴宽等20人在焦山设立焦山书藏委员会，聘请学者张东山先生居山校书编目，张病逝山阁后，又请他担任江苏国学图书馆编辑的儿子张祖言继其事，以后又请项燕北先生相助，按照图书的内容对焦山书藏的藏书进行编目。1934年秋天，完成了《焦山书藏书目》六卷，分经、史、子、集、志、丛六编，著录藏书1834种，2041部，34447卷，12122册。可惜，正当焦山书藏以崭新的面貌对外开放，即将发挥更大作用之际，抗战爆发。不久，日寇占领焦山，将书藏焚烧一空。滚滚长江水，滔滔东海浪，永远湮灭不去焦山书藏的悲歌。

这段文史故事，若板桥先生地下有灵知道，一定感慨万千，义愤填膺。因为焦山也是板桥先生的福地。

妙墨旋疑漏；

雄才欲唾珠。

——板桥

板桥先生有《寄许生雪江三首》，以诗为书笺，与学生交流，鼓励学生。许生雪江是先生执教真州江村时候的学生。其一如下：

金紫人间事，缥缃我辈需。

闲吟聊免俗，极贱到为儒。

妙墨疑悬漏，雄才欲吐珠。

时时盼霄汉，待尔入云衢。

这首诗鼓励许生努力上进，同时对读书人的命运和无奈抒发了无尽感慨。

对联墨迹现藏于广州美术馆，上联为“妙墨旋疑漏”，下联为“雄才欲唾珠”，与上面一首诗的颈联“妙墨疑悬漏，雄才欲吐珠”只讹误一字。说不定这副对联也是先生为许生雪江书写。

上联中的“漏”指屋漏痕，是一种书法术语，比喻用笔如破屋壁间之雨水漏痕，其形凝重自然。唐代陆羽《释怀素与颜真卿论草书》载：颜真卿与怀素论书法，怀素称：“吾观夏云多奇峰，辄常效之，其痛快处，如飞鸟出林，惊蛇入草，又如壁坼之路，一一自然。”颜真卿谓：“何如屋漏痕？”怀素起而握公手曰：“得之矣！”又，南宋姜夔《续书谱》称：“屋漏痕者，欲其无起止之迹。”

“妙墨”是指美妙上乘的书法作品。其笔画自然流畅毫无做作，让人疑心是破屋壁间之雨水漏痕。旋，即诗中的“悬”。上联赞美书法艺术有高妙灵动的神韵。

“唾珠”是唾沫成珠，常用来形容一个人才华出众，出口成章。语出庄子：“子不见夫唾者乎？大者为珠，小者为玉。”下联赞颂人有雄才大略。

上下联各自用典，丰富了对联的内涵。

诗歌中的“妙墨疑悬漏，雄才欲吐珠”，或是颂扬许生，或是寄希望于许生，表达了先生对后生晚辈的提携之情。对联则表达了先生对受赠对联之人的颂扬和希冀，写得情真意深，典雅贴切。

民于顺处皆成子；

官到闲时更读书。

——乾隆壬午题为景翁老先生使君并正，板桥郑燮

1985 年江苏美术出版社《郑板桥书法集》一书载有此联，是板桥先生 70 岁所作，扬州文物商店藏有墨迹。

乾隆壬午，为公元 1762 年。使君，对州郡长官的尊称。

这副对联题赠好友、同僚——景翁老先生使君，揭示官民关系、为官之道，暗喻当官要与民作主，体现先生的亲民情怀和民本思想。官吏爱民，关心民生，百姓就会依顺。此时，官吏才是“父母官”，百姓才是“民子女”。另外，官吏不管是忙是闲，都要手不释卷，闲时就更要读书。因为读书能够增加知识，增强教化百姓的能力。由此观之，把此联看成官箴亦未尝不可。

此联寓意深刻，耐人寻味。板桥先生和景翁老先生都是封建官吏，深谙为官之道。他们还在思考：如何为官理政，百姓才能“顺处”？其前提和基础是什么？如何处理当官与读书做学问的关系？怎么去做官才能“官到闲时”？这些思考暗藏联中，大大丰富了对联的空间，也大大提高了对联本身对读者的启发力量。

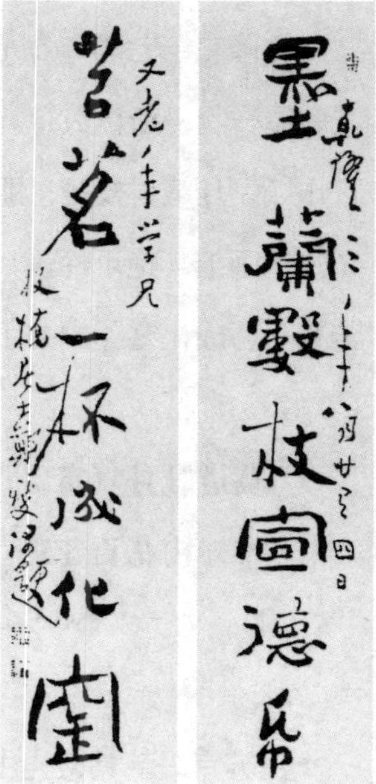

墨兰数枝宣德纸；

苦茗一杯成化窑。

——乾隆三年八月廿有四日，又老年学兄，板桥居士郑燮漫题

墨竹一枝宣德纸；

香茗半瓯成化窑。

——板桥郑燮

“墨兰数枝宣德纸；苦茗一杯成化窑”一联见于《楹联名迹》第三辑。

《板桥书画拓片集》有一副对联似此联，联曰：“墨竹一枝宣德纸，香茗半瓯成化窑。板桥郑燮。”两联相差仅三个字，表达的内容相同。

上联说在明朝宣德年间造的纸上画数枝墨兰，下联说用明朝成化年间烧制的瓷器泡茶，合起来讲就是喝茶赏画。宣德，明宣宗朱瞻基的年号。成化，明宪宗朱见深的年号。纸是古而贵的，杯是古而贵的，人是雅而淡的，品茗、赏画，闲适优雅。此联用来题赠朋友，友人怎会不颔首点赞。这副对联写得角度巧妙、内容出奇。康乾盛世，扬州商贾附庸风雅，于此联可见一斑。

乾隆三年，即公元 1738 年，板桥先生 46 岁，生活还很困顿、贫寒，写字卖钱养家糊口，要让买联人满意。像这副对联被人买去真可以说物有所值。从此联中也可以体会到先生对这种喝茶赏画生活的向往和追求。

乾隆二十七年，公元 1762 年，先生 70 岁。这一年他为“静翁年兄”画了一幅画，题画曰：“茅屋一间，新篁数竿。雪白纸窗，微侵绿色。此时独坐其中，一盏雨前茶，一方端砚石，一张宣州纸，几笔折枝花，朋友来至，风声竹响，愈喧愈静，家僮扫地，侍女焚香，往来竹阴中，清光映于画上，绝可怜爱！……”这种情景不就是 24 年前先生写的那副对联“墨兰数枝宣德纸；苦茗一杯成化窑”中的生活吗？

莫道牡丹真富贵；

谁知梅花百花魁。

——板桥道人

江苏宜兴韩其楼先生藏有此联墨迹。《书苑》三卷十一号刊有板桥先生“花卉屏”七幅，其中《梅花牡丹》图上题联一副，联语同此联。巴蜀书社 1997 年 6 月第一版《郑板桥文集》“板桥题画”里亦收录此联（该书 173 页，题《梅花牡丹》图）。

上联谓不要说牡丹是真富贵。认为“牡丹真富贵”既有道理又没有道理，原是人为而定。既然如此，那就不要人云亦云“牡丹真富贵”。

下联说梅花是百花中最先开放的花，谁是第一个知道“梅花百花魁”的呢？知道也好，不知道也好，梅花它就是“百花魁”。

全联引俗语常话入联，言近旨远，富有哲理。事物的本质和规律不由人的意志为转移，要尊重真理，坚守真理，任何“莫道”和“谁知”都有可能是片面的。

山东潍坊博物馆藏有板桥先生一幅题为《牡丹梅花图》的画，上面题诗一首，附于下，与此联一并欣赏：

牡丹花下一枝梅，富贵穷酸共一堆。

莫道牡丹真富贵，不如梅占百花魁。

N **南商行，北商行，南北商行通南北；**

东集市，西集市，东西集市卖东西。

1983 年，兴化郑板桥故居收藏了资料《郑板桥在潍县》一书，其中载有此联，由山东潍县田耘宽搜集并提供。传是为集市贸易而题。

板桥先生在潍县任上，经常和幕僚们下乡察访民情，了解农村集市贸易活动情况。有一天，他们来到一处集市，看到集市一派繁忙景象。买与卖互通有无，民风淳朴，公平交易。板桥先生看在眼里，喜在心上，兴致勃勃地书写了这副对联。

此联最大机巧在于使用表示方位的东、南、西、北四个字，且南北与东西上下对仗，有妙趣。

拈来旧稿花前改；

种得新蔬雨后肥。

1984 年 6 月 17 日《羊城晚报》介绍了此联。

板桥先生在山东范县任上，遇上了丰收年，写了一首题为《有年》的诗，祝福范县人民安居乐业，同时也抒发了自己与民同乐的愉快心情。全诗如下：

槐影鸦声昼漏稀，了除牍案吏人归。

拈来旧稿花前改，种得新蔬雨后肥。

小院乌童调骏马，画楼纤手叠朝衣。

冈陵未足酬恩造，大有书年报紫薇。

颔联“拈来旧稿花前改，种得新蔬雨后肥”，让我们想象到板桥先生为官理政的实绩和能力，案无积牍，民无冤声。先生自己也轻松闲适，公务余暇颇多，随手拿来旧稿，在花荫下修改。自己栽种的蔬菜长出一片新绿，雨后更觉得长得那么肥美。一派田园诗情，自然，清新，毫无雕凿之迹。

P　**烹茶活火还温酒；**

洗砚余波好灌花。

——乾隆甲申二月，板桥郑燮

兴化已故金谷香先生提供此联，金先生为城内城南小学教师，精通文史，尤谙熟地方文史掌故。

乾隆甲申为公元1764年，时板桥先生72岁，第二年冬天，73岁的先生去世。

上联谓烹茶温酒。要烹得好茶必须讲究火候，初要将水烧沸，去除生水中的杂味。待水温稍降，成了温水，此时的水沏茶才得茶之原味。煮沸的水用来温酒，酒也热了，水也温了，岂不一举两得？

下联谓写字作画。画画好，字写好，要清洗毛笔、砚台，剩下的水则用来浇灌花草，不也是两得吗？余波，就是剩水之意，写得极其文雅。

全联所写切合先生老年之生活。慢节奏，闲适意；书卷气，文雅味；无俗气，有禅风。一个老人有血有肉、形象丰满地立在我们面前，他清癯、矍铄，热爱生活。他就是板桥先生！

篷破船装零碎月；

墙倒屋进整齐风。

——乾隆壬子年，板桥郑燮

金盾出版社1995年版《格言对联大观》载有此联。

此联撰作时间有误。查板桥先生年谱，乾隆元年（1736年，先生44岁）到先生去世的乾隆乙酉年（1765年，先生73岁），20多年间没有乾隆壬子年。先生一生只有一个壬子年——

雍正十年（1732），先生40岁。大概供联者把时间记错了。或者此联是伪作。

上联字面义谓破篷的船装载的是零碎的月亮，就是船在月夜行驶。这是一个朗月普照的月夜，水面上波光粼粼，月亮倒映水里，圆盘一般的朗月“零碎”了。多有诗情画意的上联。

下联字面意说墙壁倒塌了，挡不住刮进屋子的一阵又一阵大风。先生写此下联抒发世态炎凉的感慨，似乎还有更深的抨击。

此联用了“破”“倒”二字，有人觉得不雅，但却最切40岁时候先生的生活状况和思想感情。上联切先生家乡（水乡，行船是出行的主要方式），下联切先生的生活实际（先生未出仕，生活还很困顿）。用“零碎”来修饰月亮，用“整齐”来描写大风，仅此见到，用词奇险瑰伟，非一般人能够驾驭。只有雄健笔力，才能痛快淋漓倾吐。

枇杷黄柑绿李；

蓬莱员峤方壶。

——板桥郑燮

浙江嘉兴人吴廷燮（1803~1856），字彦宣、研仙，工倚声，善山水，为清朝有名的词人和画家。著有《小梅花馆诗集》6卷、《小梅花馆词》3卷，另有《楚山清晓图》留于世。室名小梅花馆，坐落于浙江嘉兴梅湾街101至103号。“小梅花馆”四字是清朝嘉兴书法家张廷济手书，中堂对联是清朝吴江书法家郭麟手书，其联曰：“绿李黄柑枇杷帖；方壶员峤蓬莱山。”郭麟的这副对联或本于板桥先生的对联“枇杷黄柑绿李，蓬莱员峤方壶”。

板桥先生此联上联并列三种水果，色彩鲜明，喻指联主人生活闲适、高雅。下联三个神仙居住的神山并列，暗指联主人仙风道骨，品格高尚，有隐者之风。用罗列物象的方法作联，古朴典雅，引人入胜。

三神山出自《列子·汤问》：“渤海之东不知几亿万里，有大壑焉，实惟无底之谷，其下无底，名曰归墟。八纮九野之水，天汉之流，莫不注之，而无增无减焉。其中有五山焉：一曰岱舆，二曰员峤，三曰方壶，四曰瀛洲，五曰蓬莱。其山高下周旋三万里，其顶平处九千里。山之中间相去七万里，以为邻居焉。其上台观皆金玉，其上禽兽皆纯缟。珠玕之树皆丛生，华实皆有滋味，食之皆不老不死。所居之人皆仙圣之种；一日一夕飞相往来者，不可数焉……”

中国书法网 2007 年 1 月 7 日报道了此联被一神秘人以 6 万元拍走的新闻。此报道说：2007 年 1 月 6 日下午，福建新年迎春艺术品拍卖会在厦门索菲特大酒店举行，一名神秘中年男子以 6 万元的价格拍得了扬州八怪之一郑板桥的书法对联作品，将整场书画竞拍推向高潮。记者经过一番周折，和委托拍卖的周先生取得联系后了解到，现场 6 万元价格成交的对联，是周先生“文革”期间用一张一斤全国粮票换来的。周先生介绍，郑板桥书写的这副对联，尺寸大小为 127 厘米 ×31 厘米，自己珍藏了近 40 年。该作品是爱好收藏的他在“文革”期间冒着生命危险用全国粮票从一位扬州书画收藏家手中换来的。在那个时代，大批字画作品从扬州流失到福建，当时不少珍品被当成废纸一样贱卖，而且还有部分作品被人焚烧。考虑这副对联巨大的地域文化收藏价值，周先生将这副对联换来收藏。据介绍，这副对联中的“方壶”是指扬州何园寄啸山庄的水心方亭。周先生解释说，何园寄啸山庄的水心方亭美景，迷得郑板桥如痴如醉，给郑板桥带来仿佛身在蓬莱仙境的感觉，为此，郑板桥书下心灵的感受。所以他认为极具收藏价值。

2007 年 1 月 5 日《扬州时报》以《一斤粮票换来的郑板桥真迹卖了 6 万》为题报道了相同的拍卖事件，引起市民热议：扬州是否应该留住“板桥作品”？

此联书法不是板桥先生常用的六分半书书体，有人生疑——这是郑板桥的对联真迹吗？据兴化中学高中语文特级教师张炳嘉先生考辨，板桥先生不仅仅善写六分半书，还长于写楷书和狂草，还创造过“柳叶书”和“竹体字”的字体。详见兴化市政协兴化历史文化研究会编印的《历史文化研究》2016 年第 1 期 27 页张炳嘉老师文《我的见闻与质疑——关于“罢官案”“板桥体”与两位研究者》。由此可知，不能因为不是六分半书所写就判定这副对联不是板桥先生真迹。

飘风作态来梳柳；

细雨瞒人去润花。

《楹联四话》一书共 6 卷，是梁章钜的第三子梁恭辰所编，体例大体依照乃父《楹联丛话》。该书卷五“杂缀”记录：“仁和马庆孙者，秋药太常之犹子也。襆被来粤，舟出豫章，夜泊生米潭，遂为盗劫，行李一空。时刘兰簃方建臬南昌，马趋控之，所呈失单，不过书画玩物，刘嗤之，马作色曰：‘失单中有郑板桥楹联，先人性命宝也，务乞追偿，他则唯命是听。’刘悯其愚，檄县严缉。未三日，果于货担间得之。其联曰：‘飘风作态来梳柳，细雨瞒人去润花。’刘流连视之，笑曰：‘无怪乎老之龂龂也。’”马秋药，名履泰，字叔安，官至太常寺卿，工书画，与当世名流交颇厚。

此联评注请见“春风放胆来梳柳；夜雨瞒人去润花”一联。

贫不卖书留自读；

老犹栽竹与人看。

此联由山东潍坊考功卿先生提供，传是板桥先生自题述怀联。

上联谓居家贫穷，也不会卖掉家里藏书，留着给自己阅读。君子固穷，坚守读书之道而不移。板桥先生曾过过一段相当艰难的穷苦日子，大年三十上书当时的汪方藻县令告穷求助，也曾变卖过父辈留下的藏书以度日。先生终究依靠读书改变了自家的生活状况。由于有这段生活经历，先生写下“贫不卖书留自读”才更加深刻和真诚。

下联说年龄大了，还要坚持种植翠竹，一是娱己，更是怡人。先生一生爱竹，就是老了也不停止种竹。爱竹之情，溢于言表。这是真性情，绝不是附庸风雅。

屏花蓄雨春还丽；

水槛临风晚更佳。

河南美术出版社 2001 年版张同标著《书家对联顾问》一书载有此联，传是板桥先生为潍县南松废园题写。笔者又见“屏花著雨春还丽；水槛临风晚更佳”，仅一字之差。

南松园，在潍县城西小于河村，清嘉庆年间建成，后更名自怡园，光绪末年，园子荒废，遂成为农田。由此看来此联不可能为南松园题写，因为有南松园的时候板桥先生已经去世了。恐怕是把题别处的对联挪移过来的。

上联说屏风上画的花带雨含苞待放或已经开放，让人觉得春天犹在，还是那样的美丽。下联说来到水槛乘凉，习习晚风扑面吹来，觉得晚上更加优美怡人。整联意境清新自然，画面感极强，甚切园亭情景。

Q **棋琴随所好；**

宾主澹无言。

——板桥郑燮

2014 年 12 月 6 日，北京雍和嘉诚拍卖有限公司 2014 秋季

艺术品拍卖会书画专场竞拍了此联。作品尺寸大小为128厘米 ×31厘米 ×2。钤印三颗：板桥道人、郑燮之印、七品官耳。

对联中的碁，即“棋”。板桥先生书法常用古字、异体字，显得有些突兀、怪诞，但作为书法艺术，却使作品增添了几分古趣。先生艺术上追求独创的思想十分突出，艺术实践“标新领异”，建立了一般人难以逾越的艺术高度。

上联谓或下棋，或弹琴，各随所好，自在由己。下联说主人也好，客人也好，都心境淡泊，静坐无言。全联表现了闲适恬淡的生活情趣。

七宝庄严才学座；

万花飞舞圣人书。

——板桥郑燮

此联见《古今名人楹联汇编》，《名人名联真迹大全》亦收此联。

“座”，座位。“才学座”，文人墨客，德才兼备，才高八斗，他们的座位才可以称得上“才学座”，这个座位是用许多宝物装饰成的。“庄严”就是“浓妆”，用宝物来装饰。“七宝”，佛教中所指的七种宝物：金、银、琉璃、砗磲、玛瑙、珍珠、玫瑰。有的说金、银、琉璃、砗磲、玛瑙、珊瑚、玻璃为七宝，还有的说赤金、银、琉璃、砗磲、玛瑙、珍珠、玻璃为七宝。上联呈现出的是珠光宝气的华美坐具。

“书”，书法作品。“圣人书”，在中国，古代圣明的君主帝王，及后世道德高尚、儒学造诣高深者，称圣人。这些人的书法作品才可以称得上“圣人书”。圣人书法，超凡脱俗，龙飞凤舞，好像有千朵万朵艳丽的花儿在飘舞。下联呈现出的是字字珠玑的圣人书法。

上联言宝座，下联说法书，旗鼓相当，对仗工稳，表现出板桥先生超凡脱俗的生活情趣和艺术追求。事实上，先生的绘画作品，诗、书、画、印集于一炉，确实可与“才学座”“圣人书”媲美。

欹斜鲁直笔；

沈澹大痴山。

——奉赠竹田同学老长兄，板桥居士郑燮拜书

2009年8月北京体育大学出版社《郑板桥书法集》载有此联墨迹。

敧（qī）斜，歪斜，倾斜。沈（chén）澹（dàn），沈通“沉”，亦作“沉澹”，沉静淡泊。

鲁直，指的是黄庭坚。黄庭坚（1045~1105），字鲁直，号山谷道人，晚号涪翁，洪州分宁（今江西九江修水县）人。北宋知名诗人，江西诗派祖师。书法亦能树格，为“宋四家”之一。黄庭坚笃信佛教，非常孝敬双亲，虽当了很大的官，还亲自为双亲洗涤便器（大小便用的器具），为古代“二十四孝”之一。

大痴，指的是黄公望。黄公望（1269~1354），元代画家。本姓陆，名坚，江苏常熟人。后过继永嘉府（今浙江温州市）平阳县黄氏为子，因改姓黄，名公望，字子久，号一峰、大痴道人。擅书法，能写诗；擅画山水，与吴镇、倪瓒、王蒙合称“元四家”。

上联议论“鲁直笔”——独创一体的黄庭坚书法。黄庭坚书法的结体是从颜真卿处得来，中宫收紧，由中心向外辐射，纵伸横逸，如荡桨，如撑舟，气魄宏大，器宇轩昂，个性十分显著。“敧斜”指一笔一画的特征，此联中指黄庭坚书法的特点。

下联议论“大痴山”——黄公望的山水绘画。黄公望山水画多写退隐高逸的山林之风，笔墨虚灵散阔，萧然舒缓，苍茫雄浑，草木华滋，峰峦深秀。画面主色调是素雅淡泊，意境悠远天真。“沈澹”指绘画的意境，此联中指黄公望绘画的特点。

上下联书法对绘画、书法大家对绘画大家，书法的敧斜对绘画的沈澹，对仗工稳，妙趣天成。

千家养女先教曲；

十里栽花算种田。

上海古籍出版社《郑板桥集》载有此联。

板桥先生有题为《扬州》的七律诗，一共四首。第一首如下：

画舫乘春破晓烟，满城丝管拂榆钱。

千家养女先教曲，十里栽花算种田。

雨过隋堤原不湿，风吹红袖欲登仙。

词人久已伤头白，酒暖香温倍悄然。

这首诗的颔联，被板桥先生信手拈来题赠别人，成了一副对联。这副对联从女子唱曲、栽花卖花两个点上侧面描写了扬州的繁华，也婉讽了扬州的时弊。

板桥先生的四首《扬州》其实不是赞美扬州，是在婉讽，是在嘲骂。这四首诗从奢华靡丽到凄凉悲寂，实在是酸楚之词、嘲骂之音！尤其是“千家养女先教曲，十里栽花算种田”。中国传统社会讲究男耕女织，而扬州风气竟然是男子种花、女子唱曲，不顾廉耻、不务正业到如此地步，郑板桥用曲语巧骂扬州呢。这句诗写得直露浅白，一针见血，联系到后面的三首诗，你会看出，扬州的绝世风华背后竟然是世风浮华，官僚和商贾消费文化支撑下的扬州其实只是落日辉煌，烈火烹油、繁花著锦之后必然是衰草连天、瓦砾数堆！

前身应是明月；

几生修到梅花。

此联由兴化王中书先生提供，传是板桥先生为自己而题。

上联，先生追问“我是谁”，并自己给自己作答——前身应该是天上的那一轮明月。明月，喻指高风亮节。

下联，先生继续追问“我将何为”，还是为自己作答——涵养修为，修成梅花一般的人。一生修不到，还有来生。佛家认为人有三生，过去、现在、未来。梅花，喻指高洁的人品。

全联有哲思、佛慧、禅风，意味深长，耐人咀嚼。

切齿漫嫌前半本；

平情只在局终头。

1983 年兴化郑板桥故居所藏资料《郑板桥在潍县》一书中载有此联。

板桥先生为潍县城隍庙戏楼写了两副对联，此联为其中一副，另一副是“仪凤箫韶，遥想当年节奏；文衣康乐，休夸后代淫哇”。

“前半本”，戏剧情节的前面部分，一般包含情节的开端和发展；“局”，近，将近；“终头”是戏剧情节高潮过后的结局。三个词语都切“戏楼”二字。“切齿”，痛恨之意；“漫嫌”，指憎恶的情感不受约束地在看戏时候涌起；“平情”，心情平静。切齿、漫嫌、平情，这三个词语写看戏时人之欢喜、痛恨感情的生发与变化，亦切“戏楼”二字。

我国传统戏剧剧情一般包含开端、发展、高潮与结局，跌宕起伏的情节往往引发观众的担心、同情、愤怒、憎恨诸情感。剧终时，往往恶人遭恶报，忠良得以善终，有情人终成眷属，观众亦因情节“终头”的“大团圆”而生“平情”和欢愉。

有人认为“局终头”应是“剧终头”误笔，笔者认为是错误的，“局终头”的“局”与“前半本”的“前”才对仗。

青菜萝卜糙米饭；

瓦壶天水菊花茶。

南京大学教授、博士生导师卞孝萱先生曾访问兴化郑氏后人郑家贵，郑家贵告诉卞先生：郑板桥在兴化竹泓港设馆授徒，书房门上有一副对联，联曰：“青菜萝卜糙米饭；瓦壶天水菊花茶。”

此联评注参见本书“白菜青盐粯子饭；瓦壶天水菊花茶”一联。

竹泓港是兴化古镇。抗战期间，国学大师柳诒徵为了保护大批古文献，曾押运省城（当时省政府在镇江）大批图书到此地，他在《禺余轩存稿序》里说：“竹泓，故郑克柔受徒之地，文采风流，蝉嫣数百年不替，他邑乡镇弗能逮。”

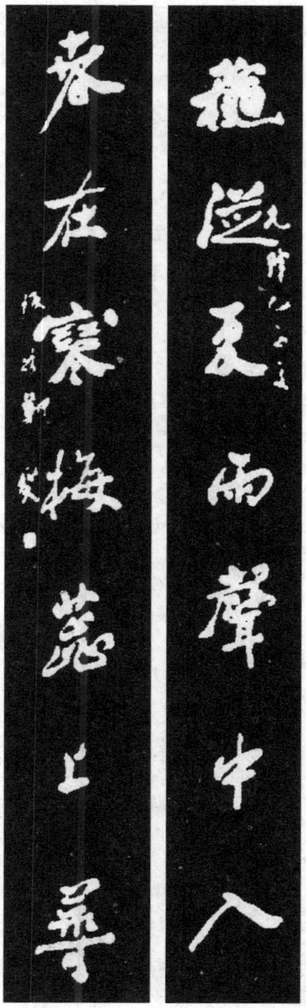

秋从夏雨声中入；

春在寒梅蕊上寻。

——乾隆庚午春，板桥郑燮

此联南京田原先生藏有照片。题款：乾隆庚午春　板桥郑燮。乾隆庚午为公元1750年，板桥先生58岁，在潍县任上。

同一联语的木刻对联又悬挂于兴化郑板桥故居堂屋北墙，署：乾隆乙亥夏。乾隆乙亥为公元1755年，先生63岁，此时已弃官归里卖画扬州。

同一联，又悬挂于扬州个园住秋阁，署：乾隆乙酉夏，板桥郑燮。乾隆乙酉为公元1765年，先生73岁。这一年冬天，先生辞世。

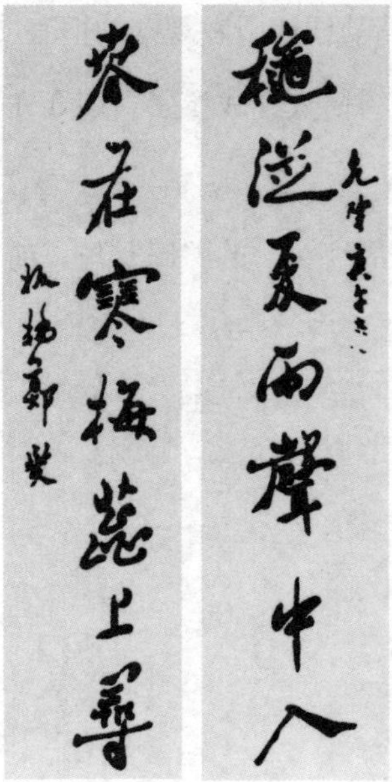

个园坐落于江苏扬州市东关街，前身是清初的寿芝园。嘉庆二十三年（1818），两淮盐业商总黄至筠购得此园并加以改建，因种竹多，竹叶外形像汉字“个”而得名“个园”。住秋阁，在“秋山”上。坐东朝西，依墙而建，三面为窗。板桥先生在世时个园还没有建成，不知此联如何为个园住秋阁题写。笔者猜测，此联是为个园的前身寿芝园题写，建个园时没有毁掉，留下了。

联从四时更迭着笔。夏末接连几天下雨，凉气袭人，便觉秋意又至。冬雪未融，蜡梅已悄然绽放，春意便可从蕊上寻得。写得细腻巧妙，尤其是“入”“寻”两个动词，有声有色，点睛传神，压得住，使整联不失飘忽而变得厚重。

世上事物，你中有我，我中有你，这是符合辩证法的。你看，寒冬里有春意，霜秋里存夏味，四时流转，周而复始，变成永恒。

先生分别在 58 岁、63 岁、73 岁，三次书写此联赠人，可见他十分喜爱此联。

秋老吴霜苍树色；

春融巴雪洗山根。

——题为焦山啸江大师，乾隆癸未九月，板桥郑燮

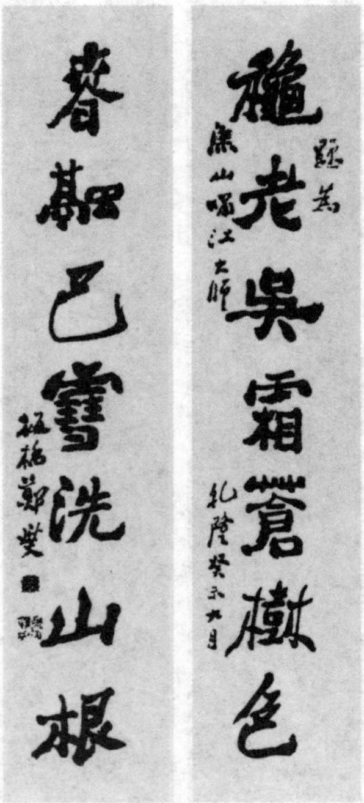

此联墨迹藏扬州徐笠樵先生，为板桥先生 71 岁时书赠焦山高僧啸江大师。

上联：吴，指吴地。老，使动用法。秋老吴霜，说深秋使吴地的霜变得更浓。因此焦山上的树木脱去翠绿的衣衫穿上苍青的外衣。

下联：巴，指巴山，此联借指焦山。融，使雪融化，也是使动用法。山根，大山底部，即山麓。春天来临，天气回暖，融化了积雪，雪水下流，冲洗焦山山麓。

此联音节铿锵、平仄调和；描写焦山春秋季节的自然景色，融情入景，清新活泼，似有禅意开示他人，倍加耐人寻味。

啸江大师，是板桥先生的方外好友，焦山寺院的法师，自幼

刻苦学习，知识渊博，善书法，精研于儒释道等学术。清吴云《焦山志》卷十云："释寂会，姓邬氏，字心融，号啸江。住焦山，少颇任侠，虽薙染，豪气未除，中年乃折节持戒律，以苦行闻，里人延主竹林方丈寺。"

秋风秋雨双薇树；

江南江北个道人。

黄学圯《东皋印人传》卷下《丁有煜》云："先生殁后，宝应王孟亭箴舆挽联云：秋风秋雨双薇树，江南江北个道人。"由此可知，此联不是板桥先生创作，而是板桥先生书写。

此联又见于《通州直隶州志》卷二"山川志"：兴化郑燮有"秋风秋雨双薇树，江南江北个道人"句，说是为南通州双薇园之对联。个道人，即丁有煜，善画竹，是板桥先生的朋友。他构筑的别业中长有两棵紫薇树，故将别业名之曰"双薇园"。板桥先生为好朋友题联，情理之中也。

录此两则材料以备参考。

上联突出两棵紫薇树在秋风秋雨里傲然立于双薇园里，下联称颂个道人丁有煜在江南江北嘉声懿行远播。园子因树而得名，因人更扬名。整联切人切事，写得节奏明快，活泼清新。

丁有煜，字丽中，一字介堂，号石可，晚号个道人，南通州（今江苏南通）人。善水墨画及摹印，尤长画梅。著有《双薇园集》《双薇续集》《崇川诗钞汇存》《清画家诗史》等。板桥先生经人介绍在南通州结识丁有煜，两人成为好友，书信往来不断，诗词书画交流未辍。

秋江欲画毫先冷；

梅水才烹腹便清。

——板桥郑燮

《名人楹联真迹大全》行草七言联作"秋江欲画毫先冷；梅水才烹腹便清——板桥郑燮"。《古今名人楹联汇编》题作"秋江欲画毫先冷，梅水才煎腹便清——板桥郑燮"。仅一字之差，说明板桥先生至少两次书写此联。

深秋，铺开宣纸，想要画秋江图，因天已寒冷，饱蘸浓墨的笔毫先就冷了，画事当然受到影响。春天，梅子入壶，加进清水，点上柴火，还没有煮开，便已觉腹中清爽怡人。

上联说画事，写的是实际情景；下联讲烹茶，写的是人的精神感觉。这种情景正是像板桥先生一样的封建士大夫一班人的日常生活。整联写得细腻传神，感悟通灵，情趣盎然。

秋水初晴浪澄烟外；

幽兰未放香在云端。

——巨方王老先生其人其文其书法也，乾隆庚午板桥居士弟郑燮千里外寄题

河南美术出版社2001年版张同标著《书家对联顾问》一书载有此联。乾隆庚午为公元1750年，先生时年58岁，在潍县任上。

连续下雨后，天放晴谓之“初晴”。云开日出，高照秋水，水波不兴，澄澈千里，水面蒸腾起水汽，好像烟雾弥漫于水面。这就是上联的意思。

兰花生长于山中峭壁，人一般不可轻易得到，故谓之“幽兰”。幽兰含苞而未放，香气已满云端外。这就是下联的大意。

上联写景，景中含情，借景抒情；下联写兰，兰有象征，借物言志。

板桥先生此联意在赞誉巨方王老先生“其人其文其书法”。从整联所构筑的意境，我们可以感悟到巨方王老先生“其人其文其书法”的妙处。

R **人贫双月少；**

衣破半风多。

1983年兴化郑板桥故居所藏资料《郑板桥在潍县》一书中载有此联，此联为山东潍县李会林收集并提供。传是板桥先生述贫联，表达先生对穷人的同情之情。

此联为拆字联。双月为“朋”，半风（繁体为“風”）为“虱”。是说人贫穷朋友就少，衣服破了，虱子就多。写得诙谐，含有自嘲之味，也表达板桥先生君子固穷，贫贱不移的人格精神。

入座芝兰吹气暖；

凌霄松柏得天多。

——书为承老年兄，板桥郑燮

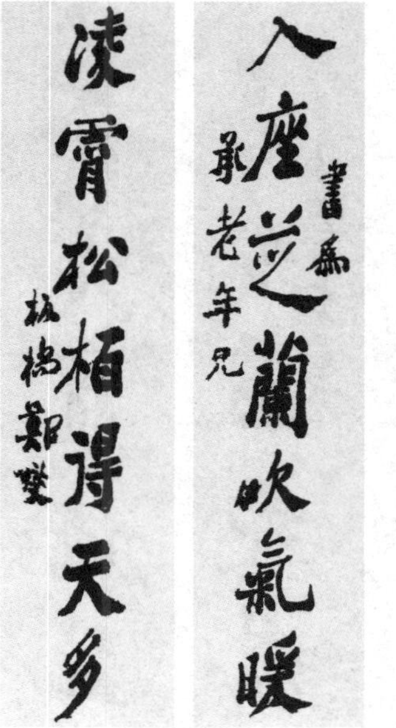

周积寅编《郑板桥书画集》第二集载有此联。

芝兰，指芷和兰，两种香草。《孔子家语·六本》：“与善人居，如入芝兰之室，久而不闻其香，即与之化矣。与不善人居，如入鲍鱼之肆，久而不闻其臭，亦与之化矣。丹之所藏者赤，漆之所藏者黑，是以君子必慎其所与处者焉。”成语“芝兰之室”即出自此处，用来比喻良好的环境。这几句话揭示环境对人的影响。

凌，升，高出；霄，云霄，天空。凌霄松柏，形容松柏长得很高，耸入云霄。

在中国传统文化里，芝兰、松柏都是高尚品格的象征，也是君子的象征。进入芝兰之室，满屋的香气在浮动，吹动的香气让人觉得温馨温暖。高耸入云的松柏，得天独厚，因此出类拔萃，屹立天地间。全联境界阔大，借物言志，表达立志与芝兰、松柏为伍，追求美好人格的志趣。

S **三绝诗书画；**

一官归去来。

清代梁章钜《楹联丛话》卷十二“杂缀谐语”载：郑板桥辞官归里后，卖画扬州。一日在家宴客，有个叫李啸村的人被邀请。李啸村赠板桥先生一副对联，只见出句（上联）写道：三绝诗书画。板桥先生曰：“此难对。昔契丹使者以‘三才天地人’属对，东坡对以‘四诗风雅颂’，称为绝对。吾辈且共思之，限对就而后食。”大家响应板桥先生的提议，同意等对上对句（下联）后再饮食。众人想了半天也没能对上，打开李啸村的下联一看，写的是：一官归去来。众人全都赞叹对联妙绝。这副对联就是这么来的，一时目为绝对，流传久远。

该联“著作权”不属板桥先生，而属先生朋友李啸村。李啸村，即李葂（1691~1755），板桥先生的朋友，安徽怀宁人，寓居扬州贺园，工诗，善山水，兼精翎毛花卉，尤其善画荷花并以此著称。

唐代玄、肃二宗时，有诗人郑虔，诗书画皆工，时称“郑虔三绝”。上联以郑板桥比郑虔，颂扬先生多才多艺。东晋陶潜，于彭泽令上“不为五斗米折腰”而挂冠归隐，作《归去来辞》。先生宰范县、潍县 10 多年，也弃官归里，二人实有同气者。故，下联又以郑板桥比陶潜，赞扬先生不恋官场、不阿权势、潇洒狂放的人生态度。

搔痒不着赞何益；

入木三分骂亦精。

——板桥郑燮

此联见《名人楹联真迹大全》之二《行草 · 七言联》。

搔痒不着，就是隔靴搔痒，喻指说话作文、议论评析不能抓住根本，切中肯綮，一语中的。如此这般，你赞美别人又能给人什么好处，你赞美板桥先生又能给他什么帮助！

相传晋代书法家王羲之在木板上写字，刻字的人发现墨汁渗透而入木板有三分深。后来就用“入木三分”形容书法刚劲有力，也用来比喻议论深刻、解剖透彻。如此这般，批评、责骂别人，或者别人批评、责骂板桥先生，也一定会击中要害，鞭辟入里，给人启发。

此联表达了板桥先生对文艺作品品评、鉴赏、评论的见解。上联指出，赞赏、好评一篇文章，倘若抓不到“要害”，都不能给读者、作者带来帮助。下联指出，评论文章的不足和错误，只要切中肯綮、鞭辟入里、击中要害，即使言辞尖锐、词句激烈一些，也会使人心服口服。

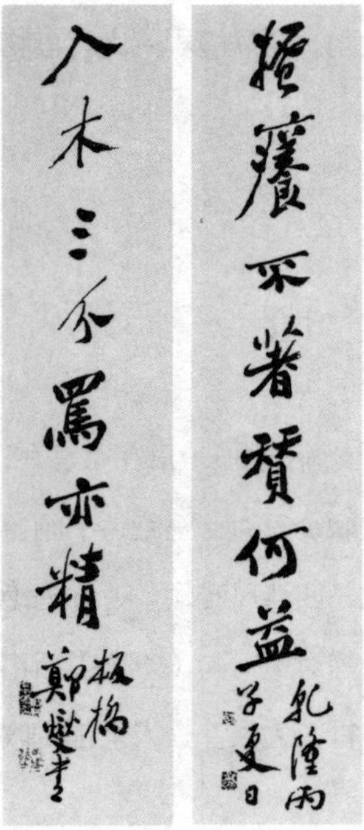

笔者另见一联，与《名人楹联真迹大全》内容相同，落款不同。落款为：乾隆丙子夏日，板桥郑燮书。附图于此，一并欣赏。

扫来竹叶烹茶叶；

劈碎松根煮菜根。

——板桥

此联见上海文化出版社 1991 年版《郑板桥对联辑注》。传是板桥先生为四川青城山天师洞斋堂题写。斋堂就是道士们吃饭的餐厅。

整联写道士们的生活，突出了清闲、适意、清贫、自然。用竹叶烧煮泉水烹茶，劈碎松根用来烧煮饭菜，一切出于自然，既切合用餐的斋堂又契合道家的生活。

删繁就简三秋树；

领异标新二月花。

——与韩生镐论文，郑板桥

此联见于《板桥书画拓片集》。清代熟于掌故、尤精绘事的潍县人郭榆寿所著《榆园杂录》卷一中说：“韩镐，字西京，乾隆癸卯举人，工制艺。板桥尝手赠一联云：‘删繁就简三秋树；领异标新二月花。’”

清同治八年（1869），金石家陈介祺将郑燮此联刻石，跋云：“板桥先生蕴书卷之秀，发于政治笔墨，此其一事也。”

韩镐是潍县人，板桥在任时很赏识他，故赠以此联。常之英等撰山东《潍县志稿》卷三十“人物志·文学”载：“韩镐，字西京。为文豪宕有奇气。郑板桥燮令潍时，县试识拔冠其偶。”

上联用辩证眼光观察暮秋的树，破解了大自然的密码——原是“删繁就简”造就了三秋的树独特的容貌。下联从仲春花开又悟得“领异标新”亦是大自然书写天地文章之笔法。以自然观照写作，道理却也相通。为文要削去冗繁力求简练，传情达意即可；表达要务去陈词滥调，道出清新独特理解为要。自然之道，是最大的道理。

此联写给后生韩镐，主题明确，观点鲜明，殷殷之情溢于言表。

山奔海立；

沙起雷行。

——乾隆辛未秋，板桥郑燮

此联见于《板桥书画拓片集》。乾隆辛未年，即公元1751年，板桥先生59岁。

全联用描写手法，把山、海、沙、雷之情势动态摄于纸上，给人山崩海啸、飞沙滚雷的惊悚感，气象阔大，境界宏远。乾隆辛未这年，板桥先生在潍县任上，潍县近海，此联当是为潍县某楼台所题，今天的山东潍坊市十笏园藏有此联石刻。

联文“山奔海立，沙起雷行”不是先生自撰，是引用明代散文家袁宏道《徐文长传》里的成句。

原文：“文长既已不得志于有司，遂乃放浪曲糵，恣情山水。走齐、鲁、燕、赵之地，穷览朔漠。其所见山奔海立，沙起云行，风鸣树偃，幽谷大都，人物鱼鸟，一切可惊可愕之状，一一皆达之于诗。其胸中又有一段不可磨灭之气，英雄失路、托足无门之悲，故其为诗，如嗔如笑，如水鸣峡，如种出土，如寡妇之夜哭，羁人之寒起。当其放意，平畴千里；偶尔幽峭，鬼语秋坟。文长眼空千古，独立一时。当时所谓达官贵人、骚士墨客，文长皆叱而奴之，耻不与交，故其名不出于越。悲夫！”

板桥先生崇拜、景仰徐文长，曾刻印“青藤门下牛马走”一颗表达钦慕之情，他援文成联当在情理之中。把原文中的“沙起云行”改为“沙起雷行”，虽只一字之变，却境界顿出。

山随画活；

云为诗留。

——乾隆戊寅七夕，板桥道人

此联见到三副，其一见于《板桥书画拓片集》，钤印“乾隆东封书画史”，题款告诉我们作于乾隆戊寅七夕（1758），板桥先生时年66岁，已归隐扬州，卖画为生。其一现藏于湖北省博物馆，题款只署名号“板桥”，钤印三方：引首“橄榄轩”，款署“板桥”下一方为“郑燮之印”，一方为“潍夷长”。未交代书写时间。南京田原先生藏四言联墨迹与此联相同，款署“板桥郑燮”。钤印三方：“郑燮之印”“爽鸠氏之官”“丙辰进士”。此联或是为山水图册而题，亦或是为假山池沼之园亭而题。

板桥先生至少三次书写此联送友人，由此观之，先生颇喜此联。

上联说，山峰随着画而富有生气。意指山峰画进画里，经过艺术加工，显得更加生机盎然，一定会“活”在人的眼前和心里。下联说，白云因为诗歌而留存。意思是云朵写进诗中，经过诗人的感兴比赋，显得更加清新雅洁，也一定会“留”在人的心里。

整联似有无限蕴藉，启示我们领会世间万事万物彼此依存的生活之理。

山光扑面因朝雨；

江水回头为晚潮。

——板桥郑燮题

山光扑面经新雨；

江水回头为晚潮。

山光扑面经宵雨；

江水回头欲晚潮。

在《板桥偶记》里，板桥先生亲记曰：“江西蓼洲人程羽宸，过真州江上茶肆，见一联曰：‘山光扑面因朝雨；江水回头为晚潮。’傍写‘板桥郑燮题’。甚惊异，问何人，茶肆主人曰：‘但至扬州，问人便知一切。’”《板桥偶记》手卷藏上海博物馆。由此记载可知，这一联是为真州江上茶肆而题。王检心等《重修仪征县志》云：江村“在游击署前”，“兴化郑板桥尝寓此（江村），与吕凉州辈唱和，有联云：‘山光扑面因新雨；江水回头为晚潮。’”这里所记对联与“山光扑面因朝雨；江水回头为晚潮”仅一字之差。恐是王检心误记。

第二联为镇江焦山自然庵而题。梁章钜《楹联丛话》云：“郑板桥（燮）题焦山自然庵联云：‘山光扑面经新雨；江水回头为晚潮。’”吴云《焦山志》卷一：“自然庵，旧在半山观音崖右，明弘治间移置真武殿之右。高鉴书额。又‘天然图画’额，沧江赵祥书。又郑燮书联云：‘山光扑面因新雨；江水回头为晚潮’。乾隆壬午重建。”

第三联“山光扑面经宵雨；江水回头欲晚潮”，被清代徐珂收录在《清稗类钞》里。兴化民国时的国学大师李详著《药裹慵谈》（江苏古籍出版社 2000 年 1 月第 1 版）卷四《郑板桥先生轶事》详细记载了此联的出处：“……马秋玉曰琯，时住松寥阁，清晨雨霁，携一仆登山（焦山，笔者注）椒，微吟相属。板桥随其后，听之似重叠仅得一语，云‘山光扑面经宵雨’。板桥遽前揖曰：‘君得句颇佳，仆已窃听之。’马谓：‘诗思苦甚，先生能举其偶乎？’板桥曰：‘不才已得“江水回头欲晚潮”七字，不审足下谓何？’马喜极，谓较己语为自然。叩其所居，明日来拜，邀往对弈，为设一榻，请板桥移寓，共尽昔日谈……”这时候，板桥先生还没有中举，正在焦山躲债。

三副对联的上联都描写了相同的景致。夜里下了一场雨，早晨看到山峰像洗过一般，翠绿欲滴，山光扑面。三副对联的下联，写的都是人立足于某处凭眺所见的情景——傍晚江水潮涨。

整联写得清新活泼、开阔而有境界。“为晚潮”的“为”读作去声。江水仿佛有情，为了晚潮，留恋堤岸，又“回头”了，让人有身临其境之感。“欲晚潮”则写出了潮水欲涨未涨、蓄势待发的情形，十分传神。一字之差，情景有变，摩形画神，极富神采。

上山拿蚂蚱；

下河捉螃蟹。

1983 年兴化郑板桥故居所藏资料《郑板桥在潍县》一书中载有此联，此联为山东潍县田耘宽收集并提供。

传当年潍县有两股地方势力。他们时而造谣惑众，影响社会治安，时而破坏政事，侵犯民利。板桥先生写了这副对联来警示恶势力，要他们悬崖勒马，弃恶从善。

全联谓官府可以上山消灭蚂蚱，下河活捉螃蟹。言外之意是：不管你们这些邪恶势力躲到哪里，官府总会有办法惩治。

身无半亩，心通天下；

读破万卷，神交古人。

文化艺术出版社 1982 年版《对联赏析》一书收对联“身无半亩，心忧天下；读破万卷，神交古人”，与此处对联只相差一字，一为“通天下”，一为“忧天下”。传是板桥先生自题联。

半亩，本指拥有的土地很少。此联中可解作物质生活的穷困窘迫，“心忧天下”，此处用北宋范仲淹先忧后乐的故事来表达先生忧国忧民的情怀。范仲淹在《岳阳楼记》中说，“居庙堂之高，则忧其君；处江湖之远，则忧其民”，“先天下之忧而忧，后天下之乐而乐”。“心忧天下”，本于此句。先生“身无半亩”，其心却为天下忧。范仲淹曾在兴化做过县令，有政声，先生自比先贤，曲呈心声，令人钦敬。

刘勰《文心雕龙》论述“神思”时指出：“文之思也，其神远矣。故寂然凝虑，思接千载；悄然动容，视通万里；吟咏之间，吐纳珠玉之声；眉睫之前，卷舒风云之色；其思理之致乎。故思理为妙，神与物游……”读书可以思接千载，视通万里，神与物游，神与古人交流。杜甫有诗句“读书破万卷，下笔如有神”。从所引文字可知下联亦用典故直陈己意。

板桥先生身处我国古代农业社会，农业社会讲究亦耕亦读，耕读传家。耕种需要土地，所以此联用“身无半亩”来表达生活困顿之意，容易与读者产生共鸣。用典是先生撰作对联常用的方法，此联亦用典，自然晓畅，言近旨远。

深心托豪素；

努力爱春华。

——板桥居士郑燮

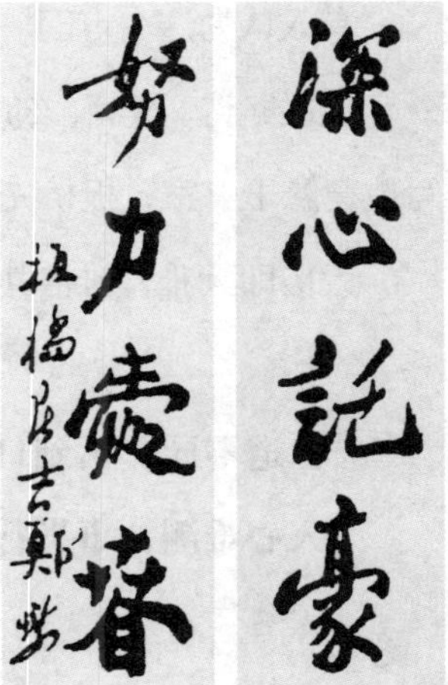

上海陆平恕先生藏有此联墨迹。

深心，梵语三心之一。又称深信。佛典中之语义颇有异解。通常指深求佛道之心，或指扫除犹疑不定而对佛法真实确信之心，或指乐集诸功德善行，又深信爱乐之心。《维摩经》卷上“佛国品”说：“深心是菩萨净土，菩萨成佛时，具足功德众生来生其国……随其直心则能发行，随其发行则得深心，随其深心，则意调伏。”

托，寄托。豪素，豪通“毫”，指笔，素指纸，此处为写作的意思。努力，发奋有为，勉力而行。

春华，本意指春天的花。鲁迅《无题》诗：“血沃中原肥劲草，寒凝大地发春华。”又有春天开花之意，如“春华秋实”是也。又用来比喻青春年华、少壮之时。唐李白《惜馀春赋》：“望夫君兮兴咨嗟，横涕泪兮怨春华。”又喻女子娇艳的容颜。明何景明

《明月篇》：“红闺貌减落春华，玉门肠断逢秋色。”此联中作“言辞之文采”理解。

上联谓把一片深心寄托在书画中，下联讲要勉力让自己的书画、文章充满文采。这是先生对自己的要求，也是他对书画艺术内容和形式完美统一的自觉追求。

这副对联也是集句联。上联来自南朝宋颜延之《五君咏》：“向秀甘淡泊，深心托豪素。”下联来自汉素武《诗四首》：“努力爱春华，莫忘欢乐时。”

诗酒图书画；

银钱屁股□。

曾衍东《小豆棚》卷十六“杂记·郑板桥”云：“板桥郑燮，兴化人也。康熙秀才，雍正举人，乾隆进士。工诗，有别裁；善画兰竹；精书法，隶草相杂……其书室有一联最可笑：‘诗酒图书画；银钱屁股□。’”

“诗酒图书画；银钱屁股□”是板桥先生为自己的书室写的一副对联，下联缺最末一字，未知其详，空缺至今。

有人认为这个“□”处的字是“屄”，女性生殖器。

上联赋诗、饮酒、刻印、画画、写字，何等之雅，下联银、钱、屁股、□，俗物俗气，俗不可耐。写成竟悬于书室，板桥先生之怪异、大胆、率真、狂放可见矣。

大俗即大雅，雅俗共赏，亦不失为妙联。

世道不同，话到口边留半句；

人心难测，事当行处再三思。

江苏人民出版社 1982 年 4 月版《郑板桥》（何琼崖、潘宝明著）第 83 页载有此联。乾隆壬申年，先生 60 岁，在山东潍县任上，写下了这副对联。

了解板桥先生生平思想后，我们不难发现先生终生坚持“生死同民命”，为民请命，不惜丢掉乌纱帽。这样正直敢担当的人，怎么说出“世道不同，话到口边留半句；人心难测，事当行时再三思”这样的句子？

我们知道，清朝康雍乾三代朝廷大兴文字狱，禁锢文人士子的思想，逼使知识分子钳口结舌。板桥先生家乡兴化因文字狱而惨遭剖棺戮尸、著作毁版、株连后代等厄运的知识分子有好几个。

在那样的高压下，先生也曾将自己的文集诗钞进行了整理，铲去了有可能遭到文字狱牵连的文字，不得不把文集诗钞进行了一番“自我净化”。

整联流露出先生在那个时代那个年月真实的心境，不可以用消极思想来概括和诠释。借这副对联先生抒发了胸中的愤懑，可谓击中时弊，令人深思玩味。

室雅何须大；

花香不在多。

——板桥

此联为别峰庵题写，江苏镇江焦山别峰庵藏有此联木刻。板桥先生雍正年间曾在别峰庵用功读书以应科举考试，“板桥读书处”至今保存完好。这副对联是板桥先生最被人知道、最被人称道、最被人广为复制悬挂的对联。

别峰庵，始建于宋代。宋代高僧佛印法师有诗云：“绝顶无寻处，何人为指南。回头见知识，原在别峰庵。”在焦山双峰之阴的别岭上，翠竹环抱之中，有一座别致的方形四合院，这就是“别峰庵”。庵内北侧有小斋三间，天井中有一花坛，桂花树两株，修竹数竿，环境清雅幽绝。别峰乃是指该岭有别于焦山山顶之主峰（东峰和西峰）之意。

联语意思很好理解，居室雅致，不一定非得高大轩敞，小可以胜大；鲜花芬芳，不一定非要多朵堆叠，一枝可胜多枝。

此联言近旨远，耐人涵泳品悟。古人曾说，君子居之，何陋之有？房屋主人品德高尚，就是陋室也不显简陋。即使是高堂广厦，布置得再富丽堂皇，如果俗人居住，恐怕难显清新雅洁，即使有一点风雅之气恐怕也掩不住粗俗鄙陋。“雅”远不关乎“大”，“香”也不在乎“多”，此中滋味，板桥先生借 10 个汉字道出，举重若轻，发人深省。

先生“题画”中曾说：“三间茅屋，十里春风，窗里幽兰，窗外修竹。此是何等雅趣，而安享之人不知也。”可作此联注解。

板桥后人郑銮官鲁县，曾重刻此联，并跋曰：“道光十四年六月既望，从孙銮刻于鲁县。”板桥故里兴化吴汉池先生藏有从孙郑銮刻制的这副对联的拓本照片。

室藏美妇邻夸艳；

君有奇才我不贫。

袁枚的孙子袁祖志《随园琐记》卷六云：郑板桥先生集中，有赠先大父诗云："室藏美妇邻夸艳；君有奇才我不贫。"只此二句，并不成篇，或系楹联帖耶。

查郑板桥先生《诗钞》，有《赠袁枚》诗题，题下两句，内容同上。没见到全诗。故，很多人都把该句视作对联。笔者同样认为，这就是一副题赠大才子袁枚的对联。或赠联在先，赠诗在后，诗由联扩展而来。或先有诗歌，后撷出颈联单独成联。由此看，袁枚的孙子袁祖志"或系楹联帖耶"的猜测是正确的，因为他不知道郑板桥有《奉赠简斋老先生》这首诗。

四川省博物馆藏有板桥先生《奉赠简斋老先生》一诗的墨迹。全诗如下：

奉赠简斋老先生

郑 燮

晨星断雁几文人，错落江河胡海滨。

抹去春秋自花实，逼来霜雪更松筠。

女称绝色邻夸艳，君有奇才我不贫。

不买明珠买明镜，爱他光怪是先秦。

奉赠简斋老先生并正，板桥弟郑燮。

该诗颈联"女称绝色邻夸艳；君有奇才我不贫"，和上联文字上有出入，并不完全一致。似乎让我们看出这两句有创作上的先后关系。

清代文坛，郑板桥和袁枚间是有故事的，二人文人相轻，互不买账，多有笔头"官司"。此联上联婉讽袁枚金屋藏娇，暗中刺袁枚好色。下联先夸赞袁枚有奇才，随即笔锋一转说，我郑燮的文化才干并不比你差。全联暗藏机锋，写得酣畅淋漓，孤傲不羁，狂放自负。板桥先生的真性情可见一斑矣！

视民如伤，潍邑苍生皆我子；

修己以敬，东林前辈是吾师。

此联见贵州人民出版社1988年版《郑板桥》。传是板桥先生宰潍县时候某一年的除夕为县衙大堂题写的对联。

上联，视民如伤，意思是看待百姓要像看创伤一般，疼他，希望他一切都好。这是县令的表白，为官要爱民如子。

下联，修己以敬，意思是用敬人爱人的真心来修炼自己。这是县令的又一个表白，要向东林前辈学习，以他们为师，修己敬人，立德立功，为官一任，造福一方。

整联表现了板桥先生当官施政的爱民和亲民思想，以及他自己对自己的愿望。

书有未曾经我读；

事无不可对人言。

江西人民出版社 1983 年版《名联欣赏》载有此联，传是板桥先生为自己题写。

上联言书籍浩如烟海，未曾读过的书很多很多。这是勉励、鞭策自己要多读书、勤读书，所谓“学海无涯”是也。

下联谓所做的事情没有不可以告诉别人的。“诸恶莫作，众善奉行”，襟怀坦荡，“为人不做亏心事，半夜敲门人不惊”。

全联用俚语白话道深刻的人生道理，通俗易懂，耐人寻味，既勉己亦勉人。

束云归砚匣；

裁梦入花心。

——晴江年学老长兄属，板桥郑燮

此联见《古今名人楹联汇编》，题款“晴江年学老长兄嘱 板桥郑燮”。又见于《名人楹联真迹大全》三《隶书 · 五言联》，题款“板桥郑燮”。联语相同，落款不同。从题款里知道，这副对联书写了至少两次，一次题赠“晴江年学老长兄”，一次为另一人书写。

晴江，就是李方膺，板桥先生的朋友，字虬仲，号晴江，又号秋池、抑园、白衣山人。江苏通州（南通）诸生。先后任山东兰山、安徽潜山和合肥知县，有善政，以不善逢迎，傲岸不羁，获罪罢官。寓居金陵借园，自号借园主人。常往来扬州卖画以资衣食，为“扬州八怪”之一。善画松、竹、梅、兰和草虫。

此联为题赠联，意在颂扬好友的绘画艺术。

上联字面上说捆扎天上的云朵可以藏之于盛放砚台的匣子，也可以理解为盛放砚台的匣子里可以飘出千姿百态的云朵。字里行间的真实表达是赞扬好友从生活里领悟到绘画的艺术，又能以精湛的艺术作品表现生活中的万事万物。

下联字面上的意思是剪裁思想可以深入花蕾之中，其中蕴藏着对好友艺术创造性的赞扬，颂扬好友的绘画作品富含深刻的寄托、熔铸独特的思想。这里的“梦”可以理解为好友的艺术追求和艺术理想，“花心”可以理解为好友的绘画艺术及其作品。

整联想象奇特，用词造句新颖不俗，寓意丰富而深刻，极具浪漫色彩。

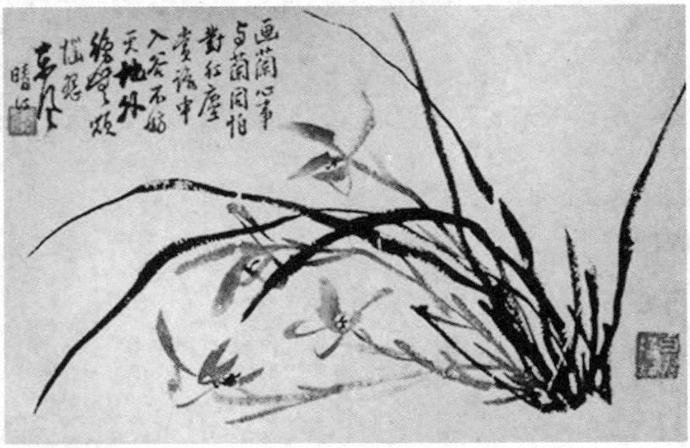

李方膺　风竹图

书从疑处翻成悟；

文到穷时自有神。

江西人民出版社 1983 年版《名联欣赏》载有此联，传是板桥先生为自己题写。

宋代大儒朱熹说：“学贵有疑，小疑则小进，大疑则大进。”学起于思，思源于疑。所以巴尔扎克就说“打开一切科学大门的钥匙都毫无疑问的是问号”。学习的过程实际上是一个不断产生疑问并解除疑问的过程。张载讲：“于无疑处有疑，方是进矣！”陆九渊也讲：“为学患无疑，疑则有进。”朱熹有一首诗也论述读书学习必须有疑问，有疑问必须进一步阅读弄明白问题，这才又有新的感悟。诗曰：“读书无疑须有疑，有疑定要求无疑。无疑本自有疑始，有疑方能达无疑。”

以上所说就是上联的意思。

有一个成语“穷而后工”，是说旧时文人越是穷困不得志，诗文就写得越好，好像如有神助。“穷而后工”出自宋代大文豪欧阳修《梅圣俞诗集序》：“予闻世谓诗人少达而多穷，夫岂然哉？盖世所传诗者，多出于古穷人之辞也。凡士之蕴其所有，而不得施于世者，多喜自放于山巅水涯之外，见虫鱼草木风云鸟兽之状类，往往探其奇怪，内有忧思感愤之郁积，其兴于怨刺，以道羁臣寡妇之所叹，而写人情之难言。盖愈穷则愈工。然则非诗之能穷人，殆穷者而后工也。”假如李白、杜甫在政治上都一路坦途、春风得意，那文学史上很可能就少了两个大文学家、大诗人。大家所熟知的“文章憎命达”“哀怨起骚人”即是对于这种复杂的人生体悟的精辟概说。这实际上与欧阳修的“穷而后工”的理论是相通的。

以上就是下联的意思。

上联讲读书做学问“从疑处”出发作进一步的研读，直到解疑、有新的理解。下联谓不要抱怨身世多舛，生活窘困，潦倒寂寞，重要的是坚持、坚守，不离不弃，相信未来。自古至今，“穷而后工”，如有神助的成功者比比皆是。先生撰作此联既是自勉、自我安慰，同时也警策、启迪他人。

霜熟稻粱肥，几村农唱；

灯红楼阁迥，一片书声。

——乾隆壬午蕤宾月，板桥郑燮

卞孝萱先生见于《书谱》第十期，该书影印了板桥先生此联；清人谢诚均《瞶瞶斋书画记》卷二亦载此联：“扬州郑板桥雅擅三绝，然其书无古无今，自成一格，故有‘六分半书’印。余有板桥九言楹帖云：‘霜熟稻粱肥，几村农唱；灯红楼阁迥，一片书声。’字极古拙。上有‘康熙秀才雍正举人乾隆进士’，下有‘橄榄轩’诸印，篆刻亦精。”

上联写农村丰收，下联写楼阁读书。一耕一读，耕读之家，原是我国古代农业社会人民理想的生活。板桥先生用对联描写出这样宁静祥和、安居乐业的生活情景，实际上也表达了他自己的民本思想和重农思想。

乾隆壬午年，板桥先生 70 岁。蕤宾月，指的是七月。七十老人，喜民所喜，乐民所乐，其情动人。

霜熟稻粱肥，几村丰乐社；

灯红楼阁迴，一片读书声。

——七三老人板桥郑燮

陕西渭南市冯宝哲先生家藏十言联木刻：霜熟稻粱肥，几村丰乐社；灯红楼阁迴，一片读书声。款署：七三老人板桥郑燮。

此联与上一联只相差一两字，可以对照欣赏。

水流石径浮花出；

云拥松根带雨归。

——板桥郑燮

上联写雨中情景——径，小路。浮花，指漂浮在水面的花瓣，常用来比喻虚幻的或易逝的美好事物。因为风雨，“花落知多少”，花瓣随雨水从石径上流过，有“清泉石上流”一般的诗情画意。

下联写雨后情景——拥，用手去抱。雨后，山里水汽烟雾蒸腾，缭绕游走于松树间。这种情状板桥先生用拟人手法写出来了，就是“云拥松根带雨归”。天上的白云带着雨（写水汽太重）回到山里，拥抱松根，亲近松树。这是白云对松根的情意。

全联对仗谨严，写山间清醇灵动一景，富有人情和才情，读之声律悠扬悦耳，尘杂亦被荡涤，使人心净澄明。

四面有山皆入画；

一年无日不看花。

——雍正九年书于京口旅次，板桥郑燮

此联墨迹藏上海艺趣山房古玩店，是记载准确书写时间最早的一副对联。雍正九年，公元1731年，先生39岁，正在镇江焦山读书以备科举，题款说“书于京口旅次”与先生行踪一致。

上联从空间着笔，板桥先生站在焦山某处，无论近观还是远眺，四面都是高低起伏的山峰。山峰秀丽，每一座山都值得画进画里来。

下联从时间入手，说在焦山，一年三百六十五天，天天都在看花赏花。

整联抓住山峰和花草来写焦山四季的美丽，表达对焦山的喜爱和赞美，也折射出板桥先生的审美趣味和艺术思想。

焦山是先生的福地，先生在焦山别峰庵集中精力研读四书五经，练习时文，为来年的乡试备考。第二年果然乡试中举。从这个角度来看此联，我们也可以感受到先生对前程充满了希望，充满了自信。

四面灯，单层纸，辉辉煌煌，照遍东南西北；

一年学，八吊钱，辛辛苦苦，历尽春夏秋冬。

1984年3月江苏古籍出版社《古今对联丛谈》载有此联。

板桥先生潍县上任不久，有位教书的老先生来告状，说有一家请他教学，商定好教学一年，酬金八吊钱。可是到了年终，主人想赖账，一文钱不给。

板桥先生问老先生说：“也许是你误人子弟吧？要不，人家怎么赖账不给你钱呢？我今天要当场考考你，看你学问如何。”老先生不敢推辞。

先生指着大堂上悬挂的灯笼说：“就以灯笼为题，我出上联，你对下联。”

先生出句是——四面灯，单层纸，辉辉煌煌，照遍东南西北。

老先生略思片刻，说出对句——一年学，八吊钱，辛辛苦苦，历尽春夏秋冬。

板桥先生听后，很赏识这位老先生的学识，当即传来被告，结了此案，还留下老先生在县衙内当差。

搜尽奇峰打草稿；

摘来红叶补袈裟。

传此联题赠板桥先生的方外好友勖公和尚。勖公，有人认为是江苏泰州的僧人巨谭上人，巨谭上人善画竹、虫、鸟，先生有诗作《赠巨谭上人三首》。有人认为是京西瓮山寺僧勖宗上人，先生赴京曾住京西瓮山，与勖宗上人十分友好。

上联是成句，出自苦瓜和尚石涛之笔，谓画画要以自然为法，又要超出自然之上，搜尽奇峰仅仅作为打草稿之用，真正的绘画创作还在后头。奇峰，指罕见的极具个性的山峰。草稿，不是写文章的草稿，而是绘画的草稿。天下名寺古刹十之八九在名山奇峰，故上联信手拈来成句，不觉生涩，浑然天成。

红叶，指秋天出现的红色树叶，亦可作红色枫叶解。“搜”“摘”“打”“补”四个动词表达了向自然学习，从自然中领悟自然之道，补正人情世故的思想，写得通俗易懂，又贴切生动。全联切人切地，想象奇特，意象鲜明，表达与方外好友真挚的友情。

松枝留古骨；

梅花无艳情。

兴化已故金谷香先生藏有此联墨迹并提供此联。传是板桥先生自题联。

全联用叙述和描写之法道出，松枝去除了表面的浮华，给人留下骨气和傲气，梅花洗去了铅华和妖艳，给人淡泊、寂寞和独立的审美。

整联托物言志，谓人要像松枝那样有操守，坚强不屈；像梅花那样不妖艳，无意争春，甘于平淡。这是板桥先生人格的自我写照。

T **天泰地泰三阳泰；**

家和人和万事和。

这是一副春联。福建人民出版社《对联常识》载有此联，说是板桥先生壮年教书时撰写。今天，城乡居民过年书写对联时还常常写它贴在大门上。

上联祈求国泰民安，下联祝愿家庭幸福，表达了人民群众对美好生活的热烈向往之情。古人认为，冬天来了虽然很冷，但是阴气会渐渐退去而阳气始生，并称冬至一阳生，十二月二阳生，正月三阳开春。春节过年时正是三阳刚到，所以人们祝愿三阳时节太平吉祥。

天际识归舟；

云中辨江树。

——板桥郑燮

此联墨迹藏山东潍坊文物商店。1984 年 5 月山东美术出版社《郑板桥书画集》载有此联影印件。

上联说，于天尽头识别远归的船只。读上联，想象中，好像看到一个人站在岸边翘首等待，远远地看到帆影，他便认得是友人抑或是亲人的归舟。友情或亲情其深厚真挚可知矣。

下联说，云雾虽然飘渺，时浓时淡，时高时低，瞬息万变，但还是能够辨识江边的树木。读下联，想象中，看到天空云卷云舒，远处的江边，树木时隐时现。

此联就像是一首五律中的颈联或颔联，描写伫立江边的人在等待归客。不着情字，却意境深远，情谊洋溢字里行间。

停画百日；

戒酒三春。

1983 年兴化郑板桥故居所藏资料《郑板桥在潍县》载有此联，是潍坊人田玉棚、陈兰蕙搜集并提供。

潍县有一个叫杜士的秀才，被大奸商李武正用 1000 两银子收买，设“桃花狗肉”计，骗得板桥先生巨幅《墨竹图》。奸商李武正得到先生画后，便在家里举行盛大的祝贺仪式。先生听说这件事，深感懊悔。他想到自己“凡吾画兰、画竹、画石用以慰天下之劳人，非以供天下安享之人也”的主张，懊悔之情更深。于是叫手下人取出笔墨纸砚，先生秉管蘸墨，一挥而就，写成八个大字："停画百日；戒酒三春。"先生觉得这样还不能表达自警之意，又写诗一首："贪杯辱身，理当受责。停画百日，戒酒三春。"

据说先生当年从对联写成之日起，100 天没有作画，3 个月没有饮酒。

吐有扬雄书无价；

梦到江华笔有神。

盐城宗树源先生提供此联，传是先生和郝荣村的表兄交谈而说出，用以赠表兄。也许是板桥先生为外婆家盐城郝荣庄某人题写，也许是为那里的好友题写，诸如幼时的同窗、贤达人士、读书做学问的人……

扬雄（前 53~18），字子云，汉族。西汉蜀郡成都（今四川成都郫县友爱镇）人。官吏、学者，是汉赋"四大家"之一，又是西汉末年的一代大儒，身兼文学家、思想家两种身份。少好学，口吃，博览群书，长于辞赋，有很高的论辩才能。一生作赋 7 篇。《反离骚》《广骚》《畔牢愁》3 篇，为扬雄蛰居四川时抒愤明志之作；《甘泉赋》《羽猎赋》《河东赋》《长杨赋》4 篇，是扬雄侍从汉成帝郊祀、狩猎时的应制之作。这 7 篇赋，奠定了扬雄在中国文学史上的地位。所著《太玄》和《法言》代表了扬雄最高的学术成就，奠定了他在中国古代哲学史和古代思想文化史上的崇高地位。他是研究汉语方言的第一人，《方言》一书奠定了他在中国语言学史上的崇高地位。他还精通古文奇字，汉代一般人都不认识大篆、小篆（故又称为"古文"或者"奇字"），扬雄为了给一般读书人提供识字方便，于是借鉴李斯《仓颉篇》，撰成《训纂》，奠定了扬雄在中国文字学史上的一席地位。扬雄如此大的学问，他的书当然无价了。

江华，即江淹（444~505），字文通，中国南朝政治家、文学家。6 岁能诗，13 岁丧父，家境贫寒，曾采薪养母。20 岁左右教宋始安王刘子真读"五经"，并一度在新安王刘子鸾幕下任职，开始他的政治生涯，历仕南朝宋、齐、梁三代。江淹出生于南朝宋，年少时即因文章而声名显著。晚年他仍担任齐、梁朝的高官，但是作品质量却大不如以前，被认为是才思衰退所致，因此世人说他"江郎才尽"，至今传为文坛掌故。

《南史》卷五十九《江淹列传》载：淹少以文章显，晚节才思微退，云为宣城太守时罢归，始泊禅灵寺渚，夜梦一人自称张景阳，谓曰："前以一匹锦相寄，今可见还。"淹探怀中得数尺与之，此人大恚曰："那得割截都尽。"顾见丘迟谓曰："余此数尺既无所用，以遗君。"自尔淹文章踬矣。又尝宿于冶亭，梦一丈夫自称郭璞，谓淹曰："吾有笔在卿处多年，可以见还。"

淹乃探怀中得五色笔一以授之。尔后为诗绝无美句，时人谓之才尽。

原来江淹随身所带的五色锦和五色笔被主人张景阳、郭璞要走，从此为文无才气而江郎才尽。这当然是传说，不足为信。

另有一传说可以回答“笔有神”三字。江淹有一天晚上借宿县城德星门外的孤山，梦中得五彩笔，后来文思如涌，手中的笔仿佛如有神助，写出许多美文，世称“妙笔生花”。

全联引文学典故入联，洋溢书卷气，且对仗严密，文字中有神韵。

W　**蜿蜿蜒蜒路；**

晶晶玲玲泉。

此联见金盾出版社 1995 年版《巧妙对联三千副》，说是板桥先生为江苏南京半山亭题写。一共题写两副，另外一副是“玲玲珑珑窍；孔孔洞洞山”。另有一说，这两副对联是为山东孟子故里邹城峄山半山亭题写。可参见“玲玲珑珑窍；孔孔洞洞山”一联的注评。

蜿蜒，蛇类曲折爬行貌。晶晶，明亮貌，欧阳詹《秋月赋》：“皎皎摇摇，晶晶盈盈。”玲玲，空明澄澈貌。全联用叠字手法描写山路和山泉。路蜿蜒曲折，从半山亭伸向四面八方，给人旷远幽深之感；泉水清凉透明，令人赏心悦目。

全联写景状物，虽用俗字却见奇巧、雅趣。

为善无不报；

读书当及时。

1983 年兴化郑板桥故居所藏资料《郑板桥在潍县》一书中载有此联。

此为板桥先生赠山东潍县人郎一鸣联，见于常之英等《潍县志稿》卷二十九“人物志·义行”：“郎一鸣，字次生。赋性敦朴，乐施与。郑燮令潍时，修城垣，建桥梁，及邑中一切大工役，（郎一鸣）慨然出倍资为众倡，是以令重其为人，赠联曰：‘为善无不报，读书当及时’。”郎一鸣是潍县乡贤，学识渊博，热心地方事业，积极支持县令郑燮倡导的以工代赈整修潍城的办法。他在乡贤名人大会上第一个慷慨捐银 1000 两，谷粟 100 担，推动集资修城，解决灾民生活问题。时板桥先生在潍县任上，作为县太爷，欣然赠联，以表彰郎一鸣的嘉行懿德。

对联首先肯定、赞赏郎一鸣的“为善”，其次预祝郎一鸣好人必有好报，最后勉励郎一鸣及时读书，修身养性，为自己为别人为社会建功立业。

板桥先生这样欣赏郎一鸣的“为善”和“读书”的品行，他自己何尝不是这样的人！

未出土时先有节；

纵凌云处也无心。

——板桥老人郑燮画

此联是一副题画联，卞孝萱先生编《郑板桥全集（增补本）》时说：“扬州寄啸山庄藏木刻。”

在中国画的画幅空白处，往往由画家本人或他人题上一首诗，或题上一副联，或写几句跟画有关的句子，这种艺术活动就叫题画。所题文字的内容或抒发作者的感情，或谈论艺术的见地，或咏叹画面的意境。清代方薰《山静居画论》云：“高情逸思，画之不足，题以发之。”

中国画和题画文字都是一种独特的艺术形式，它们虽为美术和文学两个范畴，但画为视觉的艺术，题画为语言的艺术，两者在构思立意上有着不可替代之妙。清代孔衍栻《石村画诀》说：“画上题款诗，各有定位，非可冒昧，盖补画之空处也。如左有高山右边宜虚，款诗即在右。右边亦然，不可侵画位。”可见题画应该很讲究。板桥先生的画上往往诗书画印俱有，有人赞之曰“诗书画印四绝”。此联是题画竹，切竹切情，写得潇洒典雅。竹从土里长出来先为竹笋，节节分明；竹长高了，耸入云端，仍然节节虚心。此联只字不提竹，而翠竹有节、中空的特点极传神地被写出来，对翠竹有节操、壮志凌云、谦虚等美好品格的认同、欣赏、赞美之情洋溢在文字中。

全联构思奇拙，意象空灵，对仗工稳，借物喻人。巧妙地传达板桥先生对人心、对节操的理解和追求。

无事此静坐；

有福方读书。

邑人刁骏先生编著的《郑板桥对联辑注》（上海文化出版社 1991 年版）收载此联。传板桥先生为兴化李园静坐亭题写了两副对联，其一是“无事此静坐；有福方读书”，其二是“种十里名花何如种德；修万间广厦不若修身”。李园，在今兴化博物馆东侧，为清初扬州富商李小波构建，由舱浪厅、松云山馆、桂花楼三部分建筑组成。桂花楼西北侧有亭名静坐亭，今已废。

无事，没有事情做，空闲着，亦可以当无所事事解。静坐可以消解空闲的时光，可以反省、叩问、思过，亦可以修身养性。有福，享有福气，亦可以指一种衣食无忧的生活。先生认为，静坐就是“有事”，静坐是静中有动，人照样可以思想，这不是事情还是什么呢？读书就是“有福”，读书可以娱情、启智、修身、精进，这不就是福气吗？

全联警醒人们，静坐常思己过，有闲就要读书。

先生“题画”曾写道：“余家有茅屋二间，南面种竹。夏日新篁初放，绿阴照人，置一小榻其中，甚凉适也。”静坐小榻，纳凉、赏竹，何其美也！

无波古井水；

有节秋竹竿。

——辛酉春日书于橄榄轩，板桥郑燮

2013 年 10 月 27 日，北京保利国际拍卖有限公司第 24 期精品拍卖会“赏珍——中国书画”竞拍了此联。

辛酉，即乾隆六年，公元 1741 年，先生 49 岁。这年九月，先生奉吏部之召，入都后补官缺。春天，先生还在故里兴化的家里。

橄榄轩，先生书斋名。橄榄，又名青果，常绿乔木，花白色。北宋刚直感言的诗人王元之在《橄榄》诗中说它“良久回味，始觉甘如饴”。喻指读书有“回味无穷”之意。因此板桥先生以它为书斋名。有时自称“橄榄轩主人”。绘画时常钤印“橄榄轩”。

上联谓人心要宁静而淡泊，就像古井里的“无波”水一般。

下联说做人要讲操守，像翠竹一样有气节和操守。

无不开之船，打桨扬帆，老先生脱离苦海；

有未完之戏，停锣歇鼓，吾小子收拾坛场。

江苏东台市吕荫堂先生藏有此联墨迹。此联是板桥先生挽李鱓而写的。

李鱓，详见本书“奸佞当朝，焉能安其身；蒺藜满田，何以措禾苗”“遗爱遍山东，一字一画一诗，人间堕泪；宏才感天阙，赐果赐茶赐饭，地下衔恩”两联的注评。

上联谓是船总要开，是人总会死。今天，老友李鱓去世，恰如“打桨扬帆”开船一般，李鱓老先生得以脱离苦海。

下联说戏剧有演完的，也有未演完的，也像人生一样。今天，李鱓去世了，就像一台正演出的戏剧“停锣歇鼓”，我（板桥先生自指）这个活着的人将为老友收拾祭奠的坛场。

全联用比喻将好友的去世写成木船打桨扬帆远行，戏剧停锣歇鼓停演，别出心裁，独具匠心，含不尽之哀痛和缅怀深情于言辞里。

李鱓去世了，先生为之挽联，为之收拾坛场，生离死别的友情灼烧着先生的心肠，使他肝肠寸断。这种心情先生却没有满满地写出，只用你“脱离苦海”、我“收拾坛场”道出，表面看轻轻写过，但我们体会到的是感天动地的深情厚谊。

舞文弄墨千般众；

种草养花一场空。

——乾隆壬子秋，板桥郑燮

1987年5月30日，居住扬州甘泉路常府巷45号的周嗣强先生向有关方面提供此联，并说他家祖辈珍藏了这副对联，至今保存完好。笔者所见对联和周嗣强先生提供的对联相差一字，为“舞文弄墨千般重，种草养花一场空”。

此联撰作时间有误。查板桥先生年谱，乾隆皇帝统治清朝时间内——乾隆元年（公元1736年，板桥先生44岁）到先生去世的乾隆乙酉年（公元1765年，先生73岁），没有壬子年。先生一生只经过了一个壬子年，即雍正十年（1732），应该是“雍正壬子”才是正确的，这一年板桥先生40岁。大概提供者周嗣强先生把时间记错了。

“千般众”还是“千般重”？笔者觉得应该用“千般重”。也许是同音字（在扬州，重与众发音相同）的缘故，被提供人弄混。舞、弄，故意玩弄，文、墨，文笔。舞文弄墨原指曲引法律条文作弊，后常指玩弄文字技巧，多含贬义。笔者以为此联中的舞文弄墨不是贬义，而是指写字画画，即书画创作，泛指与文墨有关的学习与创作活动。

假设对联真的写于雍正十年壬子年秋天，这一年先生40岁，秋天，在南京参加乡试中举。先生于杭州得到中举的消息后，写下诗歌《得南闱捷音》，其中首联和颔联为：“忽漫泥金入破篱，举家欢乐又增悲。一枝桂影功名小，十载征途发达迟。”此时此刻先生回顾所走过的路百感交集。这副对联里就有这种百感交集的感慨。要不是舞文弄墨，哪有迟来的“发达”；要不是舞文弄墨，哪有今天的“小小功名”；要不是舞文弄墨，哪有今日的“举家欢乐”。你看，在先生心里，舞文弄墨真是千般重呢！与此感慨相关相生的就是“种草养花一场空”。

先生敢于用对联直接表达对舞文弄墨、种草养花的感慨，把一些人不敢说、不愿说、说不出来的话讲出来，似乎不合时宜，却是先生最真实、最坦荡、最可爱的所在！

X　**洗砚鱼吞墨；**

烹茶鹤避烟。

卞孝萱先生曾见此联墨迹。兴化张配伍先生曾提供一联，与这副对联只差一个字，联曰：“洗砚鱼吞墨；烹茶鹤游烟。”

元朝画家王冕《墨梅》诗有“吾家洗砚池边树”句，可知画家们会在自家庭院里砌筑洗砚池用来清洗砚台、毛笔，洗砚池里还会养着数条鱼儿。你若来洗砚，墨水会滴入池子，鱼儿以为你来喂食，便会吞吐墨水。这就是上联所写的情状。

宋沈括《梦溪笔谈·人事二》记载：“林逋隐居杭州孤山，常畜两鹤，纵之则飞入云霄，盘旋久之，复入笼中。逋常泛小艇，游西湖诸寺。有客至逋所居，则一童子出应门，延客坐，为开笼纵鹤。良久，逋必棹小船而归。盖尝以鹤飞为验也。”此后，文人雅士常效仿林逋辟地养鹤。主人烹茶，炉烟袅袅，鹤则避烟离开。这就是下联所描写的情景。

张配伍先生提供的对联“鹤避烟”改为“鹤游烟”，笔者觉得比“避烟”更具神韵。你看，鹤在袅袅炉烟里逍遥悠游，给人飘飘欲仙之感，这鹤就不是一般的“避烟”之鹤，乃是灵通的仙鹤了。

板桥先生以洗砚、烹茶这类文人墨客的雅趣之事入联，极富艺术创造意味，清新、恬淡、雅致，耐人咀嚼，令人耳目一新。

先生何许人，羲皇以上；

醉翁不在酒，山水之间。

大众文艺出版社 2001 年版《中华酒联大观》载有此联，传是为浙江桐庐富春江严子陵钓台题写。

严子陵，名严光，字子陵，生卒年不详，东汉著名高士（隐士），浙江会稽余姚（今宁波余姚市）人。严光少负才气，与刘秀（后来的汉光武帝）是同学好友。刘秀后来登基做了皇帝，回忆起少年时期的往事，想起严子陵，便多次征召其为谏议大臣，严子陵婉拒之并隐居富春江一带，终老于林泉间。因此他被时人及后世传颂为不慕权贵、追求自适的榜样。

钓台，即钓鱼台。严子陵钓台，位于浙江省桐庐县城南 15 公里的富春山麓，是富春江主要风景点。因东汉严子陵隐居于此得名。

羲皇上人，伏羲氏以前的人，即太古的人。比喻无忧无虑、生活闲适的人。羲皇，就是伏羲氏。伏羲是古代传说中中华民族人文始祖，是中国古籍中记载的最早的王，是中国医药鼻祖之一。相传伏羲人首蛇身，与女娲兄妹相婚，生儿育女，他根据天地万物的变化，发明创造了占卜八卦，创造文字结束了“结绳记事”的历史。他又结绳为网，用来捕鸟打猎，并教会了人们渔猎的方法，发明了瑟，创作了曲子。传说伏羲称王 111 年以后去世，留下了大量关于伏羲的神话传说。古人想象伏羲以前的人无忧无虑，生活闲乐，所以把隐逸之士称为“羲皇上人”。

上联“先生何许人”出自晋陶潜（陶渊明）《五柳先生传》“先生不知何许人也”句。“羲皇上人”出自陶潜（陶渊明）《与子俨等疏》“常言五六月中，北窗下卧，遇凉风暂至，自谓是羲皇上人”句。下联从宋代欧阳修《醉翁亭记》中的“醉翁之意不在酒，在乎山水之间也”一句而来。

上联赞赏严子陵不慕荣华富贵，清静寡欲，恬淡闲适。下联赞美严子陵远离官宦，自绝红尘，与山水相依。全联赞美严子陵是一个具有高尚品德和节操的人。

乡里鼓儿乡里打；

当坊土地当坊灵。

此联题江苏如皋某土地庙，见于《扬州花舫录》卷六“城北录”第四十一条：“西园旱门路北有灵土地庙……庙中集联云：‘到处云山到处佛，当坊土地当坊灵。’……金寿门《冬心先生集》中《登嵩杂述》诗，有云：‘手闲却懒注蠹鱼，且就嵩高十笏居。到处云山到处佛，净名小品倩谁书。’郑板桥题如皋土地庙，有‘乡里鼓儿乡里打；当坊土地当坊灵’句。今集为联，集联一趣也。”

上联从兴化乡间俗语“乡下鼓乡下敲”变化而来，描写的是乡间祭祀土地神时敲锣打鼓的热闹场面，具有浓郁的乡土气息。

下联中的“当坊土地”也是兴化乡间俗语。传说土地神为管理一个小小区域地面的神，管理这个区域的土地神就是当坊土地，在他管辖的区域里，该神很灵验，所以当地百姓祭祀当坊土地神都很虔诚。如果离开了土地神管辖的这块地方，他就失去神的本领，不能呼风唤雨。故说“当坊土地当坊灵”。

整联引俗语入联，却不俗气，有大俗大雅之趣。板桥先生巨笔如椽，却信手拈来乡间俚俗之语为神灵撰联，亦见先生放达潇洒、幽默诙谐的才情。

心清水浊；

山矮人高。

此联见江西人民出版社 1983 年版《名联欣赏》。传是板桥先生为四川青城山天师洞山门外台榭题写。青城山位于四川省都江堰市西南，东距成都市区 68 公里。东汉顺帝汉安二年（143），“天师”张陵来到青城山，看中青城山的深幽涵碧，便在此结茅传道，青城山遂成为道教的发祥地之一，被道教列为“第五洞天”。今天，青城山是世界文化遗产、世界自然遗产、中国四大道教名山之一、全国重点文物保护单位、国家重点风景名胜区。

上联契合道家精神。心灵要纯净、恬静，心地要清爽、澄明，不管它水浊水清，都要追求内心的空灵明丽。

下联通俗易懂。人站在山上，人永远比山高。下联意蕴深藏，别有寄托。道家讲究修炼，自然环境水浊也好，山矮也好，都不会影响人的修炼，因为人是自然的主宰，也是自己的主宰，人要追求修炼的高境界，要追求心性清静和内心世界的澄明。

重庆云阳县张飞庙书画廊之石碑、木刻中亦有此联，款署“乾隆辛巳，板桥”。辛巳年为乾隆二十六年（1761），板桥先生 69 岁。卞孝萱先生《郑板桥丛考》记录，他在 1997 年 9 月 25 日，“在张桓侯庙书画廊之石碑、木刻中，观赏了郑燮作品，其中有两副对联，尚未有人述论”。这副对联是其中一副。卞先生说：“心清水浊，切合张桓侯庙下长江之水虽黄浊而张飞对刘备之忠心是清白的；山矮人高，切合张桓侯庙所依之山虽矮而张飞为兴汉而奋斗一生之品格是高尚的。”

辛苦自成名进士；

碎烦终困老书生。

——竹君老夫子自咏句，后学板桥郑燮书

此联为兴化魏伯埙先生提供。从题款里可知道以下信息：此联文字不是板桥先生撰作，是用“竹君老夫子自咏句”；此联是为竹君老夫子书写的；竹君老夫子是板桥先生的前辈，先生自称“后学”。竹君老夫子何许人也？笔者尚不知道。

自成，自然成为。上联谓只要付出了努力和辛苦，自然会成为有名的进士，有“有志者事竟成”“功到自然成”“功夫不负有心人”之意。

碎烦，琐碎、繁杂的事情。终困，终究、困扰，无法取得功名，亦即学无所成。下联说若被繁杂、琐屑的事情困扰，整日忙于应付、敷衍鸡零狗碎的勾当，终究不能有所成，只能做一个“老而无用”的穷困书生。

全联揭示生活道理，融警策后学之情于浅近的文字之中。板桥先生认同此理，并书写成文字，一为赠送前辈，一为自勉。

胸中墨汁三千斛；
腕底清毫十万茎。

这是一副题画联。巴蜀书社 1997 年 6 月第 1 版《郑板桥文集》第 165 页“板桥题画”：“胸中墨汁三千斛，腕底清毫十万茎。竹少石多，竹小石大，直是以石为君，聊复以数片叶点缀之耳。画竹何须千万枝，两三片叶峭撑持。千秋不改嵩衡岱，不靠青山却靠谁？乾隆十九年六月十八日雨中，板桥道人郑燮画并题。”

卞孝萱先生编《郑板桥全集（增补本）》第一册 425 页“题画三”：“胸中墨汁三千斛，腕底清毫十万茎。喷洒却于何处用，石先生与竹先生。板桥。”

此联题画，不止一次用过，画面上都有石头和竹子，相互依存，共同构成具有板桥先生风格的竹石图。“三千斛”用以写墨汁，“十万茎”用以写清毫，一种浪漫的笔法，写出墨汁和清毫之多。墨汁和清毫又代指艺术创作的热情强烈、技艺高超、寄托悠远。板桥先生借对联表达这样的胸臆——把满腔的热情、浑身的技艺、全心的热爱、整个的身心，全部献给“慰天下之劳人”的画事，献给竹和石所象征的那种精神和操守。

性溶海月波常静；
身露金风树不凋。

板桥先生同邑人、兴化郑板桥纪念馆袁政余先生搜集并提供此联。此联现存扬州虹园洪经理家，是板桥先生客居扬州时书写。

海月，海上明月。性溶海月，字面上看是说性情融于大海，即指人的性情会受到明月大海的启迪和陶冶而变得心平气和，正如海波不兴，一派静谧之美。“波常静”既是写实，又是写人的心性，一语双关。

金凤，有人说是金凤树。查《辞海》，又“百度”，均未见“金凤树”。笔者以为此处的金凤应作“金风”理解，金风即秋风。从上下联对仗看，“月”与“风”对更切。身露金风，字面上看是讲身体暴露于秋风之中，实际是说无论是植物还是人的身体经过秋风吹过、秋雨淋过、秋霜打过，会变得更加结实、坚强，生命力会更加旺盛。“树不凋”既是写实，又是写人的精神，也是一语双关。

全联谓人的心性、身体与自然融为一体，灵与肉和谐统一，美好的境界才能随之而来。启迪人们修身养性，灵肉双修。从声律来看，上联——仄平仄仄平平仄，下联——平仄平平仄仄平，严丝合缝，对仗工稳。读之抑扬顿挫，音声之美悦人耳目。

虚心竹有低头叶；

傲骨梅无仰面花。

此联见 1982 年 11 月 13 日《新华日报》，传为板桥先生中年时题赠郝梅岩公。郝梅岩，详见本书“此人如碧梧翠竹；其志在流水高山”一联评注。

上联：竹叶向下垂，好像低着头，让人想到谦恭；竹子空心，又让人想到虚心；竹子有节，让人想到气节。上联 7 个字，准确传神地描写了竹子的生物特点，表达赞扬郝梅岩公像翠竹虚心而有节的情感。

下联：梅花不朝上仰面开放，让人想到不仰人鼻息、不谄媚的骨气；梅花凌寒独开，让人想到坚韧。下联 7 个字，同样准确传神地描写了梅花的生物特点，表达赞扬郝梅岩公正直坚韧、不向权贵低眉折腰的情感。

整联托物言志、借物抒怀，用梅和竹来比拟梅岩公，信手拈来，竟成佳句。

也有人认为，此联是板桥先生述怀自题对联，表达自己的人生追求。纵观先生一生，他的高风亮节确实像翠竹和寒梅，借联直抒胸臆，也合乎情理。

又，1984 年江苏古籍出版社《古今对联丛谈》一书说此联是板桥先生为自己的画作《竹梅图》题写。存此异说，聊备参考。

须要小心；

不可大意。

兴化金谷香先生提供此联，传板桥先生自题此联，用以警策自己。

全联对仗整饬工稳，引通俗话语入联，联意浅近如家常话。先生曾有“难得糊涂”横额，当与此联用意相同。清朝文字狱盛行，大凡文人墨客没有不小心谨慎的。就是过日常生活亦要处处小心，大意不得。

此联道出了那时那地板桥先生的守真、谨言慎行的心境，也表达了先生心口如一、低调行事的生活作风。

雪逞风威，白占田园能几日；

云从雨势，黑漫大地没多时。

传此联为兴化城隍庙题写。兴化市原红星乡古稀老人参观郑板桥故居，留言时提供了此联，并说兴化城乡广为流传。城隍庙，在兴化城中间偏西方位，现在叫作宝严禅寺，但城里老居民仍称城隍庙。

上联写白雪。最传神的是“白占”二字，让人联想到大雪过后大地一片白茫茫的景象。下联写黑云。“黑漫”二字令人想到“黑云压城城欲摧，山雨欲来风满楼”的情势。一个“漫”字写尽了乌云翻滚大雨将至时刻的天空，黑云像暴涨的河水漫溢一般向大地、向四面八方压过来。在大自然的威慑面前，人没有退缩，因为人们懂得并坚信它们“能几日”“没多时”。

全联一语双关，告诉人们世间一切邪恶终究敌不过人间正道。先生借此联婉讽百姓拜神祭鬼，告诉人们最紧要的是要好好做人，积善兴德，相信自己的力量。

Y **摇到四桥烟雨里；**

拨开一片水云天。

此联题扬州锦湖行画舫，见于李斗《扬州花舫录》卷十八“舫匾录”“便益门舫匾”条：“便益门舫匾：分波、水仙、载鹤、镜中游、碧湖春、锦湖行——是舫有郑板桥联句云：‘摇到四桥烟雨里；拨开一片水云天。’”便益门，在扬州东北，便益门外有码头，此处停泊许多画舫（游船）供游人乘坐游玩。四桥烟雨，为古扬州二十四景之一，为黄氏兄弟所构名园。四桥指的是虹桥、长春桥、春波桥、莲花桥，仍在今天扬州瘦西湖景区内。

坐游船，有船娘摇橹或划桨前行，于是“摇到四桥烟雨里”，沿途可看水、赏景、闲谈。船在水上行，人在图画里。摇动的橹和桨推开碧水，把倒映在水中的天光云影划开，一派动态之美。此联据事撰写，取景入联，借景抒怀，意境开阔，令人遐想。

“歌吹古扬州”的繁华从这一舫一联可以想见。

尧舜生，汤武末，桓文净丑，古今来多少角色；

日月灯，江海油，风雷笛鼓，天地间一大戏场。

清朝乾隆年间，某省城城隍庙新建戏台，一个名士出了上联，征求下联。好多日子过去，无人能对上。就请郑板桥先生作对，先生没费多大力气就对出了下联。

上联谓尧帝、舜帝、商汤王、周武王、齐桓公、汉文帝都是历史上有名的帝王，也是历史活剧中的生角、末角、净角、丑角，像这样的角色历史活剧里古往今来不知多少呢。应该说，这个名士创作的上联很有深刻的历史感。

下联说日月作为照明的灯，江海就是燃灯的油，照得天地间一片光明，这就像戏剧的舞台亮起来了，敲锣打鼓，笛声响起，一场人生大戏在天地间上演了。下联极富想象力，且与上联粘对得严丝合缝，境界比上联更阔大，显示了先生超强的语言艺术和创造力。真是半副对联显神威！

台湾名望出版社《别传丛书》载有此联，同时载有另一联：“吃墨看茶听香读画；吞风卧露喝月担云。”可参考、欣赏。

咬定一两句，终身得力；

栽成六七竿，四壁皆清。

咬定一两句书，终生师保；

栽成五七竿竹，满目儿孙。

咬定几句有用书，可忘饮食；

养成数竿新生竹，直似儿孙。

1985年9月中国民间文艺出版社《北京名胜楹联》载有“咬定一两句，终身得力；栽成六七竿，四壁皆清”一联。传为北京白云观华室题。华室，白云观主室之一。

“咬定一两句书，终生师保；栽成五七竿竹，满目儿孙。”此联是板桥先生为安徽黟县西武乡关麓村问渠书屋所题对联。《郑板桥与佛教禅宗》（金实秋著，2001 年 1 月宗教文化出版社）一书收录了该联。

“咬定几句有用书，可忘饮食；养成数竿新生竹，直似儿孙。”此联题扬州马氏小玲珑山馆，见于梁章钜《楹联续话》卷二“格言”：“扬州马氏小玲珑山馆中有郑板桥所撰楹帖，云：‘咬定几句有用书，可忘饮食；养成数竿新生竹，直似儿孙。’以八分书之，极奇伟。后归淮商黄姓，始拟撤去，复有爱其文义者，乃力劝留存。”马氏指的是马曰琯、马玉秋兄弟，为亦商亦儒雅士，时称“扬州二马”。马氏兄弟在扬州东关街构建有别墅，取名“小玲珑山馆”。这副对联就是为小玲珑山馆所题。

板桥先生喜用“咬定”二字，曾有“咬定青山不放松，立根原在破岩中”的写竹佳句，此联“咬定”有坚守、掌握之意。上联说，读书要持恒，要读有用的书，要理解书籍的要旨，得读书之乐。如此读书，沉浸其中，废寝忘食，胜过多少美味佳肴口舌之欢。

下联言栽种、饲养翠竹，虽只是不多的几竿，却也像自己的儿孙一般，爱竹之意溢于言表。

整联启迪人生，读书要紧，读书可“得力”，可“师保”，可“忘饮食”；育才要紧，要像栽竹、养竹一般育才，所育之才要像竹子一样正直有操守。

仪凤箫韶，遥想当年节奏；

文衣康乐，休夸后代淫哇。

1983 年兴化郑板桥故居所藏资料《郑板桥在潍县》一书中载有此联。

板桥先生为潍县城隍庙戏楼写了两副对联，此联为其中一副，另一副是“切齿漫嫌前半本，平情只在剧中头”。

箫韶，即《大韶》，简称《韶》，相传是虞舜时代的乐舞，由舜所制。《书·益稷》：“箫韶九成，凤皇来仪。击石拊石，百兽率舞。”这几句大意是：舜在位时期的《箫韶》乐舞演奏到最后一部分，凤凰等百兽也随乐声翩翩起舞。《论语》曾记孔子闻韶乐赞其尽善尽美而三月不知肉味。可知“仪凤箫韶”指的是乐舞。司马迁《史记·孔子世家》：“于是选齐国中女子好者八十人，皆衣文衣而舞《康乐》。”文衣，指彩色的衣衫，即戏衣，演出服装。康乐，古代舞曲。可知“文衣康乐”指的是舞蹈。有音乐有舞蹈，十分切合“戏楼”。“淫哇”原指放荡的歌曲，这里可以理解为乐舞的排场大、壮观。

仪凤，唐高宗年号，作“箫韶”的定语，意思即指古代的乐舞，为“遥想当年节奏”张本。孔子时代就有80人共演的舞蹈，唐代乐舞演出排场更加阔大，这“当年节奏”自然令人遥想，后代人就不要自夸自己的乐舞壮观了。

整联写得上下照应，古今关联，缜密如织，可见板桥先生文字功夫。板桥先生借对联传我国音乐、戏剧的历史与传统，令人遐想而神往。

遗韵满江淮，三家一律；

爱才如性命，异世同心。

此联为扬州桐轩三贤祠之对联。桐轩在扬州长春桥西桃花庵内，因地多梧桐而得名。李斗《扬州画舫录》卷二“草河录下”第一四六条云：“桐轩在飞霞楼后。地多梧桐……是轩祀三贤神主。三贤为宋欧阳文忠公、苏文忠公及王文简公……郑燮联句云：‘遗韵满江淮，三家一律；爱才如性命，异世同心。’”

三贤，指的是欧阳修、苏轼、王士祯，三人都曾在扬州为官，为扬州的经济文化建设贡献甚大。三家一律，既指三人都曾在扬州为官，又指为扬州地方经济文化作出贡献三人也是一样的。

异世，指三贤生活在不同朝代。欧阳修（1007~1072），北宋文学家、史学家、政治家；苏轼（1037~1101），亦北宋文学家、书画家；王士祯（1634~1711），清代诗人。同心，指三贤爱才惜才、培养人才的贤德之心是相同的。

此联紧扣三贤的“遗韵”和“爱才”两点，颂扬了三贤的历史贡献。三贤的声誉和风韵，以及培养人才的善行美德至今还在江淮间传扬。

遗爱遍山东，一字一画一诗，人间堕泪；

宏才感天阙，赐果赐茶赐饭，地下衔恩。

板桥先生同邑人、笔者忘年交、兴化文化老人高岩先生提供此联，传是挽李鱓联。

李鱓，书画家，扬州八怪中坚，板桥先生的同乡好友知已。李鱓长先生7岁，身前对先生提携、指导颇多。故，先生挽李鱓去世当是情理之必然。李鱓，一生在仕宦途中，历遭坎坷。康熙五十年（1712）25岁时中举，3年后以画技至清宫当内廷供奉。他本是学画山水的，进宫后，康熙皇帝指令他跟“正宗”派花鸟画家蒋廷锡学习花卉。李鱓不以学习蒋廷锡为满足，又向高其佩学习，后受石涛笔意启发，以破笔泼墨作画，风格大变。突破了“正宗”派所规定的框框，是一位颇得宫廷器重的画师，名声日益扩大。但却遭到一批摹古画师的极力排斥，并以所谓抗拒规定题材和体裁的罪名被解职。后来，李鱓以检选出任山东滕县知县，为政清简，体谅民情，被士民所尊敬。又因负才使气，玩世不恭，触犯了权贵，遂于乾隆五年（1740）罢官归里，流落扬州，过着卖画为生的凄凉生活。两次的仕宦打击，使李鱓在生活上放纵自己，寄情花鸟，以书画发泄其苦闷之情，但又不甘心宦途上的失败，常欲东山再起，但事与愿违。晚年定居扬州，以卖画为生。

从上述文字介绍可知“遗爱遍山东”既是事实，又有点夸大。斯人已逝，看到、想到、记起他的“一字一画一诗”怎不叫活着的人伤悲而潸然泪下？李鱓曾得康熙皇帝赏识，在朝廷南书房行走，这就是“宏才感天阙”的意思。李鱓九泉之下若想到、忆起康熙皇帝“赐果赐茶赐饭”怎不感恩戴德！

全联切人切事切情，感动人心。

移花得蝶；

买石饶云。

——板桥老人郑燮

移花兼得蝶；

买石更饶梅。

——乾隆己卯，郑燮书

“移花得蝶；买石饶云”一联现藏于扬州博物馆，为扬州勺园题，《扬州花舫录》卷六“城北录”第十九条云：“勺园，种花人汪氏宅也。汪氏行四，字希文，吴人，工歌，乾隆丙辰来扬州，卖茶枝上村。与李复堂、郑板桥、咏堂僧友善。后构是地种花。复堂为题勺园额，刻石嵌水门上。中有板桥所书联云：‘移花得蝶；买石饶云。’”山东潍坊博物馆藏郑燮兰竹石立轴拓片，题“移花得蝶；买石饶云——板桥老人郑燮”。

宁波天一阁藏郑燮书联墨迹，联曰：“移花兼得蝶；买石更饶梅——乾隆己卯，郑燮书。”乾隆己卯，公元1759年，先生67岁。

上面两副对联几乎一样，可一并欣赏、品评。

上联：挪移鲜花到别处，引得蝴蝶随行，于花之左右翩翩起舞，生趣盎然。下联：饶，多意，此联中当“增加、添增”解。买来石头，堆叠成假山，想象中会有白云朵朵飞落山峰，绕山飘行，云蒸霞蔚，美不胜收。挪移鲜花，买石叠山，可见勺园主人雅趣，板桥先生巧妙剪裁，辅以想象，写得气韵生动，清新出奇，真是嘉联也！

移居也算迁乔上，

奋翮仍须出谷飞。

——书似藜郇年学长兄先生，板桥弟郑燮

2014 年 12 月 14 日， 西泠印社拍卖有限公司 2014 年秋季拍卖会“中国书画扬州画派作品”专场曾以估价 70 万元人民币的价格拍卖此联（成交价 322 万元）。此联尺寸为 124.5 厘米 ×24 厘米 ×2。钤印三颗，分别为“郑板桥”（白）、“丙辰进士”（朱）、“歌吹古扬州”（朱）。

《诗经·小雅·伐木》：“伐木丁丁，鸟鸣嘤嘤。出自幽谷，迁于乔木……”其中“出自幽谷，迁于乔木”原意指鸟儿从幽深的山谷，迁徙至高大的乔木；从低处移到高处。这就是“乔迁”的出典，后被用来指人的迁居、升迁。“迁于乔木”也比喻地位高了之后，仍不忘老朋友。

这是一副题赠联，题赠对象是“藜郇年学长兄先生”。

移居，即迁居。上联字面意思是迁居也算人往高处走了，值得庆贺。这里的移居好像还有另一层意思，当指“藜郇年学长兄先生”当官地点或者官职的变化。

奋翮（hé），展翅，振羽。下联字面意思是既然展翅了，就要飞出幽谷，到更广阔的天空去翱翔。言外之意好像是对“藜郇年学长兄先生”说，既然出来为官，就应当奋发有为，到更大的事业场建功立业。对友人真诚的希望之情和祝愿前程美好之情从字里行间溢出。

此联上联用典，下联借物喻人，写得古朴雅致，真诚含蓄。

倚树听泉，任天而动；

看花濯雨，得气之清。

此联见金盾出版社1995年版《风景对联三千副》。传是板桥先生为山东潍县复园题写。复园，潍县的一处园林。详见“菊松陶令宅；书画米家船”一联注解文字对“复园”的介绍。

上联写身子倚靠大树细听泉水叮咚之声，能够分辨泉声随自然变化而变化。下联写雨中的花经雨水冲刷、濯洗变得清新润泽，人也变得清爽惬意。园主人韩梦周是板桥先生好友，先生应主人雅嘱作联，原属文人风雅之事。

整联写听泉、观花，视角独特，生气流动，自然活泼。

以八千岁为春；

之九万里而南。

宗教文化出版社2001年版《郑板桥与佛教禅宗》一书载有此联，党明放著《郑板桥对联赏析》认为此联为胡文照大夫第题。这里略有错误，大夫第不是属于胡文照的建筑。说明如下：

大夫第，一般指文职官员的私宅，以“大夫第”命名的建筑全国各地有好多。这里所说的“大夫第”位于安徽黟县西递村正街，建于清康熙三十年（1691），为朝列大夫、知府胡文煦故居。四合院二楼结构，正厅高大轩敞，厅前设天井。砖雕门罩上砖刻“大夫第”三个大字（见下图）。郑板桥手书的对联“以八千岁为春，之九万里而南”就悬挂在大夫第的厅堂上。大夫第旁又有

一建筑，名“东园”，东园建于清朝雍正二年（1724），为胡文照父亲胡尚焘所建。东园其傍有西园，为清道光年间开封知府胡文照于清道光四年（1824）所建。由此可知，大夫第与胡文照没有关系。从时间来看，郑板桥在前，胡文照在后，板桥先生不可能为后于他出生的胡文照题联。

庄子《逍遥游》有两段话。其一：“楚之南有冥灵者，以五百岁为春，五百岁为秋。上古有大椿者，以八千岁为春，八千岁为秋。而彭祖乃今以久特闻，众人匹之。不亦悲乎！”其二：“蜩与学鸠笑之曰：‘我决起而飞，抢榆枋而止，时则不至，而控于地而已矣，奚以之九万里而南为？’适莽苍者，三餐而反，腹犹果然；适百里者宿舂粮；适千里者，三月聚粮。之二虫又何知？”第一段话中有“以八千岁为春”，第二段话中有“之九万里而南”。板桥先生引用这两句话分别作为上联和下联。由此可见，这副对联属于集句联。

上联，庄子告诉我们，上古有一种叫“大椿”的树种，以八千岁为春，八千岁为秋。这里极言这种树神奇而生命力顽强，非一般植物能比，表达庄子认为的“小年不及大年”的道理。下联，庄子说蝉和学鸠不能理解大鹏，反问大鹏为什么要飞上九万里的高空才能再向南飞，用对比反衬来突出大鹏的逍遥，揭示庄子认为的“小知不及大知”的道理。

知道了上下联的出处和意思，我们便能够理解板桥先生为什么用这两句为联的道理。它是在颂扬大夫第主人不同流俗、不同凡响的为人，也曲折地表现板桥先生自己的思想感情。

一面楼台三面树；

二分池沼八分田。

——板桥郑燮

此联见于《板桥书画拓片集》。有人说此联题扬州寄啸山庄。寄啸山庄，即扬州名园何园，全国重点文物保护单位，位于扬州城东南徐凝门街66号，系清代光绪年间何芷舠的宅园。何园被誉为“晚清第一园”，清代道光年间才有，生活在清康雍乾时代的郑板桥怎么可能为何园题联？原来，何园原址，为乾隆年间古园，名双槐园。原来板桥先生是为双槐园题的联。后人只知何园，不知双槐园，所以才弄混。

上联言双槐园的南面是楼台，东、西、北三面为绿树环绕。下联言双槐园池沼和田地园林面积各占十分之二和十分之八。

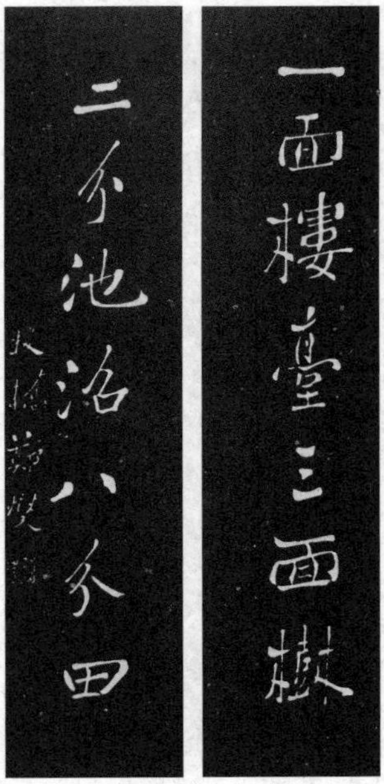

整联抓住双槐园的楼台、树木、池沼、园田空间位置来构联，写出园子空间虽然狭窄，却给人阔大、旷远的感觉。此联另一个最大的特点是引“一”“三”“二”“八”四个数字入联，十分传神地从空间上刻画出园子的总体风貌。

有人说此联为潍坊复园草堂居题写，存此一说。所录对联墨迹两副，联语相同，而书写不同，至少说明板桥先生曾两次书写过此联。

一庭春雨瓢儿菜；

满架秋风扁豆花。

——板桥郑燮

南京田原先生藏有此联照片。江西人民出版社 1983 年版《名联欣赏》载有此联。

郑板桥木质对联：一庭春雨瓢儿菜；满架秋风扁豆花

上联写庭院，只写瓢儿菜而不写其他，因为春雨滋润，瓢儿菜长得翠绿肥美，以一当十，足见庭院满满的生机。

下联写田园，因为秋风吹拂，满架藤蔓摇曳，豆瓣样的扁豆花盛开，一派累累果实在望的景象。田园可写之物多矣，但就扁豆花着笔，也是以少胜多的笔法。

整联似农家小品，明快清新，读之余味无穷。

2015 年 4 月 27 日《钱江晚报》有题为《156 件“传家宝”，现在全捐了》的报道。报道说：当年 90 岁的浙江师范大学原校长、著名儿童文学理论家蒋风，捐出了自己珍藏多年的文物古籍，共 156 件。其中有郑板桥的木质对联（见附图）、西泠印社首任社长送的木匾、清代的古籍画册等，都是蒋老祖父蒋莲僧的珍藏。

蒋莲僧（1865~1943），浙江金华人，清光绪年间秀才，生于清同治乙丑年（1865），卒于 1943 年，享年 78 岁，生平致力金石书画，与黄宾虹、倪苾泉一起学画，相互切磋，画艺精湛。画集有《蒋莲僧画册》《蒋莲僧山水》等。

一饭尚铭恩，况负抱提携，只少十月怀胎；

千金难报德，论人情物理，也应泣血三年。

《联海撷珠》载有此联，传是板桥先生挽乳母费氏联。

先生3岁时生母汪氏即离开人世，虽说3岁孩童难有记忆，但先生对生母印象还是十分深刻，在《七歌》之二中他写道：

我生三岁我母无，叮咛难割襁中孤。

登床索母抱母卧，不知母殁还相呼！

儿昔夜啼啼不已，阿母扶病随啼起；

婉转噢抚儿熟眠，灯昏母咳寒窗里。

呜呼二歌兮夜欲半，鸦栖不稳庭槐断。

噢，读yǔ。《辞海》中与“休”组成词语“噢休”，抚慰病痛之声。

生母殁后，先生父亲继娶盐城郝荣庄郝氏。不幸的是，先生14岁时继母又去世了。先生回忆继母写了《七歌》之三：

无端涕泗横阑干，思我后母心悲酸。

十载持家足辛苦，使我不复忧饥寒。

时缺一升半升米，儿怒饭少相触抵；

伏地啼呼面垢污，母取衣衫为湔洗。

呜呼三歌兮歌彷徨，北风猎猎吹我裳！

比较生母徐氏、继母郝氏、乳母费氏，先生印象更深刻的还是乳母费氏。费氏曾服侍过先生祖母，生母徐氏去世后又成了先生的乳母。先生有一首《乳母诗》，诗前有序，其中记载了几件令板桥先生终生感动感激的事。先生家贫，乳母在自己家里吃饭，饭后到先生家里劳动，抚育小板桥。乳母常把小板桥带到自己家里，好吃的鱼飧瓜果，让小板桥先吃饱，然后才让丈夫儿子吃。每天清晨，乳母驮着小板桥来到大街上，用一文钱买个烧饼给小板桥，让他吃饱，再驮回家，然后干活。有一天，乳母迫于生计不得不离开郑家，临行的那天早晨，乳母还悄悄地为小板桥准备好早饭，放在锅里，这才离去。三年后，乳母又回到郑家，继续照顾郑家人的生活，直到76岁去世。板桥先生一生忆及人物若干，乳母费氏是先生心目中人格最完美的一个人。在《乳母诗》中，先生写道：

平生所负恩，不独一乳母。

长恨富贵迟，遂令惭恧久。

黄泉路迂阔，白发人老丑。

食禄千万钟，不如饼在手。

恧，读 nǜ，《辞海》解释为“惭愧”。诗里表达的是对乳母无尽的感恩之情。现在乳母去世，先生为她写挽联，这是先生为乳母做的最后一件事。

“一饭”“负抱提携”是乳母抚育先生所做的种种，“只少十月怀胎”是说乳母视先生如己出，疼爱有加。“铭恩”，是说永远记住乳母的恩情。“千金难报德”是说报答乳母是用金钱无法表达的，为乳母“泣血三年”仍属于“人情物理”，情所应当。此联抒发了先生一辈子也报答不了乳母的抚育之恩的深情。这副挽联和前述《乳母诗》写得情真意切，感荡心灵，催人泪下。这是先生真性情、天地良心的至诚表达！

有子才如不羁马；

知君身是后凋松。

——书贺君谋老先生暨令郎翊清年兄大教，板桥郑燮

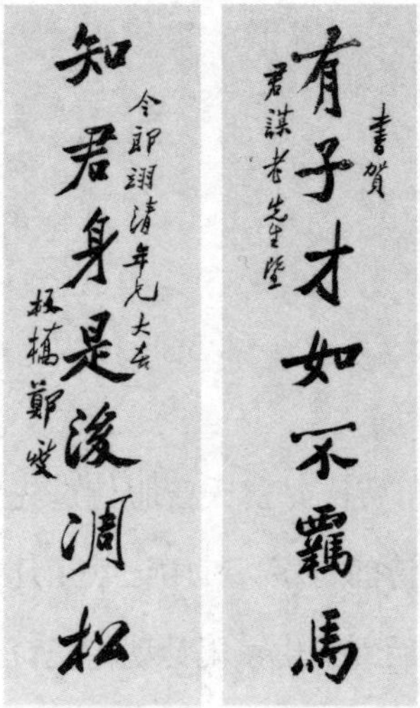

此联墨迹现藏于山东潍坊博物馆，为板桥先生题赠好友郭君谋、郭翊清父子联。

年兄，科举生活里同榜登科者称为同年，互称年兄。板桥先生称呼君谋老先生的儿子翊清为“年兄”，可知先生与其为同年，其父君谋老先生就是板桥先生的长辈。“大教”，客气话，请求指教的意思。

上联，赞扬君谋老先生有个好儿子，这个儿子博学多能，就像不可羁縻的良马，前途无量。

下联，祝贺君谋老先生身体硬朗，精神矍铄，就像不老青松，永不凋落。“后凋松”语出《论语》“岁寒然后知松柏之后凋也”一句。

整联切人切事，寓颂扬、祝愿之情于字里行间，显得贴切自然，情真意切。

这是一副撷句联，出自宋代黄庭坚的诗歌《和高仲本喜相见》，诗句中的“心”被先生改成了“身”。全诗如下：

雨氏南浦曾相对，雪满荆州喜再逢。

有子才如不羁马，知君心是后凋松。

闲寻书册应多味，老傍人门似更慵。

何日晴轩观笔砚，一樽相属要从容。

雨过风恬，满目养花天地；

渊涵珠润，十年闭户功夫。

胡复君《古今联语汇选》载有此联，传是为山东潍县县署书斋“静俭斋”题写。笔者见潍坊楹联介绍，写作“风过雨怡，满目养花天气；渊涵珠润，十年闭户功夫”，文字上略有不同。板桥先生为静俭斋题联数副，当是过农历新年时题写，一年一题就得数副了。

恬，形声字。从心，从舌，合起来表示把心思放在舌头上去感受滋味的甜美。本义就是放下其他一切事情，去安心地感受滋味的甜美。又可表示心境的安静、平静。顾宪成的对联“风声雨声读书声，声声入耳；家事国事天下事，事事关心”中“风雨”既指自然界的风雨，又可指政治上的风雨。那么，上联中的“雨过风恬”亦当如是观。“满目养花天地”写雨后所见到的好景致，暗喻政治的清明。

渊涵，包容，深广。珠润，珍珠般圆润有光泽。渊涵珠润，指一种美好的事物、美好的境界。既指读书做学问的结果，也可以指养性修身的结果。炼成“渊涵珠润”得费“十年闭门功夫”。

全联语带双关，清新自然，切人切地，雅趣天成。

欲除烦恼须成佛；

各有前因莫羡人。

兴化薛振国先生藏有此联墨迹，传是为兴化某寺庙题写。

欲除，想要去除。烦恼，指令人不顺心或不畅快的人或事；也可以是一个形容词，指不顺心不畅快，烦闷苦恼。佛教用意谓迷惑不觉。包括贪、嗔、痴等根本烦恼以及随烦恼，能扰乱身心，引生诸苦，为轮回之因。《坛经·般若品》：“凡夫即佛，烦恼即菩提。前念迷即凡夫，后念悟即佛。前念著境即烦恼，后念离境即菩提。”

成佛，佛教语。谓永离生死烦恼，成就无上正等正觉。日本民间常以死者得到超度，谓之“成佛”。佛教认为，成佛的方法很多。一为顿悟成佛：认为成佛与否完全在人的一念之中，而这个一念就是人对人生的“觉悟”。什么时候觉悟了，什么时候就可以成佛。一为修身成佛：主张模仿释迦摩尼佛成佛的过程才能成佛，因为释迦摩尼佛给人展现了成佛的全部过程。所以，认为只要人的思想、言行和身体都修行得和佛一模一样，即所谓“身口意”和佛一样，就可以成佛。一为到西天修行成佛：方法最简单，念阿弥陀佛，然后就可以被接引到西天净土，在那里可以在佛的帮助下成佛。其他成佛的方法还有很多，但基本上被淘汰了。比如苦行成佛，实行起来很艰难，已经没有人愿意实践了。

前因，由来，原因。佛教语谓事皆种因于前世，故称前因。清黄遵宪《以运菊桃杂供一瓶作歌》：“众生后果本前因，汝花未必原花身。”羡人，羡慕别人。

上联，想要去除烦恼必须得成佛，意思有二，一是凡人、常人过着世俗日子永远有烦恼，应当面对，不要怨天尤人；二是引导人们积善修德，诸恶莫作，一心向善向佛。下联，各人有各人的思想和生活，之所以当下是“这样的”而不像别人“那样的”，都有它的原因，不要盲目地羡慕别人，而妄自菲薄。

全联切合庙宇物境，写得言简意赅，禅理丰满。

欲求寡过偏多过；

且喜藏书未卖书。

——如翁老长兄句，板桥郑燮书

宗教文化出版社2001年版《郑板桥与佛教禅宗》一书载有此联，此联是为如翁老长兄而书写。联语不是板桥先生撰作，而是用如翁老长兄的成句。

上联谓千方百计要求自己少犯过错，偏偏事与愿违，过失还是接踵而来。下联说喜爱藏书，即使穷困潦倒也不会去卖掉书籍。板桥先生君子固穷的骨气荡漾其中。还有人把下联说成是“且喜藏书未读书”，意思是说喜爱藏书，却未能够好好读书。上联哲思淋漓，下联语涉诙谐，生活本来就是如此，不可能事事顺心，不可能想到的都能做到，不如意者常八九。

全联平白如话，揭示了生活的真实。人就是这样生活着，一边因为“偏多过”而无奈、叹息，一边即使“未读书”也因为喜欢藏书而心情喜悦着、快乐着。语涉诙谐，暗藏机锋，启迪后人顺其自然，由着天性，诸事不要违背内心真实的愿望，勉强自己。

笔者还见到另一副同样内容的对联，只是题款不同。上署：乾隆丙子秋，下署：板桥郑燮。乾隆丙子，公元1756年，先生64岁，此时已经退官归里。

愿与不解周旋客饮酒；

难为未识姓名人作书。

戴盟著《板桥楹联漫话》载有此联。

不解，不理解、不懂得。周旋，交际应酬，打交道。上联说愿意与不善应酬的人一起喝酒。

未识，不认识、不熟识。作书，创作书画作品。下联说不给不熟识姓名的人创作书画。

你不善周旋，我（板桥先生）却愿意与你喝酒，与你交流。你是我不熟识、不欣赏的人，我肯定不会为你画画写字。此联道出先生心声——“道不同不相为谋”。

在先生眼里，他容不得世故、圆滑、谄媚的俗人、小人。全联表达了先生尚真、崇实、谦逊的人生态度和交友之道。

鸢飞戾天；

鱼跃于渊。

此联为撷句联。联语出自《诗经·大雅·旱麓》：“鸢飞戾天，鱼跃于渊。岂弟君子，遐不作人。”《诗经》句意为：“鹞鹰展翅飞上天，鱼儿跳跃在深渊。平易近人好君子，培养人才万万千。”

鸢，古书上说是鸱（chī）一类的鸟。也有人说是一种凶猛的鸟，外形与鹰略同，一般都解释为鹞鹰。戾，至。“鸢飞戾天”现在已经是一个成语，成语的意思是“形容像鸢鸟一样追名逐利、极力高攀的人”。吴均《与朱元思书》：“鸢飞戾天者，望峰息心；经纶世务者，窥谷忘反。”这里的“鸢飞戾天”即用成语意。

在兴化还有个与此联有关的故事。说是古昭阳东城外有个叫东门大尖的地方，那里有家浴室，浴室里有个擦背师傅手艺很好。板桥先生在兴化城内生活的时候常去洗澡，和这个师傅混得很熟。后来，先生发达了。这个师傅就上门求字。先生送他一副对联，八个大字："鸢飞戾天；鱼跃于渊。"大尖上的人都来观赏这副对联，但众人不解其意。擦背师傅就去问板桥先生，先生讲解了这副对联的意思。回到浴室，擦背师傅讲给众人听，还特意提高嗓门道："板桥先生这副对联就是说我擦背擦得好，从头擦到脚。"众人听了，连声说好。

这个故事很有趣，兹录于此，以备欣赏。

月来满地水；

云起一天山。

此联为板桥先生为扬州瘦西湖小金山之月观题，现在还悬挂在月观厅堂里。1983 年重庆出版社《古今联话》载有此联。

小金山，扬州瘦西湖二十四景之一，为瘦西湖中一小岛，原名长春岭，建于清代中叶。当年扬州豪绅为了打通瘦西湖至大明寺的水上通道，在瘦西湖之西北开挖了莲花埂新河，挖河的土堆成了一座小山，这就是今天的小金山。小金山四周环水，水随山转，山因水活。山顶有"风亭"一座，是全园最高点。

月观，临湖建筑的厅堂，四面皆为格扇，是月夜赏月休闲的场所，建于清代初年。月观后面是桂园，当八月桂花盛开之际，推窗赏月，清香四溢，天上水下两月同收眼底，此情此景，甚为动人。此处面水傍山，是眺望湖光山色、欣赏明月清辉的极佳之地。

月来，即月亮升起。云起，即天上云朵产生并不断变化。皎洁的明月升起来了，乳白色的月光洒向大地，大地上好像流淌着清澈的河水。天地之间，一派空明。云产生了，涌向中天，在天空变幻出大大小小绵延起伏的山峦。望之蔚为大观，令人心旷神怡。这就是对联的意境。

为月观题联的文人雅士很多，他们都写出了漂亮的联语。伊秉绶题扬州瘦西湖月观的对联是："莲出绿波，桂生高岭；桐间露落，柳下风来。"刘淮年题扬州瘦西湖月观的对联为："好句属吾曹，几度闲吟，正绿翦烟芜，红吹云树；凭栏刚落日，千年此地，有泉名第五，花种无双。"陈重庆题扬州瘦西湖月观的对联则是："今月古月，浩魄一轮，把酒问青天，好悟沧桑小劫；长

桥短桥，画栏六曲，移舟泊烟渚，可堪风柳多情。”板桥先生写的这一楹联，其妙处在于不写“观”而“观”字自见。

云驶月晕；

舟行岸移。

——板桥书

传此联题宫灯，山东烟台地区文管组藏有墨迹。

宫灯又称宫廷花灯，是中国彩灯中富有特色的汉民族传统手工艺品之一。宫灯始于东汉，盛于隋唐，具有浓厚的地方特色。宫灯顾名思义是皇宫中用的灯，它以雍容华贵、充满宫廷气派而闻名于世。由于长期为宫廷所用，除去照明外，还要配上精细复杂的装饰，以显示帝王的富贵和奢华。宫灯不同于现在的任何灯具，是灯具与工艺美术完美结合的产物，在世界上独树一帜，既有实用价值，又表现出东方艺术和我国民族风格，富于文化艺术鉴赏价值。理解了宫灯，我们就可以理解为什么板桥先生要给宫灯题联了。

云驶，即云行，指的是白云飘动。月晕，在古代称为毛月亮，也有地方称之为风圈。光透过高空卷层云时，受冰晶折射作用，使七色复合光被分散为内红外紫的光环或光弧，围绕在月亮周围产生光圈。

上联，仰视所见，云行月移，晕生影绰，一片空灵。下联，俯看所得，小船前进，只觉岸在后移，别有韵致。

整联极富动感，气韵生动，意境深远。

云因笼月长教澹；

风为吹花不敢狂。

——宅京年学长兄属，乾隆戊寅，板桥郑燮

1993年3月《书法丛刊》载有此联，是乾隆戊寅年（1758年，先生66岁）题赠给宅京年学长兄的一副对联。

上联中的“长”字当“常”解。谓白云生怕笼罩住月亮，使朗月失却银色的光辉，所以常常让自己变得像绢纱一般，薄薄的，澹澹的。

下联说风恐怕吹落了枝头的花儿，使花容失色憔悴枝头，所以轻轻地吹拂，不敢癫狂作态。

全联运用拟人写法，描写云淡风轻之静谧，毕现花容月貌之姣好，写得含蓄蕴藉，极富深情。

Z　**栽培心上地；**

涵养性中天。

此联由笔者忘年交、兴化文化老人高岩前辈提供。

栽培，有二意，本意指种植并培养植物，引申为培育并提拔人才。本联中可作“培育，使之茁壮”理解。

心上地，就是心地，指人的存心、用心。佛教指心，即思想、意念等。心能生万法，如地能长万物，以大地来比喻心，谓心如大地。宋以后儒家用心地来指称人的心性存养。

涵养，指滋润养育；培养。大多指在修身养性方面而言，也指道德、学问等方面的修养。语出宋朱熹《答徐子融书》之四：“就平易明白切实处玩索涵养，使心地虚明。”

性中天，就是性天，天性中的那片天。天性，人先天具有的品质或性情。在中国古代的道家思想里，有“性分”和“时遇”之说。“性分”就是人的天性，个人的品行；“时遇”是后天的机遇和时间。郭象注《庄子》对人生的机遇有自己独到的见解。他认为每个人都在按自己的目标和“性分”做着自己的事，但社会中的人每个人所做的事都会对别人有影响。而许多他者的影响结合到一个人身上，就成为了对这个人的机遇。

这是一副关于涵养修为的对联，意思是要注重经营自我的内心天地，加强自我修养，提高自己的思想境界。先生认为要在心地栽培美德，即使天性再好仍然要涵养修为，使自己变得心地澄明，天性完美。

曾三颜四；

禹寸陶分。

——乾隆己巳春日，板桥郑燮书

江苏古籍出版社 1984 年版《古今对联丛谈》载有此联。乾隆己巳，即公元 1749 年。这年春天，板桥先生为苏州网师园濯缨水阁题写了这副对联，至今仍在。网师园为苏州四大名园之一，是苏州园林中极具艺术特色和文化价值的代表作品。网师园始建于宋淳熙初年，始称“渔隐”，几经沧桑变更，至清乾隆年间（公元 1765 年前后），定名为“网师园”，并形成现在的布局。

据苏叟《养苛杂记》载，此联是乾隆光禄寺少卿宋宗元重修网师园、恢复濯缨水阁请板桥先生所题。时先生 57 岁，在山东潍县任上，并没有到苏州去写。

这是一副格言联，8 个字讲了 4 位历史人物的故事。

曾三，典出《论语 · 学而》，“学而”篇中记载孔子弟子曾参的话：“吾日三省吾身。为人谋而不忠乎？与朋友交而不信乎？传不习乎？”

颜四，典出《论语 · 颜渊》，“颜渊”篇记载：“颜渊问仁，子曰：‘克己复礼为仁。一日克己复礼，天下归仁焉。为仁由己，而由人乎哉？’颜渊曰：‘请问其目。’子曰：‘非礼勿视，非礼勿听，非礼勿言，非礼勿动。’颜渊曰：‘回虽不敏，请事斯语矣。’”

《晋书 · 陶侃传》记载陶侃“常语人曰：‘大禹圣者，乃惜寸阴；至于众人，当惜分阴。岂可逸游荒醉……是自弃也。’”禹寸、陶分典出此。

上联意在提醒人们要向曾参、颜渊那样严格要求自己，修身养性，遵守伦理道德规范。下联意在劝勉人们珍惜时间，勤奋学习，有所作为，不可荒废人生。

全联言简意赅，蕴含生活哲理，发人深省。

张长哥，李矮哥，慢慢同行，胆小休教吓我；

地藏王，阎罗王，粗粗相会，面狠好不惊人。

1986年9月23日《扬子晚报》载有此联，传是板桥先生自挽联。

张长哥，李矮哥，即张三李四，兴化人口头俗语指不熟悉的人。此联中指死去的正走向阎王殿的、板桥先生的同路人。上联写先生对别人说的话。

地藏王，即地藏菩萨，地藏王菩萨。因其“安忍不动如大地，静虑深密如秘藏”，故名地藏。为佛教四大菩萨之一，与观音、文殊、普贤一起，深受世人敬仰。以其“久远劫来屡发弘愿”，故被尊称为大愿地藏王菩萨。佛教里常说的“地狱未空，誓不成佛”“我不入地狱，谁入地狱”“众生度尽，方证菩提”这些话，都是地藏菩萨大愿的精神写照。按佛教说法，地藏菩萨受释迦牟尼佛的托付，在释迦寂灭后未来佛弥勒降生前这一段无佛世界里，担当起教化六道众生的重任，其地位相当于“代理佛”。

阎罗王，简称阎王，又叫“阎摩罗王”“阎魔王”，是民间传说中阴间的主宰，掌管人的生死和轮回。在中国古代的民间信仰里面，人死后要去阴间报到，接受阎王的审判。他的职责是统领阴间的诸神，审判人生前的行为并给予相应的惩罚。

下联写先生来到阎王殿，同地藏王、阎罗王说的话。全联幽默、诙谐，用潇洒的自挽，笑对人生的生和死。先生参透生死，超然生死，表现出“达人”的胸襟。

志欲光前，惟有诗书教子；

心存裕后，莫如勤俭持家。

1984年第四期《美术研究》载有此联，传是为江苏盐城盐都区葛武乡郝荣庄郝氏宗祠题写。板桥先生的继母郝夫人是郝荣庄人，郝氏宗祠就是郝夫人、郝梅岩公一族祭祀郝氏祖宗的祠堂。板桥先生为外婆家祠堂撰联当在情理之中。

志，立志。光前，继承前人的事业，发扬光大前辈的伟业佳绩。心，内心愿望。裕后，富裕、福慧惠及后代，使后代人丰衣足食。

上联讲只有用诗书所代表的优秀文化教育子孙后代，立志继承并发扬光大前辈的伟业佳绩才能成为现实，除此之外没有更好的办法。

下联说只有勤劳、节俭，辛苦操持家务，心里存着的让子孙后辈富足的愿望才能实现，除此之外也没有更好的办法。

全联通俗易懂，包含教化功能，体现治家、处世理念，有情有理，殷殷之情溢于言表。

种十里名花，何如种德；

修万间广厦，不若修身。

兴化文化老人刁骏先生编著的《郑板桥对联辑注》（上海文化出版社 1991 年版）收载此联。传板桥先生为兴化李园静坐亭题写了两副对联，其一是“种十里名花，何如种德；修万间广厦，不若修身”，其二是“无事此静坐；有福方读书”。李园，在今兴化博物馆东侧，为清初扬州富商李小波构建，由舱浪厅、松云山馆、桂花楼三部分建筑组成。桂花楼西北侧有亭名静坐亭，今已废。

上联，栽种十里名贵的花草，不如积德，施恩德于人。下联，修造万间高楼大厦，不如修身养性，提高自身的道德修养。

全联切“静坐”二字，揭示了深刻的人生哲理，引导世人将外修广厦转到内修心性，将外种名花转到内种品德上来。板桥先生希望别人这样去做，他一生又何尝不是这样做的呢！

种竹似培佳子弟；

拥书如拜小诸侯。

此联为笔者忘年交、兴化文化老人高岩前辈提供。传是板桥先生为自己题写。

上联抒写对竹子的喜爱之情。文人爱竹，有附庸风雅的，有引为知己的。苏轼爱竹，曾在《于潜僧绿筠轩》诗中说：“宁可食无肉，不可居无竹。无肉令人瘦，无竹令人俗。人瘦尚可肥，士俗不可医。”板桥先生一生爱竹、画竹、咏竹，对竹倾注了无尽的浓情蜜意。你看上联，先生说要像培养优秀的人才一般种植竹子。在先生眼中胸里，竹子难道仅是一种娱人悦己的植物？

下联表达对读书的深情。一个“拥”字，一个“拜”字，把对书籍的膜拜表现得淋漓尽致。先生爱书、读书、藏书，一辈子没有停歇，四书竟能背诵默写得不差一字。这种情感和虔诚远远超过“礼拜小诸侯”！

全联用比喻抒情言志，文字一雅一俗，清新畅达，真情洋溢。

故宫博物院藏有先生所画的墨竹图，其题画曰：“减之又减无多叶，添又加添著几枝。爱竹总如教子弟，数番剪削又扶持。”种竹、爱竹之情浓浓地从画上泻下来。

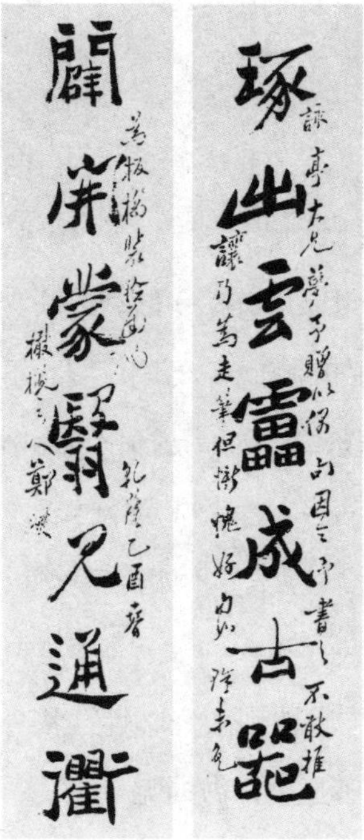

琢出云雷成古器；

辟开蒙翳见通衢。

——咏亭大兄，梦予赠以偶句，因令予书之。不敢推让，乃为走笔。

但惭愧好句如珠，未免为板桥装脸面也。乾隆乙酉春，橄榄主人郑燮

此联墨迹藏扬州博物馆，为板桥先生73岁时书赠友人“咏亭大兄”，写得老辣，矫健。

从“但惭愧好句如珠，未免为板桥装脸面也”“不敢推让，乃为走笔”推得此联不是先生亲制，是先生亲笔书写。咏亭大兄早就想好了对联，却说是梦中板桥先生赠给他的，就要板桥先生为他书写。先生不敢推让就写了。咏亭大兄算是曲尽其请，可见两位老友交情深厚，幽默挈阔。

云雷，商周青铜器上的云雷纹。蒙翳，遮挡之物。通衢，四通八达的大路。上联：雕琢出云雷纹可成远古宝器。下联：打开遮蔽之物才能见到通衢大道。

全联谓人要表里如一，名实相副，不能被表面现象迷惑，要头脑清醒，能够去除蒙翳，洞见事物本真。语涉深意，耐人咀嚼。

竹疏烟补密；

梅瘦雪添肥。

此联见《邗江三百吟》卷七：“郑板桥先生燮，兴化进士，以庶常改山东潍县令尹。晚年乞休归里，往来扬郡，字画易钱。时人但以字之怪，画之随意，不惜分金而换易之，而不知所擅长者，则在闲言戏语，题幅中多妙趣耳。郑公行世之字，皆尚古怪。余闻

其中年学欧，因不能取炫于世，改而自成一家。小斋现藏‘竹疏烟补密，梅瘦雪添肥’一联，板桥楷书真迹，笔笔中锋，迥非行世一路，可以证矣。”

《刊江三百吟》，清代扬州人林苏门撰，其诗方雅，其小引通俗简明，颇为时人称道。黄裳在《榆下说书》有评：“甘泉林苏门撰《邗江三百吟》……在地方性的‘竹枝词’中，这是很有特色的一种。不像别的作者，只将兴趣集中在古迹、名人上面，他关心的却是当代事物，特别是与城市平民有关的平凡琐事。这就很难得。”竹疏朗，梅清瘦，板桥先生运用了状貌法来写，既写形又传神。写烟来补稀疏竹林使之变密，写雪落梅枝使枝条增粗，则运用拟人法。

竹林里翠竹稀疏，不是挨挨挤挤的。清晨，烟气、水雾在疏竹间穿梭、盘旋，好像把稀疏的空间填补得紧密了。叶子还没有长出来，梅枝显得那样清瘦、孤寂，没有融化的残雪还留在枝条上，给枝条添上几分丰满的感觉。上下联实写疏和瘦，虚写密和肥，状物写貌，细腻传神。竹品又是人品，梅骨就是操守，写竹画梅就是述怀言志。故知板桥先生绝不是随便缀文成联，别有寄托也。

自舍黎民归北极；

长依少皞作西流。

此联由兴化竹泓镇郑氏后裔提供，传是为兴化竹泓镇火星庙神台题写，张贴在神台两侧。

火星庙，祭祀火神爷的庙宇。火神爷，民间称之为火德真君，是汉族神话传说中的火神，它是人们信奉的诸神中资格最老的神之一。相传，在远古时期，燧人氏钻木取火，给人类带来了光明，并使人类进入了熟食阶段。为了纪念他，人们尊称他为“火神”。火星庙里的火神其实就是一个三头六臂的塑像，六只胳膊每只胳膊分别拿着弓、箭、宝剑、火葫芦，浑身金盔金甲，凶神恶煞。火神掌管着民间的火，人们拜奉他，求他保佑家里不会出现火灾或者其他灾难。神台，供奉火神爷神像的台位。

少皞，黄帝的长子，是远古时代华夏部落联盟首领，同时也是东夷族首领，居曲阜（今山东省曲阜市），号穷桑帝，被认为是中华共祖之一，在中国古代神话中被尊为西方大帝。

上联，表达对火灾远离黎民百姓的祈求。舍，舍弃。自舍，火神爷自己掌管火，自己让火灾舍弃人间，远离百姓。归北极，让火灾回到北极去，回到天上去，人间就没有火灾发生。

下联，还是表达对火神爷的祈求，求他长久依傍少皞，到神话中的西方世界去，把火灾等一切灾难都带走。

全联表达了祈求人们过上安定日子的情感，反映了板桥先生关注民生的思想。

据郑氏家谱记载，兴化竹泓镇郑姓，是兴化城内郑氏三房正宗，其后世子孙每年清明节前后都到城内郑氏祠堂祭祀祖先。1988 年 3 月，一位郑氏后裔老人瞻仰完郑板桥故居后，口述了上面的对联，并请故居工作人员作了记录。我们因此才知道此联。

自著茶经研贡茗；

不挠水性酌廉泉。

——乾隆戊辰小春，偶坐听雨读书楼，盥洗之余，

展纸泼墨，不觉雨夜风生也。板桥居士郑燮

此联原装裱，纸本立轴，某拍卖公司拍卖过此联。

《茶经》，是中国乃至世界现存最早、最完整、最全面介绍茶的第一部专著，被誉为“茶叶百科全书”，由中国茶道的奠基人唐朝人陆羽所著。此书是一部关于茶叶生产的历史、源流、现状、生产技术以及饮茶技艺、茶道原理的综合性论著，是一部划时代的茶学专著。贡茗，即贡茶。

廉泉，清廉之泉。安徽合肥包公祠旁边有“廉泉”。包公为官的地方目前保留下来的古井有 10 余口之多，百姓叫它“包公井”。这里的廉泉原先也是包拯专为附近书院师生解决喝水难而挖掘，同时告诫后人立世做人，要像此井水一般清澈明净。若有对自己行为不尽知详者，就面井水而视，当可照知。

传说某日一姓臧的知府老爷信步至此，听说廉泉井水清如明镜，且味绵甜，时正值盛夏炎热，便乘兴叫随从汲来廉泉水，一来为解渴消暑，二来亲验传说的真伪。孰知老爷一口井水刚下肚，即刻头痛不止，肚痛难忍，慌得其随从忙将老爷搀扶入轿，打道回府。后来人们了解到该老爷乃一贪官污吏。到了清朝咸丰年间，一个名叫李国蘅的举人游览至此，也乘兴品饮廉泉之水，喝后只觉清凉甘甜，并无不适之感，于是便写下了《井亭记》一文，称廉泉井水，“不廉者，饮此头痛欤”。由此，“廉泉”之水，廉者饮而可润肠解渴，贪者饮而可致头痛的传说便传开了，直至今天。

乾隆戊辰，为乾隆十三年，公元 1748 年，先生 56 岁，时在潍县任上。

上联谈茶。种茶、制茶、饮茶都自有心得，可以著成一部茶经，可见先生闲情逸致。下联说廉。

“挠”，使弯曲之意。“不挠水性”，不要使水改变它的本性之意，意即廉泉水不会改变它“廉者饮而可润肠解渴，贪者饮而可致头痛”的本性。清廉为官的先生很自信，不怕喝廉泉的水。

此联来路不明，不知真假，姑且存之，以俟方家考辨。

醉题蕉叶成诗稿；

闲折花枝当酒筹。

此联由板桥先生同邑人、兴化管同庆先生提供，传是先生为自己题而述怀。

上联谓醉酒之后，在芭蕉叶上题写诗句，竟然也能成篇成稿；下联说无事闲适，折断花枝作为酒筹，助兴饮酒。全联表现出先生的诗酒才情，写得痛快淋漓，雅趣满纸。酒筹，又名“酒算”“酒枚”，古时酒筵饮酒时用以记杯数或行令用的筹码子。

蕉叶题诗，常被古时文人雅士用来表达个性和才情。唐朝大诗人白居易也曾蕉叶题诗。全诗如下：

春　至

白居易

若为南国春还至，争向东楼日又长。

白片落梅浮涧水，黄梢新柳出城墙。

闲拈蕉叶题诗咏，闷取藤枝引酒尝。

乐事渐无身渐老，从今始拟负风光。

白居易又有一首诗《同李十一醉忆元九》，诗句云：

花时同醉破春愁，醉折花枝当酒筹。

忽忆故人天际去，计程今日到梁州。

板桥先生上联“醉题蕉叶成诗稿”本于白诗“闲拈蕉叶题诗咏”句，下联“闲折花枝当酒筹”本于白诗“醉折花枝当酒筹”句。

遵祖宗一脉传流，克勤克俭；

教子孙两派正路，唯读唯耕。

兴化文化局老干部、笔者忘年交高岩先生藏有此联墨迹。传是为兴化施耐庵神牌题写。

施耐庵，《水浒传》的作者，元末明初小说家，被称为中国长篇小说之父，兴化人。神牌，为祭奠死者所立的牌位。孔尚任《桃花扇·闲话》：“下官也没等工完，亲手题了神牌，写了墓碑，连夜走来，报与南京臣民知道。”

此联主要表达对施耐庵的颂扬之情。一是颂扬他遵行祖宗的教诲，一辈子“克勤克俭”“唯读唯耕”，二是颂扬他教育子孙，继承勤劳、节俭、读书、耕种的家训，永远走在正路上。上下联互文见义，用语俚俗，却蕴藏深意。

作画题诗双搅扰；

弃官耕地两便宜。

——郑板桥

传此联为板桥先生为自己而题，见于《板桥书画拓片集》。

为自己题写，当有所寄托，属于借联述怀，表达胸臆。板桥先生既善作画又善题诗，相得益彰，原是双赢，但却说是相互打搅、扰乱，幽默诙谐可见矣。弃官耕地，当指先生潍县卸任回到故里兴化，这是顺应先生心愿的两件事，故说是两相合宜。整联有书卷气，抒写出先生厌恶官场、归隐书画、亦读亦耕的情怀。

坐，请坐，请上坐；

茶，泡茶，泡好茶。

《古代笑话》载有苏东坡一则故事。全文如下：

一次，苏轼在莫干山游玩，甚是疲乏，打算休息一会儿，便走进了一座庙宇。主事老道见苏轼衣着简朴，便冷淡地指了指椅子说：“坐！”然后，对道童喊道：“茶！”苏轼坐下和老道闲聊起来。从谈话中，老道发觉来客颇有才华，非一般书生，即把他引至大殿，客气地说：“请坐！”又对道童说：“敬茶！”两人又谈了起来。老道愈发感到来客知识渊博，聪慧过人，不禁问起他的姓名来。这才知道此人竟是名扬四海的苏东坡。于是，连忙站起作揖，把他又让进客厅，恭恭敬敬地说：“请上坐！”又对道童高声说：“敬香茶！”苏轼告别时，老道恳求他写字留念。苏轼一笑，挥笔题了一副对联：“坐，请坐，请上坐；茶，敬茶，敬香茶。”老道看罢，不觉脸上火辣辣的。

苏轼的这个对联故事，也有多种版本，主要情节都差不多。

因为郑板桥先生风流倜傥、正直不阿，最看不惯趋炎附势的势利小人，所以后人就把苏东坡的故事嫁接到板桥先生身上，主要情节跟苏轼的故事相似。兴化城乡会讲这个故事的人很多很多。

郑板桥先生有一天去一家寺庙进香，庙里的住持看他穷酸的样子就随便说了一句："坐，茶。"郑板桥也不理会，看起墙壁上悬挂的画和字。住持看他像读书人，就又改口说："请坐，上茶！"这时，板桥先生的一个朋友看到先生了，并高呼："板桥，好久不见！"住持一听，赶快迎上去说："失敬失敬。原来是郑大官人。请上座，上好茶。"先生临走时住持向他讨墨宝，他挥手写下了一副对联："坐，请坐，请上坐；茶，泡茶，泡好茶。"住持一看僵住了。

印章汇说

单字印

郑 燮 凤

印图 1

印图 2

印图 3

印图 4

郑　燮

板桥先生一世祖重一公，明洪武年间，自苏州阊门迁兴化，到先生已历十四世。先生姓郑，名燮，故有“郑”“燮”之刻。先生作品钤“郑”“燮”单字印较多。

印图 5

印图 6

印图 7

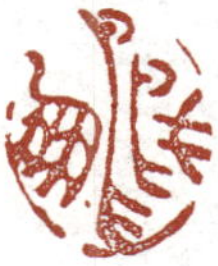
印图 8

燮，会意，从言，从又炎。表示用言语调和。“燮”出于《尚书 · 洪范》“强弗友刚克，燮友柔克”句（意为刚强不可亲近靠刚强致胜，柔和可亲靠柔顺取胜）。取名“燮”寄托了先生的祖父、父亲对先生的希望：为人平和、善良；将来能够入世、济世，有所作为。《尚书 · 洪范》记载，武王向箕子（殷纣王的亲属大臣）询问安定百姓的常道，箕子提出了“三德”之说，“一曰正直，二曰刚克，三曰柔克。平康正直，强弗友刚克，燮友柔克，沈潜刚克，高明柔克”。意思是，安定百姓有三德，一是正直，二是刚治，三是柔治。和平安康之人用正直，强勇不顺之人用刚治，和顺可亲之人用柔治，深沉潜退之人用刚治，高调明朗之人用柔治。这种以正直为基、刚柔相济的“三德”之说，是安定百姓、统治百姓的方法。先生取名“燮”，取字“克柔”盖源于此。

凤

肖形印，朱文圆形，扬州道人吴于河刻。扬州大学教授黄俶成（兴化人）《从八十方印章看郑板桥》（《文艺研究》1981 年第 5 期）一文介绍了此印。笔者尚未看到先生钤单字“凤”印的作品。

印面只有图像并无文字的一种古代玺印称为肖形印，又名蜡封或画像印。肖形印图案内容丰富，据不同花纹图案，可分为人物类、飞禽类、走兽类、虫鱼类、其他类五类。一般来看，肖形印表现手法简练，寥寥数笔，足以会意传神。

双字印

郑燮 郑大 克柔 板桥 臣燮 燮印 都官 俗吏 郑兰 痴绝 樗散 谷口 古狂 瓜州 横扫
婴宁 鹧鸪 竹懒 恶竹 白笺 师竹 依样 随喜 王凤 个中 北海 紫凤 三绝 思古

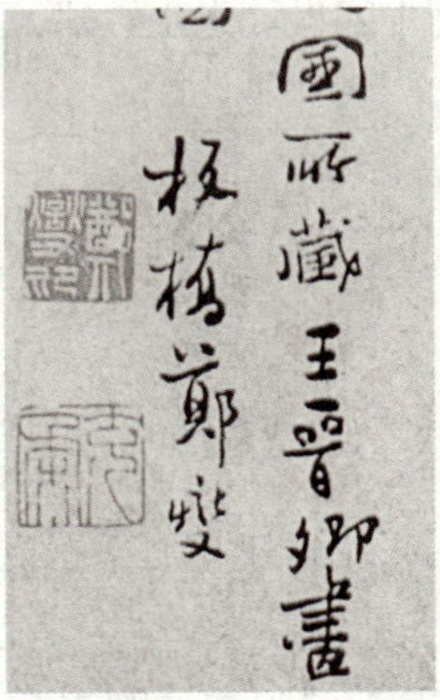

郑燮

板桥先生姓郑名燮，故有郑燮之刻。这是先生的姓名印。

印图 9

印图 10

郑大

兴化本地有称呼别人为“王五”“马三”“刘老二”的习俗。因为先生排行老大，所以先生自称“郑大”，或别人称呼先生为“郑大”。故有“郑大”之刻。首都博物馆藏《行书七绝诗》右侧中线偏下处钤“郑大”一印。

曾衍东《小豆棚》卷十六“杂记·郑板桥”：“……当其去潍之日，只用驴子三头……出大堂，揖新令尹，据鞍而告之曰：‘我郑燮以婪败，今日归装若是，其轻而且简，诸君子力踞清流，雅操相尚，行见上游器重，指顾莺迁，倘异日去潍之际，其无忘郑大之泊也。’言罢跨蹇，郎当以行……”这里板桥先生自称“郑大”。

克柔

《尚书·洪范》有“燮友柔克”句，故取名为燮，取字克柔。克柔，以柔致治之意。钤于书画作品上的“克柔”印迹笔者收录了五方。第一方“克柔”印钤于板桥先生30岁书写的小楷《范质训子诗》轴，这幅作品是现存最早的书法作品，其时先生“六分半书”尚未成型。第二方印印文为“充柔”系刻者误刻，先生曾有文字记其事（《板桥先生印册》）：“高凤冈，名翔，字西塘，刻此。贱字克柔，犀堂刻作‘充柔’，真成错谬。余亦宝而藏之，人亦爱而玩之。若俗笔，虽字字六书，丝毫无舛，我正不取。”

印图 11

印图 12

印图 13

印图 14

印图 15

印图 16

印图 17

印图14、15、16、17在中国民族艺术摄影出版社2003年10月版《郑板桥书画集》上卷第002页、下卷第340页、下卷第290页、上卷第034页清晰可见。

板桥

钤于书画作品上的“板桥”印迹笔者收录了八方。先生老宅郑家大堂屋是先生所居之所，其近旁东侧市河上有桥一座，原为石桥，后易为木板桥。于是，先生自号板桥、板桥道人、板桥居士，故有“板桥”之刻。古人取号多用此法，如苏轼取号“东坡居士”。

印图 18

印图 19

印图 20

印图 21

印图 22

印图 23

印图 24

印图 25

臣燮

桂馥《丁亥烬遗录·卷三·书画灾烬目录》“黄瘿瓢山水册”条：“第八开……对页板桥书‘元丰六年十月十二日夜解衣欲睡’至‘如吾两人耳’六行又半，行书，印首押角象形印二，后款。板桥。（钤印）‘板桥’‘臣燮’。”

臣，象形。甲骨文字形（一只竖立的眼睛形）像一只眼睛向下看。人在低头时，眼睛即处于竖立的位置，字形正表示了俯首屈从之意。造字本义：俯首下视，屈服听命。金文、篆文基本承续甲骨文字形，隶书失去“目”形。臣有 10 多个义项，其中有一个义项为“对一般人的自称。表示自谦”。臣燮，即我是郑燮之意。故有“臣燮”之刻。

燮印

即郑燮之印。

都官

郑谷（约 851~约 910），字守愚，唐朝末期著名诗人。僖宗时进士，官都官郎中，人称郑都官。板桥先生与其同姓，又喜欢他表现士大夫闲情逸致的写景咏物之作，故有“都官”此刻。此印暗含“郑”姓。

印图 26

印图 27

印图 28

印图 29

俗吏

板桥先生诗《小游·赠杭州余省三》有句云:“袖中力士百斤椎，椎开俗吏双眉锁。俗吏之俗亦可怜，为君贷取百千钱。”先生出生贫苦，是一个俗人，当了七品县令，是个俗吏。他自以为俗，其实不俗。故有“俗吏”此刻，表达先生对封建等级观念的鄙视。先生比较喜欢这枚印章，多幅书画作品上钤有此印。首都博物馆藏《行书》(雍正二十年，即公元1742年作，中国民族艺术摄影出版社《郑板桥书画集》第011页)，右上起首印就是“俗吏”。

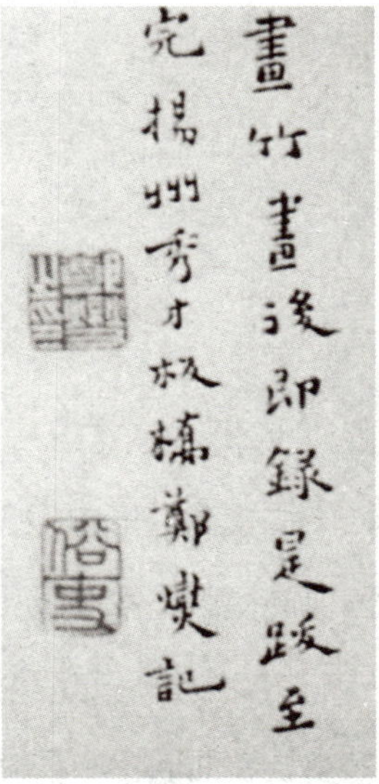

郑兰

板桥先生一生画兰，所画之兰资质并重，不同于前人所画之兰。他的兰，有智慧之美、高洁之美、凄清之美。先生自己说:“画家无别个，只画郑家香。”“郑家香”即郑兰。扬州道人吴于河追慕板桥先生，刻“郑兰”以赠，先生甚喜欢，多幅书画作品上钤有此印。笔者见到此印有三种印迹。

在一幅画兰图上先生题曰:“古人云，入芝兰之室，久而不闻其香，不不闻也，闻之久与俱化也。日与士人君子相磨切，岂复有不善之事乎?画芝兰如见君子逊逊室中，屋室俱美。”在中国，兰花从古至今就象征着一种理想、一种情操、一种德行、一种人品、一种人格。板桥先生题兰画的诗词和跋文，是中国兰文化史上一颗颗璀璨的明珠，也是中国兰文化史上值得研究和发掘的宝藏。

印图30

印图31

印图32

痴绝

板桥先生故里兴化，鱼米之乡，人杰地灵，文风昌盛，素有舞文弄墨之传统。先生习字学画，从少年即开始，大约在二十一二岁就开始绘画创作，50余年不辍。这种对书画艺术的执着和狂热真正到了痴迷程度，“痴绝”一印正是这种执着的人生态度的表现，也是先生艺术自信的表现。中国国家博物馆藏草书《满江红》(见中国民族艺术摄影出版社《郑板桥书画集》下卷404页)右上第一字“蓦”旁钤印就是“痴绝”。

印图 33

印图 34

印图 35

樗散

朱文葫芦形印，多幅作品上钤有此印。中国国家博物馆藏《竹石图 · 江南鲜笋趁鲥鱼》（中国民族摄影艺术出版社 2003 年 10 月版《郑板桥书画集》下卷第 416 页）左下有“樗散”印。

樗，木名，又名臭椿。樗散，樗木为散材，没有大用，庄子曾说樗木“其大本拥肿而不中绳墨，其小枝卷曲而不中规矩。立之涂，匠者不顾”。樗散，比喻于世无用，常用作谦辞。杜甫《送郑十八虔贬台州司户》诗：“郑公樗散鬓成丝，酒后常称老画师。”郑虔（691~759），盛唐著名文学家、诗人、书画家，又是一位精通天文、地理、博物、兵法、医药，近乎百科全书式的一代通儒。郑虔学富五车，精通经史，书画成就卓然一家，是中国历史文化名人。板桥先生与郑虔同姓，景仰郑虔，故有此刻。此印自谦，笔者觉得还是反语，表达齐家治国平天下的愿望，是板桥先生自负与豪情的表达。先生不仅刻此印，还取号“樗散人”。

谷口

郑簠（fǔ）（1622~1693），字汝器，号谷口，江苏上元人。以行医为业，终学不仕，工书。少时便立志习隶字，学汉碑达 30 余年，为访河北、山东汉碑，倾尽家资。他自称：“作字最不可轻易，笔管到手，如控于钧弩，少驰则败矣。”谷口先生去世这一年，板桥先生正好出生。先生与郑簠同姓“郑”，做人、做事、做学问、学书习字深受谷口先生影响，故有此印。“谷口”一印表达了板桥先生追慕先贤的思想情感。

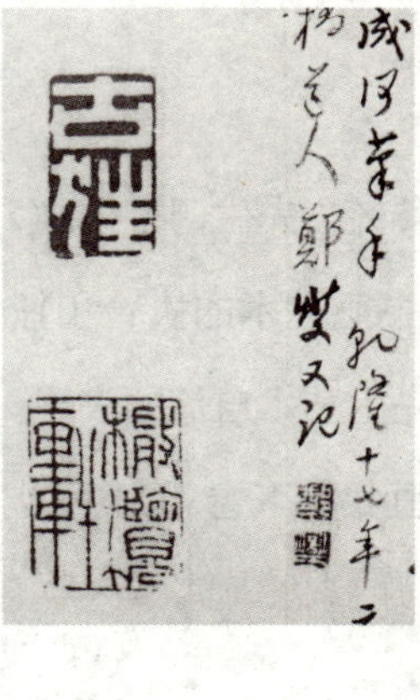

古狂

板桥先生的思想和行为古怪狂放，为世人认为不合时宜。他在家书中曾说“天地间第一等人只有农夫”，这在当时不就是狂言乱语？《清史列传 · 文苑传 · 郑燮传》说他：“性落拓不羁，喜与禅宗尊宿及期门子弟游。日放言高谈，臧否人物，以是得狂名。”先生刻此印直接宣示自己的个性，表现了不向世俗低头的内心世界，这也是板桥精神的体现。先生之狂，固然难为时人所理解、容忍，但绝非无理取闹。

郑板桥研究家、南京大学教授卞孝萱先生认为此印印文为“古旌”。古旌，即古旗。果如是，则表达了先生追慕古人，崇尚美好节操的思想感情。先生学字、习画、读书一生，期间从未放弃对古代经典作精深钻研。先生能够背诵、默写《论语》《孟子》《大学》《中庸》，以古为师可见一斑，但是他师古绝不泥古。他有一方“心血为炉熔铸今古”的印章，就传达了这样的思想。

存此两说，以备参考、选择。先生多幅书画上钤有此印，济南市博物馆藏《行楷七言诗》（乾隆十七年，即公元 1752 年作，中国民族艺术摄影出版社《郑板桥书画集》第 059 页）右上起首印就是“古狂”。南京博物院藏行书《重修城隍庙碑记》（乾隆十七年，即公元 1752 年作，中国民族艺术摄影出版社《郑板桥书画集》第 057 页）落款左侧亦钤有此印。

瓜州

镇名，亦作瓜洲，又称瓜埠洲，位于扬州南，长江北岸。宋代王安石有《泊船瓜洲》诗：“京口瓜洲一水间，钟山只隔数重山。春风又绿江南岸，明月何时照我还？”此印暗指“扬州”，板桥先生一生除在老家兴化生活的时间最长外，就数在府城扬州生活时间长了。此印表达对扬州、对家乡的深情。《中国书画家印鉴款式》收录了此印，列为第 24 印。

印图 36

印图 37

印图 38

印图 39

板桥先生 55 岁时，曾作《和学使于殿元枉赠之作》，其二云：“潦倒山东七品官，几年不听夜江湍。昨来话到瓜洲渡，梦绕金山晓日寒。”于殿元是江苏金坛人（属于镇江），时任山东学政，故有“昨来话到瓜洲渡，梦绕金山晓日寒”的思乡话题。在板桥先生心里，瓜州就是扬州，就是兴化，就是家乡。

横扫

横扫即扫荡，扫除，扫得彻底而有力。元王实甫《西厢记》第二本第一折：“果若有《出师表》文，吓蛮书信，张生呵，只愿你笔尖儿横扫了五千人。”毛泽东《渔家傲·反第二次大围剿》词：“七百里驱十五日，赣水苍茫闽山碧，横扫千军如卷席。”先生刻此印，表达他横扫人间一切丑恶和世俗陈腐的心志，给予后人莫大的正能量。

婴宁

出自《庄子·内篇·大宗师第六》：“其为物无不将也，无不迎也，无不毁也，无不成也，其名为撄宁。撄宁者，撄而后成者也。”撄宁，意为不受外界事物的纷扰，而后保持心境和精神的宁静。撄宁为道家所追求的修养境界，是庄子所提倡的出世态度。先生刻此印表明自己内心的宁静和精神的独立。板桥先生深受老庄思想的影响于此印可见一斑。《中国书画家印鉴款式》收录了此印，列为第 13 印。见印图 39。

鹧鸪

唐朝末期著名诗人郑谷，唐僖宗时进士，官都官郎中，人称郑都官。又以《鹧鸪诗》得名，人称郑鹧鸪。板桥先生慕其才情，且又同姓，故有此刻。

《异物志》说：“鹧鸪其志怀南，不思北徂，南人闻之则思家……其鸣也，‘但南不北’。”板桥先生时在山东做官，山东已在先生家乡兴化的北方，刻此印表达“怀南”“怀乡”之意，辞官归隐的情绪在此印中亦能体会得到。

印迹有两方，白文立形印（印图 42）为毕一庵刻，中国民族摄影艺术出版社 2003 年 10 月版《郑板桥书画集》下卷第 349 页《草书唐诗》右上角钤有此印。朱文异形印（印图 40）为先生好友高凤翰刻。先生许多书画作品上钤有朱文异形“鹧鸪”印。

印图 40

印图 41

印图 42

竹懒

《中国书画家印鉴款式》收录了此印，列为第 65 印。见印图 41。

明朝文学家李日华（1565~1635），字君实，号竹懒。其所著《紫桃轩杂缀》卷二云：“有好弟子为庸师教坏，有好山水为俗子妆点坏，有好茶为凡手焙坏。”是说慧徒被庸师之教耽误，雅画被庸俗之眼污染，佳茗被拙劣之手糟蹋。板桥先生或慕李竹懒的为人而治印“竹懒”。

有专家认为此印印文为“竹嫩”。竹嫩，是竹之生命原初状态，在老竿护持下“咬定青山不放松”，茁壮长大。如是解释也通，则此印蕴藏无限的生命力，亦表达了先生积极向上的人生态度。

恶竹

板桥先生一生以竹入诗，写竹入画，咏竹言志，画竹传情。竹，挺劲孤直，傲岸不屈，疏放不羁的节操，是板桥先生思想和人品的化身。既如此，先生怎么把竹看成“恶（è）竹”呢？又怎么会“恶（wù，厌恶）竹”呢？原来，先生用的是反语，表达爱竹至深之情。天津艺术博物馆藏纸本《书法》题款左侧从上到下钤印三颗，第二颗是白文立形“恶竹”印。见印图 43。

白笺

古时有一种六面印，是六面都刻有印文的一种私印。流行于南北朝。呈“凸”字形，印鼻端刻有一小印，其余五面也刻有印文。因专用于书信，故在姓名下常附加“印信”“启事”“白笺”等字样。这里的“白”是动词告白、言说之意，“白笺”即写在笺上的内容是我所说。乾隆二十九年（1764），先生为友人题《鹭鸶图》，钤印“白笺”，即告诉人们这些题写的内容是我郑燮所写。见印图 44。

师竹

白文异形印。见印图 45。师竹，以竹为师。先生题画中明确提出以竹为师，他说：“后园竹十万个，皆吾师也，复何师乎？”先生刻此印表达对竹所象征的君子之德的追慕之情，也表达了艺术创作必须向自然学习的艺术观。

为什么先生书画作品上没有见到此印？因为这是刻赠给别人的。清朝康乾盛世，在扬州，谁家悬挂一幅名人字画，那是家庭的荣耀，主人身份高、修养雅致的象征。一幅名人画，必须具备“四好”——画好、书法好、题款内容（诗文）好和所钤印章好。扬州文人书画家多兼善篆刻技艺，板桥先生也不例外。于是乎，很多篆刻高手便争先恐后多次给他刻印，以借先生的兰竹石和六分半书显名；同样的，先生也主动向篆刻高手索印、买印或以画换印，借高手的印以使其画增色。于是便出现了篆刻家和书画家强强合作、互彰互显、互惠互利的繁荣景象。别人为先生刻印，先生自刻自用，也为别人刻印。板桥先生曾给徐清德刻过印（见下图），为人刻过“秋水长天一色”的印（见下图）。

中国书法家协会会员、书法家、清代扬州画派研究会副会长张郁明（1942 年生）编著的《扬州八怪书法印章选》中记载：“师竹，为解放后在扬州公私家藏印中经孙龙父、桑愉二先生再三

筛选、鉴定，断为板桥的作品。”

孙龙父（1917~1979），名珑，名字行，号赤城居士、弄斧等。祖籍泰州，后居扬州。扬州师范学院教授。书法工真、草、隶、篆，尤以章草名闻海内外，是扬州继吴熙载之后的又一书坛名师，与林散之、高二适、费新我合称江苏“书坛四老”。绘画擅长人物、花卉，亦间作山水，尤以画梅著称。篆刻主汉印，切近黟山派，刀法爽劲，章法平淡中见奇崛，与罗叔子、桑愉合称为江苏“印坛三宿”。

桑愉（1929~1979），名宝松，一作保松，字愉，以字行，别署阿松、无咎、吾久、若木等，室名乐观楼。江苏扬州人。蔡易庵（1900~1974，生于北京，随父定居扬州，蜚声民国印坛，扬州著名印人）入室弟子，当代扬州杰出的篆刻家，与罗叔子、孙龙父合称为江苏“印坛三宿”。著有《桑宝松印谱》《桑愉印存》。

印图 43

印图 44

印图 45

印图 46

依样

白文异形竹根印。见印图 46。张郁明编著的《扬州八怪书法印章选》中记载：“依样，为解放后在扬州公私家藏印中经孙龙父、桑愉二先生再三筛选、鉴定，断为板桥的作品。”张郁明、孙龙父、桑愉，详见“师竹”印解读文字。

为什么先生书画作品上没有见到此印？因为这是刻赠给别人的。先生所处康乾盛世，书画家、篆刻家之间互赠刻印是很平常的。

俗语“依样画葫芦”，意为照别人画的葫芦的样子画葫芦，比喻单纯模仿，没有创新。出自宋魏泰《东轩笔录》第一卷：太祖笑曰：“颇闻翰林草制，皆检前人旧本，改换词语，此乃俗所谓‘依样画葫芦’耳，何宣力之有？”板桥先生此刻不是批评艺术上的单纯模仿。笔者揣摩有二意：一意为葫芦，葫芦画。“依样画葫芦”，“依样”后面就是“画葫芦”。一意为表达印主人的谦逊，言书画是“依样画葫芦”。板桥先生曾在一首题画诗中写道：“少年学画守规成，老大粗疏法尽无。但得宋元气韵在，何需依样画葫芦。”引俗语入诗，表达的却是艺术创作的思想。

随喜

朱文印，大连张瑞安先生藏墨迹《刘柳村册子》上钤有此印。

随喜，佛教语。见他人行善，随之心生欢喜，称为随喜。《法华经·随喜功德品》载，听闻经典而随喜，次次累积，功德至大。《大智度论》则谓，随喜者的功德，胜于行善者本人。又随己所喜，亦称随喜，如布施时，富者施金帛，贫者施水草，各随所喜，皆为随喜。随喜是一种人生态度，是一种善良品行。先生一生结交了许多方外朋友，又喜欢读佛经，深受佛教思想的熏陶和浸染，此印有佛禅味，表现了先生善良的心地、爱人亲民的思想。

王凤

扬州道人吴于河刻。黄俶成先生《从八十方印章看郑板桥》一文介绍了此印。清人徐兆丰《风月余谈录·卷六·郑板桥先生印册》云：王凤，字一鸣，板桥奴子也。能诵《北征》《琵琶行》《长恨歌》《连昌宫词》及《汉末焦仲卿妻作》，不幸早殁，李复堂、潘桐冈皆为堕泪。

先生有题为《县中小皂隶，有似故仆王凤者，每见之黯然》诗歌四首，其一有句云：“喝道前行忽掉头，风情疑是旧从游。”其三云：“小印青田寸许长，抄书留得旧文章。纵然面上三分似，岂有胸中百卷藏。”对王凤的怀念之情流淌于字里行间。刻此印也是抒发对王凤的纪念、怀念之情。

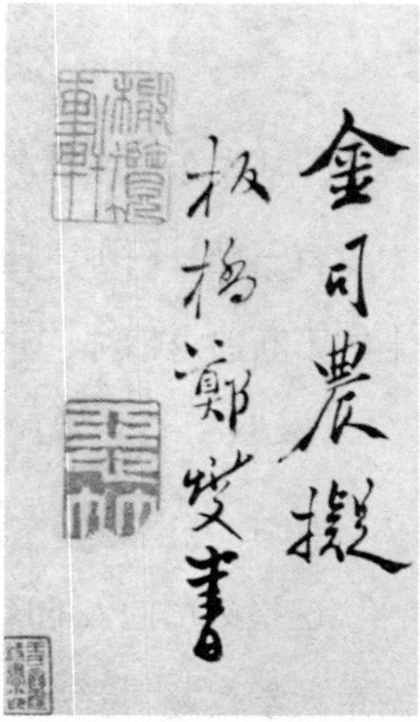

个中

板桥先生同邑人、画猴名家乔维良先生（1915~1988）所藏印谱中有此印。

个中，此中、这当中之意。唐寒山《诗》：“若得个中意，纵横处处通。”宋陆游《春残》诗：“个中有佳处，袖手看人忙。”

板桥先生的一生是追求生存、生活、精神升华的一生，个中滋味，别人如何能解个透。在板桥先生心中，“个中”应该是指书画创作的独到心得和方法。先生得了“个中意”，诗书画印才“纵横处处通”。

印图 47

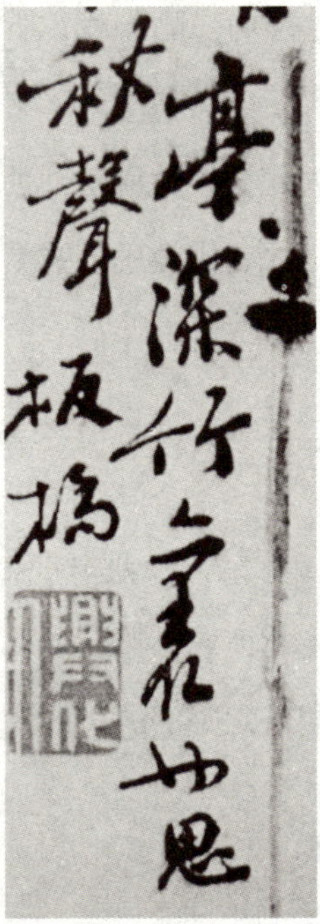

北海

朱文立印。见印图 47。隋朝开皇十六年（596）置潍州，治所在下密县(今潍坊市西)，大业三年(607)废。唐武德二年(619)复置，治所在北海县（今潍坊市）。板桥先生乾隆十一年至十八年(1746~1753)任山东潍县令。因潍县为古代北海县，故有此刻，暗指我郑燮是潍县令。此印钤于扬州博物馆藏隶书《杂曲歌辞·长乐少年行》首字右侧，参见中国民族艺术摄影出版社《郑板桥书画集》下卷 331 页。

紫凤

朱文方印。紫凤，传说中的神鸟。南朝齐谢朓《隋王鼓吹曲·钓天曲》：“紫凤来参差，玄鹤起凌乱。”凤是人们心目中的瑞鸟，天下太平的象征，又具有灵性和奇异的力量。板桥先生刻此印寄托了天下太平的美好愿望。此印钤于天津艺术博物馆藏《兰竹图》册页之一。

三绝

朱文立印。钤于《黄慎山水册》第五开。左边款，右边题下钤印“郑为东道主”，署款“板桥”，下面钤印“三绝”。清人张维屏《松轩随笔》说：“板桥大令有三绝，曰画，曰诗，曰书。三绝之中有三真，曰真气，曰真意，曰真趣。”刻印表达艺术上的不断追求精神，亦表明先生对自己的艺术创作充满了自信。

思古

这是刻赠他人的印章。此印秦祖永辑入《板桥印跋》，边款云：“乙巳秋日，板桥道人燮。”南京大学教授卞孝萱先生考辨后，确定为板桥先生所刻。

三字印

兴化人 郑板桥 郑风子 郑燮印 潍夷长 老画师 然黎阁 橄榄轩 海滨民 书带草

此玄鸟 雪浪斋 千金市 骨常新 广文馆 官独冷 师造物 自在□ 恃聋耳 桃花潭

兴化人

板桥先生为扬州府兴化县人，他爱自己的故土，以兴化人为骄傲，故有此刻。中国台北“故宫博物院”藏《墨竹图》左侧题款下钤的印就是白文立形的“兴化人”一印。

郑板桥

先生姓郑，名燮，自号板桥，故有此刻。

印图 48

印图 49

印图 50

郑风子

朱文圆形印，中国国家博物馆藏《竹石图 · 江南鲜笋趁鲥鱼》（中国民族摄影艺术出版社 2003 年 10 月版《郑板桥书画集》下卷第 416 页）右上题款左侧钤印三颗，从上往下分别为“橄榄轩”“郑风子”“七品官耳”。

郑风子即郑疯子。板桥先生自称疯子，一是回击那些非议他的人，一是宣示自己的特立独行、洒脱不羁。先生的疯是艺术领异标新的独创性，是人格不同流合污的独立性。

郑燮印

这是板桥先生的姓名印。见印图 52、印图 53。

印图 51

印图 52

印图 53

潍夷长

白文方形印。见印图 54。湖北省博物馆藏《行书四言联》（中国民族摄影艺术出版社 2003 年 10 月版《郑板桥书画集》下卷第 214 页）左下角钤有此印。古代泛称中国东方各族为夷。潍县处于中国东方，故称潍夷。先生是潍县县令，故有“潍夷长”此刻。这是标示先生身份的印章。

老画师

印文“老画师”（印图 56）三字出自杜甫《送郑十八虔贬台州司户》诗：“郑公樗散鬓成丝，酒后常称老画师。”唐代郑虔诗书画亦称三绝，与先生同姓郑，先生非常景仰郑虔，印文“樗散”“老画师”皆出自郑虔诗文。老画师，年老体衰不中用的画师，这是先生自我解嘲，也是先生自我激励。先生一辈子追求艺术的完美与创新，老而弥坚，为后世留下了丰厚的文化艺术遗产。怎一个“老”字了得！

然黎阁

朱文立形印（印图 57），先生用此印的次数较多。广东省博物馆藏《墨竹图》(《郑板桥书画集》下卷第 290 页）左上部分题款下钤有三颗印，分别是“郑燮之印（白文）”“克柔（朱文）”“然黎阁”。然黎阁，即燃藜阁，中国古文化典故。晋王嘉《拾遗记 · 后汉》载：“刘向于成帝之末，校书天禄阁，专精覃思。夜有老人著黄衣，植青藜杖，叩阁而见。向暗中独坐诵书，老父乃吹杖端，烟燃，因以见向，授五行洪范之文。恐辞说繁广忘之，乃裂裳及绅，以记其言。”《蓬窗琐事》云：“用藜为燃，火最明，可传火彻夜。”后因以“燃藜”指夜读或勤学。板桥先生以“燃藜阁”为自己的堂名，表达勤奋攻读的心志。此印蕴含浓郁的书卷气、斯文味。天津艺术博物馆藏《兰竹图》册页六开第二开题款“板桥”下钤朱文立形印“然黎阁”。

印图 54

印图 55

印图 56

印图 57

橄榄轩

兴化板桥先生老宅郑家大堂屋里的书斋，范县、潍县知县任上的书斋，都叫做“橄榄轩”（有窗的小屋称作轩）。俗说“橄榄好吃回味甜”，读书亦如是，好书不厌百回读，实则是指回味无穷，每每再读又有新的体会和收获。以橄榄名书斋合宜贴切。

此印有朱文方形印两枚，边长较宽，大约是“丙辰进士”印边长的双倍。上海博物馆藏《竹石图》（作于乾隆二十三年，即公元 1758 年）题款在左，题款下面竖着从上到下依次钤印三颗，分别为“丙辰进士”“郑燮”“橄榄轩”。大小不一样，见图即知。

此印还有白文立形印。天津艺术博物馆藏纸本《书法》题款左侧从上到下钤印三颗，第一颗是朱文立形“橄榄轩”印。某拍卖活动上曾展出拍品《橄榄轩遗石拓片》，清代大开门的老漆烟墨拓片，除封面和封底残缺以外，里面的漆烟墨拓片心完整全品，盖有郭则云、丁乃扬、李振九等名家的收藏章。册页封面有竹苇村人的署款，钤有竹苇村人的印章（见图），该拓片起首三字即为“橄榄轩”，下钤白文立形“橄榄轩”印（印图 61）。

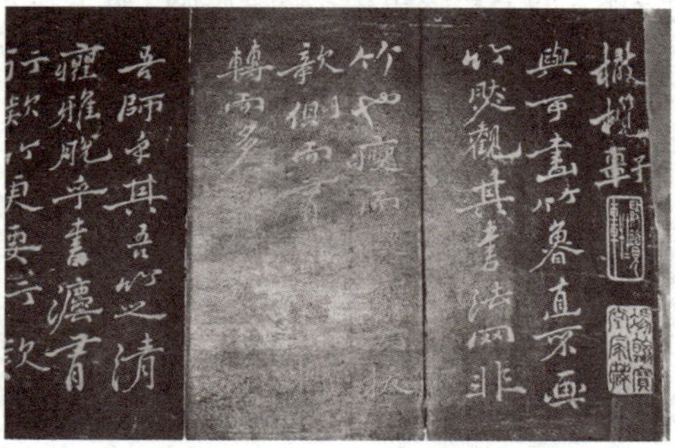

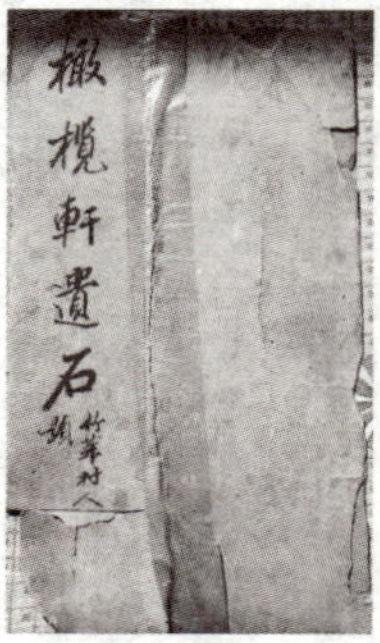

印图 58

印图 59

印图 60

海滨民

避世而入海滨的人，喻指隐士。板桥先生是传统文人，“达则兼济天下，穷则独善其身”的思想应该深深影响着他。正直独立的先生，心灵深处是有隐者情结的。“海滨民”此刻正是这种心灵的折射。《中国书画家印鉴款式》收录了此印，列为第 66 印。见印图 62。

印图 61

印图 62

印图 63

印图 64

书带草

书带草亦名麦门冬，一种很有韧性的草。传说汉代郑玄用此编作草绳用以捆书，先生刻此印用以纪念这位同姓远祖。其实郑玄跟郑燮没有什么联系，只是同姓而已，俗话说“五百年前是一家”。古代人制家谱往往拉一个同姓的大名人做远祖，称自己是这个大人物的后代。郑氏家族不能免俗，拉了郑玄做祖先，于是就有了“昭阳书带草堂郑氏”。先生刻此印，是慎终追远，不忘祖先。见印图 63。

此玄鸟

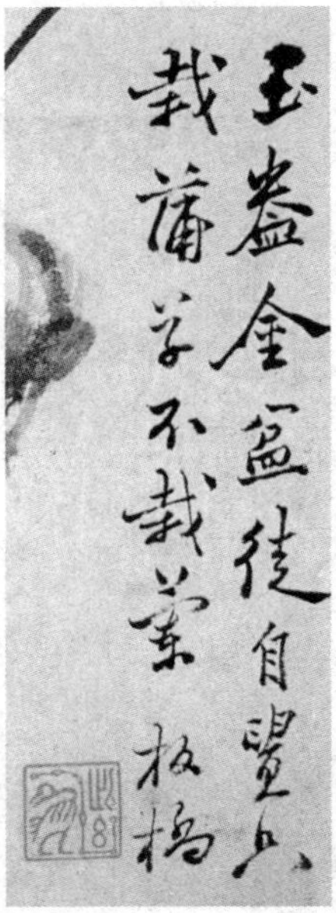

肖形与文字相结合的印章，别出心裁。玄鸟是古代汉族神话传说中的神鸟。出自《山海经》：四翅鸟类，羽毛呈淡黄色，喜食鹰肉，性暴戾，居于平顶山。玄鸟的初始形象类似燕子，后来随氏族部落的不断发展和融合，玄鸟就逐渐演变成了有鸡冠、鹤足和孔雀尾巴的凤凰了。天津艺术博物馆藏《兰竹图》册页六开第一开题款“板桥”左侧钤印“此玄鸟”。见印图 64。

雪浪斋

北宋哲宗年间苏轼被贬定州任知州时，在自己的后花园偶得一石。此石黑质白脉，中涵水纹，展现出一幅若隐若现的山水画卷，犹如当时著名画家蜀人孙位、孙知微所画的石间奔流、百泉涓涌、浪花飞溅之态。苏东坡如获至宝，名此石为“雪浪石”，特地从恒山运来汉白玉石，琢芙蓉盆将石放入盆中，还在石盆沿刻上自题的“雪浪石诗”，将思乡之情寄托在这方青石上。后移石入室，又命其书室为“雪浪斋”。他写下《雪浪斋铭并引》记载此事：“予于中山后圃得黑石，白脉，中涵水纹，有如蜀孙位、孙知微所画石间奔流，尽水之变。又得白石曲阳，为大盆以盛之，琢盆为芙蓉，激水其上，名其室曰‘雪浪斋’……”宋哲宗绍圣元年（1094）苏轼被贬知英州以后，盆石逐渐埋没。板桥先生一生爱石、画石，羡慕苏轼有此石，追慕苏轼的人品才情、文治武功，故有此刻。扬州博物馆藏墨迹《行书四言联》起首印就是“雪浪斋”。笔者所见“雪浪斋”印有两枚。见印图 66、印图 67。

印图 65

印图 66

印图 67

千金市

朱文异形印。张郁明编著的《扬州八怪书法印章选》中记载：“千金市，为解放后在扬州公私家藏印中经孙龙父、桑愉二先生再三筛选、鉴定，断为板桥的作品。”张郁明、孙龙父、桑愉，详见“师竹”印解读文字。

为什么先生书画作品上没有见到此印？因为这是刻赠给别人的。

印文出自家喻户晓的“千金市骨”的典故。意为用重价购买千里马的骨头，比喻重视人才，渴望求得人才的愿望。此印可能刻赠扬州古董商人，因为古董又称骨董，“千金市骨”，“千金市”三字后面就是“骨”，此印或许就是骨董商人买卖骨董的押记和凭证。

骨常新

乾隆二十八年（1763）八月，于吴公湖上，为朱逢年《山水人物画册》（共十二页）之十《陆机督洛客黄耳图》题句，题曰：“陆子曾停洛下车，往来黄犬为传书。呼人牵向王庭立，豪气原来尚未除。”款署“板桥”，钤印“骨常新”。

此印白文立印。板桥先生无论在文学上还是在书画艺术上，一辈子追求创新，标新领异，形成不可逾越的艺术高度。此印正是这种追求的诠释。

广文馆

朱文方印。《旧唐书》：天宝九载（750），国子监置广文馆，置博士及助教，掌教国子监习进士课业的生徒。《唐语林》：天宝中，国学增置广文馆，以领词藻之士。郑虔久被贬谪，是岁始还京师参选，除广文馆博士。杜甫有《醉时歌·赠广文馆博士郑虔》长诗，是写给好友郑虔的。郑虔是当时有名的学者，性旷放绝俗，他的诗、书、画被玄宗评为“三绝”。天宝初，被人密告“私修国史”，远谪十年。回长安后，任广文馆博士。板桥先生因与郑虔同姓，诗、书、画亦被评为“三绝”，故有此刻。

官独冷

白文方印。杜甫有《醉时歌·赠广文馆博士郑虔》长诗。其中有句云："诸公衮衮登台省，广文先生官独冷。甲第纷纷厌粱肉，广文先生饭不足。先生有道出羲皇，先生有才过屈宋……先生早赋归去来，石田茅屋荒苍苔。儒术于我何有哉，孔丘盗跖俱尘埃……""官独冷"三字出于此诗。板桥先生因与郑虔同姓，为官亦有相似遭遇，故有此刻。此印也反映了板桥先生厌弃官场的内心世界。此印钤于南京博物院藏《扎根乱岩图》。中国民族摄影艺术出版社 2003 年 10 月版《郑板桥书画集》上卷第 128 页有《扎根乱岩图》，图右下角钤有三颗印，最上一印依稀可辨为"官独冷"。

师造物

白文方印。这里的造物指自然。师造物，即以造物为师，以大自然为师。这是板桥先生艺术创作与创造所遵循的基本原则。此印钤于旅顺博物馆藏《兰竹石图》。

他在水墨纸本横幅《兰石图》"题识"中说："画兰之法，三枝五叶。画石之法，丛三聚五。皆起手法，非为竹兰一道。仅仅如此，遂了其生平，学问也。古之善画者大都以造物为师。天之所生，即吾之所画，总需一块元气，团结而成……"在这里先生明确提出，要向古人学习，以造物为师。

自在□

党明放先生说有此朱文椭圆印。笔者未见此印，亦不知此印详情。

恃鬻耳

朱、白文方印。扬州道人吴于河刻。扬州大学教授黄俶成（兴化人）《从八十方印章看郑板桥》一文介绍过此印。

鬻，同"粥"。《左传·昭公七年》载："及正考父佐戴、武、宣，三命兹益共，故其鼎铭云'一命而偻，再命而伛，三命而俯。循墙而走，亦莫余敢侮。饘于是，鬻于是，以糊余口'。其共也如是。"正考父，春秋时宋国的上卿，孔子的远祖，曾辅佐戴、武、宣三公，恭俭从政，且地位愈高行为愈检点。他不仅自己恭俭有加，为了惕厉自儆，也为了教训子孙，还特意在家庙铸鼎铭文。铭文中说他曾经三次被国君任命为上卿，每一次都是诚惶诚恐。"第一次我是弯腰受命，第二次我是鞠躬受命，第三次我是俯下身子受命。平时总是顺着墙根走路，生怕别人说我傲慢，所以没有人看不起我或胆敢欺侮我。不论是煮稠粥还是熬稀粥，我都是在这一个鼎里，只要能糊口度日就满足了。”板桥先生刻此印，表达自己惕厉自儆、恭俭从政的为官思想。

另解：恃，依靠、凭借之意；鬻，卖之意。此印表达了先生靠卖画糊口度日之意。

桃花潭

此印秦祖永辑入《板桥印跋》，边跋云：“世人竞说桃花源，桃花源中尽神仙。当年渔人已无门户觅，何况今去太元数千年。桑麻鸡犬随时有，桃花流水在人间。希林汪子多雅致，恰向古津结一庵。红树青溪相掩映，使人想象桃花潭。春来偏是桃花水，饮我春酒使我酣。克柔子篆。”

南京大学教授卞孝萱先生考辨后，确定为板桥先生所刻。这是刻赠友人“汪希林”的印章。

四字印

郑燮之印 郑燮信印 板桥道人 板桥居士 红雪山樵 荥阳郑生 丙辰进士
十年县令 七品官耳 风尘俗吏 所南翁后 借书传画 老而作画 六分半书
直心道场 吃饭穿衣 海阔天空 以天得古 饮人以和 余力学文 敢征兰乎
北泉草堂 放情丘壑 亨帚自珍 修竹吾庐 有竹人家 不求甚解 郑燮私印
板桥郑燮 臣郑燮印 谷口人家 歙后郑五 耕田谷口 敬常存伪 臣师造物
兰竹石癖 欢喜无量 痛痒相关 眼大如箕 江南巨眼 结欢喜缘 活人一术

郑燮之印

邓散木《篆刻学》第70页：“古人用印，多仅刻姓名，或加‘印’字，或加‘之印’，而不用杂字，盖所以昭郑重也。”

下面三方印迹为白文方印。汪汝燮《陶风楼藏书画目》其一“手卷·横披附”记载：“清郑燮兰竹横披（己八）：纸本，高一尺七寸二分，阔三尺二寸九分。窗外石头窗里石……板桥。郑燮之印（二白二朱文）。潍夷长（白文）。六分半书（朱文）。”可见同一印文还有“二白二朱”印一方。

印图68

印图69

印图70

印图71

郑燮信印

邓散木《篆刻学》第 71 页：“亦有‘印’上加‘信’作‘信印’，或‘印’下加‘信’作‘印信’者。”加“信”也是昭郑重也。见印图 71。

板桥道人

颜师古注“道人”曰“有道术之人也”，“道人”另指有极高道德修养的人。对道教徒亦称“道人”。先生号板桥，因而有“板桥道人”此印。此印表明道家思想、老庄思想对先生有直接的影响。

板桥居士

居士，既指旧时出家人对在家信道信佛人的泛称；亦指有德才而隐居不仕或未仕的隐士；同时，这个词还是文人雅士的自称，如李白自称青莲居士，苏轼自称东坡居士。先生号板桥，因而有“板桥居士”此印。此印表明释道思想对先生有直接的影响，也表现了先生超凡脱俗的自负和清高。

红雪山樵

板桥先生给自己所取的号有好几个，如：板桥、板桥道人、板桥居士、郑风（疯）子、樗散人、红雪山樵等。由此可知，此印属于先生的姓名字号印。

古人诗句中常用“红雪”指红花，唐白居易《同诸君携酒早看樱桃花》：“绿饧粘盏杓，红雪压枝柯。”山樵，就是樵夫。宋米芾《观音岩》诗：“鲍饵有时邀楚钓，海云常觉护山樵。”清顾炎武《劳山歌》：“捕鱼山之旁，伐木山之中，犹见山樵与村童，春日会鼓声逢逢。”山樵有隐逸之气，与世无争。先生取此号、刻此印，表达了自己的出世思想和人生观。

印图 72

印图 73

印图 74

荥阳郑生

板桥先生有此印三方，第一方白文椭圆印，荥阳郑生；第二方白文方形印，荥阳郑生；第三方，白文椭圆印，荣阳郑生。荥、荣，应作荥。荥阳，地名，在今河南省。郑生，即郑世翼，字不详，郑州荥阳人。生年不详，卒于唐太宗贞观中。弱冠有盛名。武德中，历万年丞、扬州录事参军。

常以言辞忤人，因有轻薄之称。时崔信明自谓文章独步，世翼遇之江中，谓之曰：“闻君有‘枫落吴江冷’之句，愿见其余。”信明欣然出示旧作百余篇。世翼览之未终，曰：“所见不如所闻。”投卷于水，引舟而去。贞观中，坐怨谤配流死巂州。板桥先生因为和他同姓，性格又有相似之处，所以刻此印，表达对郑世翼的仰慕，也表达自己特立独行的思想性格。

丙辰进士

河南僧人静山刻，板桥先生许多作品上钤有此印。先生乾隆元年（1736）考中进士二甲第八十八名。因这一年为丙辰年，故有此刻。先生告诉人们，他是丙辰科进士，是通过科举考试正途取录的。博取功名是封建知识分子孜孜以求的人生态度，先生亦不能免俗。此印有二方印迹。

印图 75

印图 76

印图 77

印图 78

印图 79

印图 80

十年县令

板桥先生乾隆七年至十八年（1742~1753）任山东范县、潍县县令，连头带尾 12 年，故有“十年县令”此印。

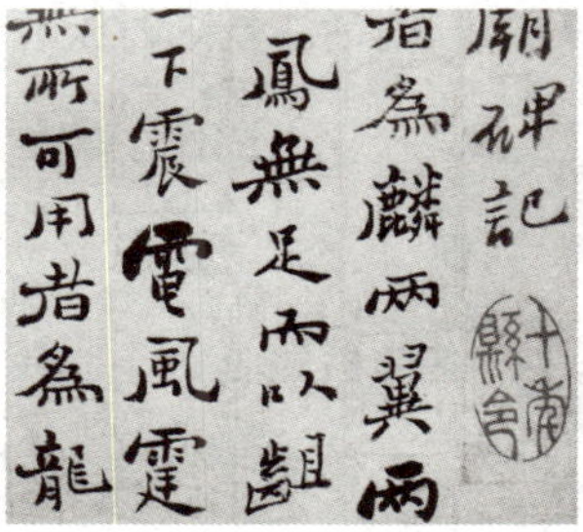

七品官耳

板桥先生乾隆七年至十八年（1742~1753）任山东范县、潍县县令，县令是七品官，故有“七品官耳”此印。印文意思是“七品官罢了”，表现了先生对官位的鄙视。

此印为篆刻高手高凤翰所刻。板桥先生《四风楼印谱》自注曰：“高西园，名凤翰，号南阜，又自号老阜，胶州人。泰州坝上亭长。疾发，用左手刻。”此印有二方印迹。

风尘俗吏

风尘，指旅途艰辛劳累，比喻纷乱的社会或漂泊江湖的境况。先生自嘲自己是“风尘俗吏”。即使是风尘俗吏，先生也没有懈怠，照样严以律己，为民立功。见印图 83。

印图 81

印图 82

印图 83

所南翁后

板桥先生好友沈凤刻。郑思肖（1241~1318），南宋末诗人、画家，连江（今属福建）人。原名不详，宋亡后改名思肖，因“肖”是宋朝国姓赵（趙）的组成部分，字忆翁（表示不忘故国），号所南，日常坐卧，向南背北。亦自称菊山后人、景定诗人、三外野人、三外老夫等。元军南侵时，曾向朝廷献抵御之策，未被采纳。后客居吴下，寄食报国寺。他擅长画墨兰，花叶萧疏而不画根土，意寓宋土地已被掠夺。板桥先生与郑思肖同姓，又敬仰他的为人、思想、艺术，故有“所南翁后”此印。见印图 84。

借书传画

借书法来传播绘画，好像画不如书，其实板桥先生诗书画三绝，加上印就是“诗书画印”四绝。中国向来有书画同源之说，板桥先生绘画更是运用了好多书法的方法。他自己就曾说过“画兰如写字”的话。乾隆时候著名的词曲家蒋士铨曾有《题板桥画兰》二首：

其一：板桥作字如写兰，波磔奇古形翩翩。板桥写兰如作字，秀叶疏花见姿致。

其二：下笔别自成一家，书画不愿常人夸。颓唐偃仰各有态，常人尽笑板桥怪。

这两首题画诗，比较具体地评说了板桥先生书画相参的艺术特质。

借书传画，是先生书法、绘画的创新思想，亦是先生艺术观的体现，更是先生艺术实践上的大胆创造。见印图 85。

印图 84

印图 85

印图 86

老而作画

板桥先生学画从少年开始，二十一二岁开始绘画创作，三十一二岁开始在扬州卖画，怎能说“老而作画”呢？原来先生借此印表达自谦、自嘲、自励的情感。先生晚年书画艺术到了风格成熟的黄金时段，创作了许多书画精品，实现了“老而作画”，用书画艺术“慰天下之劳人”的愿望。见印图 86。

六分半书

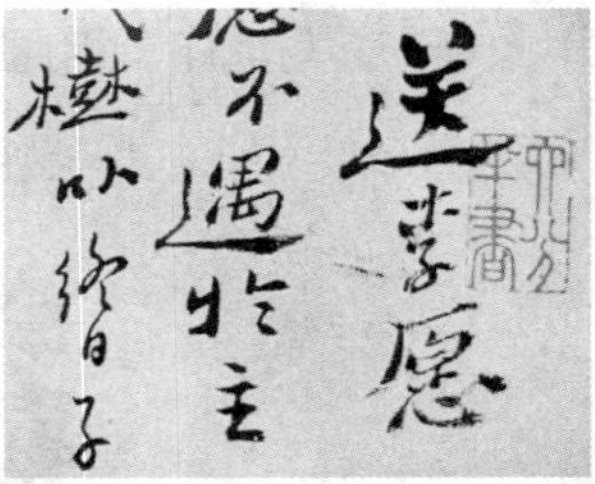

扬州道人吴于河刻。六分半书，是板桥先生书法书体的别称，人称“板桥体”。他以隶书笔法形体掺入行楷，又以兰竹画笔出之，自成面目，自成一格。此书体介于楷隶之间，而隶多于楷，隶书又称“八分”，因此先生谑称自己所创非隶非楷的书体为“六分半书”，并且解释说：“板桥既无涪翁（北宋四大书家之一的黄庭坚，笔者注）之劲拔，又鄙松雪（元代著名画家，楷书四大家之一的赵孟頫。另三人是欧阳询、颜真卿、柳公权。笔者注）之滑熟，徒矜奇异，创为真隶相参之法，而杂之以行草。”这种别具一格的新书体，在书法历史长河中是一朵奇葩，是板桥先生艺术创造力的体现。见印图 87。

直心道场

上元司徒文膏刻。常州市博物馆藏《兰竹荆棘图》（中国民族摄影艺术出版社 2003 年 10 月版《郑板桥书画集》上卷第 92 页）右侧题款下钤印三颗，分别是“郑燮之印（白文）”“乾隆书画东封史（白文）”“直心道场（朱文）”。见印图 88。

有一个佛教故事说：光严童子问维摩诘：“何者是道场？”维摩诘答曰：“直心是道场，无虚假故。”“直心道场”出于此。净空法师答香港参学同修这样解释“直心”：直心就是菩提心、真诚心，正直无弯曲，此心乃是万行之本。

《大唐西域记》卷八称释迦牟尼成道之处为道场。后来把供佛祭祀或修行学道的处所也叫做道场，如中国佛教五大名山，分别为文殊菩萨、普贤菩萨、地藏菩萨、观音菩萨、弥勒菩萨的道场。也泛指佛教、道教中规模较大的诵经礼拜仪式，如水陆道场、慈悲道场、天师道场等。直心道场，就是我心即佛。强调内心修持和美好情操、人格的修炼。先生刻此印，表达了对“直心”的敬畏和追求。

吃饭穿衣

睦州道明（780~877）是唐代高僧。有一个僧人问睦州道明和尚说：“我们每天为无数凡尘琐事烦恼，如何能避免这些呢？”睦州回答：“吃饭穿衣吧。”僧人大惑不解地说：“我不懂你的意思。”睦州回答说：“如果你不懂我的意思，就请每天认真地这么活着吧，凡尘琐事就是生活的真实，发现了真实，就知道了如何不烦恼。”禅宗有生活禅的说法，认真做好每件事，过好每一天，就是修禅。此印正是板桥先生这种人生态度的示现。先生有一副对联“做君子易；为小人难”，与此印有相通处。《中国书画家印鉴款式》介绍了此印。见印图 89。

印图 87

印图 88

印图 89

海阔天空

板桥先生好友、南通州丁丽中刻。印文意思是大海一样辽阔，天空一样无边无际。此印表达了板桥先生艺术上的追求——境界阔大，意境高远，风格空灵。又，俗语曰：“退一步海阔天空。”此印暗含“退一步”的意思，表达了先生内心深处受老庄思想影响后的人生态度。

以天得古

白文立形印，炎黄艺术馆藏《墨竹图》（中国民族摄影艺术出版社 2003 年 10 月版《郑板桥书画集》上卷第 202 页）左下角钤有此印。“以天得古”是宋以来文人书画印的所爱，不少书画家都刻有自己的“以天得古”印章。“天”，指天然、自然；“古”，指古朴、真实的艺术境界。中国传统文人对“古”的追求，往往落实为对“天然”趣味的喜好上。而“天然”的获得，往往又以“写意”“率意”的具体手段来获得。不是说艺术家们不能殚精竭虑地细心安排艺术的细节，而是要在率性的刀或笔的运用与生发中，即兴组织，获得一种生动、真实而严密的“古”趣。

此印表明板桥先生在艺术追求与创新上尊重生活、尊重真实、尊重内心的艺术趣味。见印图 91。

饮人以和

此四字出自《庄子·则阳》：“故圣人，其穷也使家人忘其贫，其达也使王公忘爵禄而化卑。其于物也，与之为娱矣；其于人也，乐物之通而保己焉。故或不言而饮人以和，与人并立而使人化。父子之宜，彼其乎归居，而一闲其所施。其于人心者若是其远也。”“或不言而饮人以和”的意思是：圣人有时候一句话不说也能用中和之道给人以满足。板桥先生此印表明他深受庄子思想影响。先生鲜明地指出自己的书画是“慰天下之劳人”的，在“慰”人的同时行不言之教，以发挥书画艺术影响人、教化人的作用。在这一点上，先生的主张正合于圣人“饮人以和”的理想。见印图92。

印图90

印图91

印图92

余力学文

《弟子规》“总叙”说：“弟子规，圣人训。首孝悌，次谨信。泛爱众，而亲仁。有余力，则学文。”在日常生活中，首先要做到孝顺父母，友爱兄弟姐妹。其次要做到在日常生活中言语行为小心谨慎，讲信用。再者和大众相处要平等博爱，亲近有仁德的人，向他学习，这些都是很重要非做不可的事，如果做了之后，还有多余的时间和精力，就应该好好地学习六艺等其他有益的学问。“六艺”指古代学生必须学习的六门课程“礼、乐、射、御、书、数”。礼，主要指德育，“不学礼无以立”。乐，音乐。射，射箭；御，驾车；两者合起来就是体育和劳动。书，各种历史文化知识；数，数学。用现在的话讲，大体上就是要德、智、体、美、劳全面发展。板桥先生刻此印表达了他的学习观，也表达了他酷爱读书学习，追求用“余力学文”来丰富自己的学养和精神世界的思想感情。见印图93。

印图93

印图94

印图95

敢征兰乎

白文方形印，上海博物馆藏纸本墨笔手卷《兰竹石图》（中国民族摄影艺术出版社2003年10月版《郑板桥书画集》下卷第406页）右下角钤有此印。《左传·宣公三年》：“冬，郑穆公卒。初，郑文公有贱妾曰燕姞，梦天使与己兰，曰：‘余为伯鯈（yóu）。余，而祖也，以是为而子。以兰有国香，人服媚之如是。’既而文公见之，与之兰而御之。辞曰：‘妾不才，幸而有子，将不信，敢征兰乎。’公曰：‘诺。’生穆公，名之曰兰。……穆公有疾，曰：‘兰死，吾其死乎，吾所以生也。’刈兰而卒。”

大意是：冬季，郑穆公去世。当初，郑文公有一个贱妾名叫燕姞，梦见天使给她一枝兰花，说：“我是伯儵。我，是你的祖先，把兰作为你的儿子。因为兰花的香味在全国数第一，佩带着它，别人就会像爱它一样地爱你。”不久以后，文公见到燕姞，给她一枝兰花而让她侍寝。（过了一段时间）燕姞告诉文公说：“我的地位低贱，侥幸怀了孩子。如果别人不相信，敢请把兰花用来作为信物。”文公说：“好。”生了个儿子，取名叫兰。就是后来的穆公。……郑穆公有病，说：“兰花死了，我也许要死了吧！我是靠着它出生的。”割掉了兰花，郑穆公就死了。

板桥先生引梦兰典故入印，表达了先生对兰花的挚爱。他爱兰花，种兰花，画兰花，讴歌兰花，到了爱兰如命的程度，兰花的生命似乎就是他的生命，就像郑穆公所说的那样“兰花死了，我也许也要死了吧”。见印图 94。

北泉草堂

《艺术品》（2012 年 10 月）刘新惠《室名堂号的价值初探》一文说板桥先生有如下的室名堂号：北泉草堂、橄榄轩、铜菩萨庵、雪浪斋、然藜阁、无数青山拜草庐、清晖书屋。由此可知“北泉草堂”是先生的堂号名。此印曾钤于上海博物馆藏“为西翁年长兄书作七绝二首诗轴”，以此印来说明这七绝二首诗轴是我郑燮所书。

又，明朝人蓝田，字玉甫，号北泉，山东即墨人。潍县在即墨县西，板桥先生曾任潍县令，当知晓蓝田之为官与为人。嘉靖三年（1524），蓝田任河南道监察御史，当时朝廷议“大礼”，因正德帝朱厚照无子嗣，由兴献王之子朱厚熜继统，是为嘉靖帝。以席书、张璁、桂萼为首的一班弄臣，上疏劝嘉靖帝尊生父兴献王为太上皇。身为监察御史的蓝田、段续、陈相等众多正统派人士，认为此举于礼不合，主张尊正德帝为太上皇，并恳请皇帝治罪席书等人。此举惹得嘉靖帝

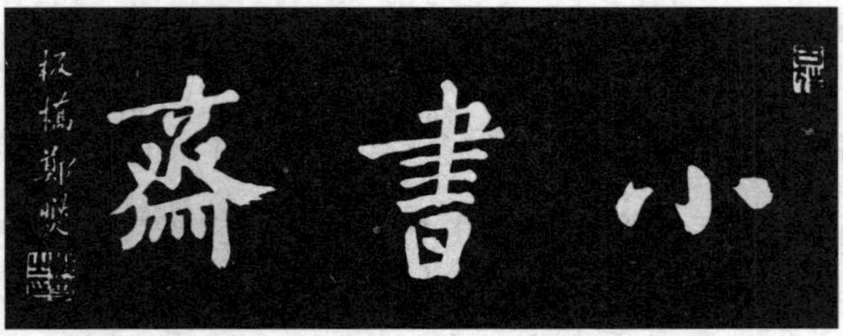

圣心大怒，下诏将蓝田等人廷杖，蓝田受杖后几乎丧命，枕席达月余之久。伤愈后，仍冒死逆鳞强谏，并接连上疏弹劾大学士费宏、尚书杨旦及席书、陈洸等权臣10余人，直声震动京畿。蓝田性格耿直，风节凛然，虽满腹经纶，却仕途多舛。这引起板桥先生的共鸣，以及对蓝田的钦佩和敬仰。故有“北泉草堂”堂名和此印章。见印图95。

放情丘壑

白文方印，钤于天津艺术博物馆藏墨迹《兰竹图》册页之四。《兰竹图》册页之四见中国民族摄影艺术出版社2003年10月版《郑板桥书画集》下卷第303页。见印图96。

丘壑，泛指自然之山水。放情丘壑，意为纵情游山玩水，不以世务为念。语出《晋书·谢安传》：“安虽放情丘壑，然每游赏，必以妓女从。”于谢安而言，放情丘壑是一种避世的生活态度和行为。于板桥先生而言除了是一种避世的生活态度和行为，它还是一种浪漫的、亲近自然的情怀和行为，还是一种艺术创作的艺术观，艺术不能纯客观地反映自然和人生，必须融进创作者真实的情感。先生一生秉持“画以慰天下之劳人”的原则，投入真情，践行他的艺术观。

印图96

印图97

印图98

亨帚自珍

白文蕃瓜蒂印，敝帚自珍之意。张郁明编著的《扬州八怪书法印章选》中记载：“亨帚自珍，为解放后在扬州公私家藏印中经孙龙父、桑愉二先生再三筛选、鉴定，断为板桥的作品。”张郁明、孙龙父、桑愉，详见“师竹”印解读文字。

为什么先生书画作品上没有见到此印？因为这是刻赠给别人的，他自己不好用。

修竹吾庐

此印为丁丽中刻赠板桥先生，有边跋行书“南通州丁丽中号个道人刻”为证（见下页插图）。现收藏于江苏扬州中国雕版印刷博物馆，为竹根刻成之白文印章，高11.8厘米，宽3.8厘米×3.8厘米。印材纹理天然，由于长期使用，色泽深沉，表面光滑。印文朴拙、浑厚，有汉印风格。刀法工整，锋芒棱角较为突出，章法布局尤显疏朗有致。丁丽中，即丁有煜，晚年自号个道人，

诗、古文、篆刻、水墨画均精，与板桥先生交往颇深。板桥先生曾有“秋风秋雨双薇树，江北江南个道人”对联题赠丁丽中（个道人）。

笔者认为，此印属于丁丽中，不为板桥先生所有。如果真是个道人刻赠先生的，那么先生一定会使用此印。先生书画作品甚伙，没有哪一幅作品钤有此印。见印图 98。

有竹人家

白文方印，钤于私人所藏《竹石图》左下角。《竹石图》见中国民族摄影艺术出版社 2003 年 10 月版《郑板桥书画集》下卷第 217 页。板桥先生一辈子爱竹，其所居郑家老宅郑家大堂屋四围种满了翠竹，故称“有竹人家”。东坡先生曾说，无肉使人瘦，无竹使人俗。板桥先生又何尝不是这样认为的！

上海博物馆藏《竹石图》有题画文字——“盖竹之体，瘦劲孤高，枝枝傲雪，节节干霄，有似乎士君子豪气凌云，不为俗屈。故板桥画竹，不特为竹写神，亦为竹写生。瘦劲孤高，是其神也；豪迈凌云，是其生也；依于石而不囿于石，是其节也；落于色相而不滞于梗概，是其品也。”竹在先生心中是傲岸不屈的节操和品格的象征，先生以“有竹人家”而骄傲。印中别有寄托，我们欣赏先生印章一定要努力感悟、理解印中的旨趣和寄托。见印图 99。

不求甚解

朱文椭圆印，钤于天津艺术博物馆藏墨迹《兰竹图》册页之六。《兰竹图》册页之六见中国民族摄影艺术出版社 2003 年 10 月版《郑板桥书画集》下卷第 305 页。见印图 100。

晋陶潜（陶渊明）《五柳先生传》：“闲静少言，不慕荣利。好读书，不求甚解；每有会意，便欣然忘食。”“不求甚解”出于此，指只领会全文大意不在字句上过分追究。现多含贬义，形容用心不专，理解不深。于板桥先生而言，不求甚解是一种读书法，与鲁迅先生所谓随便翻翻式的读书相类。书籍浩如烟海，哪能每一本都深求甚解地去读呢？不求甚解又是板桥先生治学的谦逊态度和精神。其实，先生读书很多，含英咀华，融会贯通，每读必追求“甚解”。先生在《板桥自序》里说：“板桥居士读书求精不求多，非不多也，唯精乃能运多，徒多徒烂耳。”又说：“板桥游历山水虽不多，亦不少；读书虽不多，亦不少。”“求精不求多”的读书，怎能叫做不求甚解呢？

印图 99

印图 100

印图 101

郑燮私印

白文方印。邓散木《篆刻学》第 73 页：“有‘印’上加‘私’字作‘私印’者，文曰姓某私印，系用于私书封记，所以示有别于官印也。双名无作私印者。”此印钤于上海博物馆藏草书《贺新郎·送顾万峰之山东常使君幕》。

板桥郑燮

白文方印（见印图 101）。钤于广东省博物馆藏《墨竹图》。《墨竹图》见中国民族摄影艺术出版社 2003 年 10 月版《郑板桥书画集》下卷第 296 页。细辨此印，第三字为“郑”字，只是左右两边的偏旁调了位置。有人认为第三字不是“郑”字，难以辨认，就用“口”替代，使此印成为“板桥口燮”（党明放先生就是这么认为的）。

臣郑燮印

白文方印。见“臣燮”印说明文字。

谷口人家

此印为白文方印，板桥先生好友高凤翰之孙高攀鳞刻。见“谷口”印说明文字。

另，汉代有隐士郑子真者，博学多才，淡泊名利，施教桑梓，耕读不仕，安贫乐道，隐居石门，朝野闻名。郑子真，名朴，西汉时期陕西褒中县人，祖居褒谷箕山谷口，世称“谷口子真”。扬雄盛称其德曰：“谷口郑子真耕于岩石之下，名震京师，冯翊人刻石祀之，至今不绝。”后人有诗赞之曰：“汉代名流郑子真，洁身却聘隐垂纶。风高不让严陵濑，褒谷钓台先富春。”板桥先生与郑子真同姓，人生观、价值观等思想品性相近，先生刻此印宣示自己的思想。但世人真正理解板桥先生“谷口人家”一印所蕴含思想感情的人实在不多，只是讥先生为“怪人”。

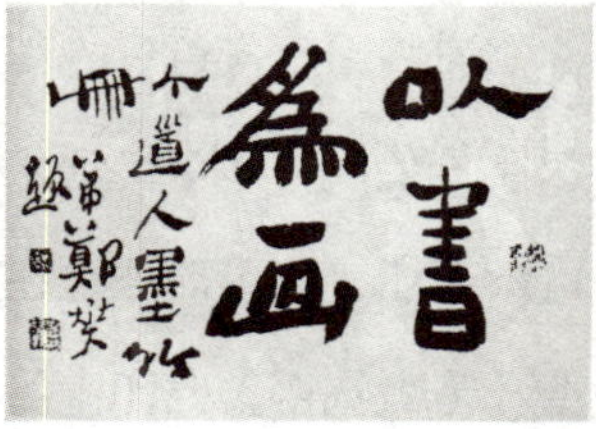

歇后郑五

桂馥《丁亥烬遗录·卷三·书画灾烬目录》“黄瘿瓢山水册”条：“第二开……对页板桥行书，六行满书。芦叶满汀洲，寒沙带浅流，二十年重渡南楼。下系舟犹未稳，能几日，又中秋。黄鹤断矶头，故人曾到不？旧江山总是新愁。欲买桂花同载酒，终不似，少年游。《唐多令》板桥，（钤印）歇后郑五。”

“歇后郑五”为朱、白文方印。印文四字，笔者尚不能理解。

耕田谷口

党明放先生说此印为白文方印，不知所据何在。见“谷口人家”一印解读文字。

敬常存伪

扬州大学教授黄俶成（兴化人）《从八十方印章看郑板桥》（《文艺研究》1981 年第 5 期）介绍了此印。

常，平常，朴实的日常。敬常就是对朴实的日常存敬畏之心。板桥先生一生都对常人给予尊重，对常理给予认同，对常情给予肯定。佛理说，要尊敬天地日月、山河草木、虫鱼沙石、万物书本乃至课本、人民币。这就是敬常。你恭敬“常”，它就处处成就你，帮助你。

达真堪布（藏族高僧，1973 年出生在四川省阿坝县麦尔玛乡一个富裕的佛教世家）说“众生福薄，就是因为彼此的恭敬越来越少”。恭敬天可以了知天道；恭敬地可以了知地理；恭敬星辰可以了知星辰；恭敬山河可以了知山河；恭敬草木可以了知草木；恭敬虫鱼可以了知虫鱼；恭敬沙石可以了知沙石。海涛法师（台湾基隆法严寺住持，1958 年生于台湾高雄市）说：你恭敬数学课本和数学老师，你的数学考试都不会差。精诚之至，金石为开，何况其他？你恭敬什么，什么就愿意被你知道，愿意告诉你，帮助你，成就你。高僧大德所说的这些就是“敬常”。

“伪”有两个义项，一为虚假，一为人为。《荀子》说：“不可学、不可事而在人者谓之性；可学而能、可事而成之在人者谓之伪。”荀子所说的这种努力精进，体现了“人为”的力量和价值。笔者觉得，此印中的“伪”当指第二个义项，“人为”之意。存伪，就是保持积极向上的、追求事功的精神。

敬常存伪，是板桥先生积极人生态度和追求的表达，是他尊重日常、敬畏生活、敬畏自然之道的哲学思想的表现。

臣师造物

党明放先生说此印为白文方印，不知所据何在。见“师造物”一印的说明文字。

兰竹石癖

此印钤于扬州寄啸山庄藏墨迹《兰竹石图》。板桥先生一生酷爱兰竹石，画兰竹石成癖。此印真实反映了板桥先生对兰竹石的挚爱。

先生题画中说：“四时不谢之兰，百节长青之竹，万古不移之石，千秋不变之人……三物与大君子为四美也。”“专画兰竹，五十余年，不画他物。”他恋兰竹石成癖于此可见。在这里，兰竹石就是先生自我人格的写照。追求君子之品的板桥先生和兰竹石构成了人世间的“四美”。这是先生自觉的追求，也是先生孤芳自赏、自珍自恋的人生趣味的写照。

欢喜无量

此印钤于常州市博物馆藏墨迹《兰竹荆棘图》。

欢喜，佛教语，处于顺情之境而感身心喜悦；亦特指众生听闻佛陀说法或诸佛名号，而心生欢悦，乃至信受奉行。“世尊为我说法，劝发渴仰，成就欢喜。”

生活在红尘之中的人会生发各种情。这种情，其内在心理表现为贪欲、憎恶、愤怒、无奈、欢喜等等，其中欢喜是一种虚幻的乐，有人称之为“乐欢喜”。这种“乐欢喜”往往导致“乐极生悲”，而佛陀及菩萨引导有情得到的欢喜是通过慈善心、悲悯心、平等心实现的，在通过般若之妙智慧让我等有情实现觉悟，进入身心愉悦的状态，并最终升华为常乐我净之“常乐”，摆脱六道轮回，以如如不动之心进入“我净”境界。有人把这种欢喜称之为“妙欢喜”。

无量，佛教语，指佛菩萨普度无量众生而应具有的精神。计有四种：给众生欢乐为慈无量心；救众生于苦难为悲无量心；见众生离苦得乐而喜，为喜无量心，对众生无憎无爱，一视同仁，为舍无量心。

板桥先生喜结交方外人士，不少僧人成为他的朋友。先生思想中儒释道三者兼而有之，在不同的人生时刻，儒释道的思想随之有不同程度的表现。达则兼济天下，穷则独善其身，先生亦如是。此印揭示了佛家对他的影响。

痛痒相关

兴化已故画猴名家乔维良先生藏有此印迹。痛痒相关，出自明朝杨士聪《玉堂荟记》下卷九十五条："外而督抚，内而各部，无一刻不痛痒相关，凡奏书所不能及者，竿牍往来，罔非至计。"意思为一痛一痒都会牵动彼此，形容彼此之间关系密切。

板桥先生知山东潍县，关心民间疾苦，官民痛痒相关。他画兰竹，画竹石，画兰竹石，画面上兰竹石相互依存，也是痛痒相关。他的画，诗、书、画、印，集于尺幅，诗书画印亦是痛痒相关。先生此印，揭示了世间万物，艺术各形式之间，彼此关联的关系。

眼大如箕

北京荣宝斋藏《板桥先生行吟图》，其上周榘题有诗和其他文字（周榘《题板桥先生行吟图》），有这样几句曰："公之子田（笔者注，板桥先生的嗣子郑田）告予云：'画象颇占家事''麻丫头针线''眼大如箕''七品官耳'，皆公自用图书中语。"由此可知，"眼大如箕"确是先生印章。

有成语"眼大于箕"，说眼比簸箕还大，形容人不务实，好高骛远。又有成语"眼大如箕"，形容一个人目光如炬，洞察秋毫。板桥先生就生得一双如箕大眼，能看破红尘，能洞穿人性，能明察秋毫。先生刻此印，是向世人宣示，不要瞒，不要骗，不要忽悠，我能看清楚一切，直达本质。四个字，何其有力量！

江南巨眼

此印钤于《兰竹石图》。巨眼，即大眼，即"眼大如箕"。扬州、兴化一带旧属江南省。板桥先生借此印告诉世人，我是江南巨眼，什么都看得穿、看得透。先生因为什么得"狂名"，因为什么被讥诮为"怪人"，于此印亦可见一斑。

结欢喜缘

乾隆五年（1740），板桥先生48岁，暮春初夏间在扬州枝上村为黄慎《山水册》（计十二开）题跋，此印钤于《山水册》第一开。桂馥《丁亥烬遗录·卷三·书画灾烬目录》"黄瘿瓢山水册"条："第一开……对页板桥小行楷书东坡语两段，一五行，一三行。印首'结欢喜缘'。"

结欢喜缘，佛教语。佛理认为，一个有少量烦恼的人，其心自然偏向平静，而平静能生起欢喜。能接受无常的人，烦恼自然减少；能有笑容的人，自然能带给自己以及别人欢喜。“缘”是“业”的联系，而欢喜是善业之一，那么就以善业结缘。结欢喜缘，皆大欢喜，欢喜无量，是一种美好的人生。板桥先生此印，表现了先生与人为善的美好本性。

活人一术

此印秦祖永辑入《板桥印跋》，边跋云：“诗书六艺，皆术也。生两间而为人者，莫不治一术以为生，然第赖此以生，而非活人之术。有术焉，疾痛困苦，濒亡在即，而以术治之，无不安者，斯真活人之术矣。吾友蕉衫，博学多艺，更精折肱之术，因为之作此印，并贻以颂曰：‘存菩提心，结众生缘。不是活佛，便是神仙。’板桥道人。”

南京大学教授卞孝萱先生考辨后，确定为板桥先生所刻。这是刻赠友人张蕉衫的印章。

五字印

扬州兴化人 郑为东道主 爽鸠氏之官 歌吹古扬州 麻丫头针线

游好在六经 书画悦心情 富贵非吾愿 畏人嫌我真 乐旷多奇情

扬州兴化人

板桥先生是江苏兴化人，清朝时候，兴化县属于扬州府，所以先生刻“扬州兴化人”一印，钤于书画之上，告诉人们这书画是扬州兴化人郑燮所作，又传达情感于人，他以扬州兴化人为骄傲。此印白文立形，为著名篆刻家潘西凤所刻。板桥先生自己说：“郑板桥兴化县人，不必加‘扬州’二字，但福建有兴化府，不得不以扬州别之。若江都、仪真无同名，不必区别。”

印图 102

印图 103

印图 104

郑为东道主

历城朱青雷刻。见印图 103、印图 104。《左传·僖公三十年·烛之武退秦师》：“若舍郑以为东道主，行李之往来，共其乏困，君亦无所害。”“东道主”典故出自此。秦国在西方，郑国在东方，晋国在秦郑之间。僖公三十年（前630）九月，秦、晋包围郑国，郑国派烛之武去游说秦穆公，说郑国如果生存下去，可以成为秦国在东方道路上的主人，为秦国提供服务，而灭亡郑国对秦国无利有害。

先生姓郑，他把“舍郑以为东道主”中的“舍”“以”去掉，刻成“郑为东道主”一印，好像是对人们说“我是东道主”“我是主人”。是印表达了先生艺术创作和艺术创新的主人思想，也表达了艺术创造的高度自觉和自信。先生在《印册》中说：“舍郑以为东道主”，板桥割去“舍”字“以”字，便是自作主张。凡作文者，当作主子文章，不可作奴才文章也。

爽鸠氏之官

白、朱文方形印，多幅书画上钤有此印。扬州博物馆藏《家书·一到杭州即访……》（中国民族摄影艺术出版社2003年10月版《郑板桥书画集》下卷第334页）左下角钤有此印。

板桥先生曾在山东范县、潍县任县令10多年。两县地域古时候属于营丘。营丘故城，在齐鲁境内，属古老地区之一，据考已有4500余年的历史。唐杜佑《通典》载：“少昊时爽鸠氏已居营丘。”《太平寰宇记》载：“昌乐（笔者注，昌乐现属山东潍坊市）东南五十里营丘，本夏邑，商以前故国。当少昊时，有爽鸠氏。”爽鸠氏生活在这块土地上，传说他曾为少皞氏的司寇。由此可知，“爽鸠氏之官”就是爽鸠氏生活过的这块土地上的七品小官，暗指先生任潍县县令。先生又有“潍夷长”一印，两印提炼印文的路径相同，可相互参考。从两印印文来看，先生对潍县一带历史文化相当了解，对中国古代历史文化亦相当了解。见印图105。

印图105

印图106

印图107

歌吹古扬州

朱文立形印，扬州博物馆藏《墨竹图》（中国民族摄影艺术出版社2003年10月版《郑板桥书画集》下卷第336页）左下角钤有此印。

唐代大诗人杜牧《题扬州禅智寺》：“雨过一蝉噪，飘萧松桂秋。青苔满阶砌，白鸟故迟留。

暮霭生深树，斜阳下小楼。谁知竹西路，歌吹是扬州。”板桥先生化用“歌吹是扬州”诗句为“歌吹古扬州”印文，表达先生对扬州的喜爱和赞美之情。

麻丫头针线

板桥先生故里兴化有一风俗，生了儿子，往往给孩子取个贱名，猫儿、狗儿什么的，或者取个女孩名，什么丫头。据说，这样的话男孩好养活，不至于夭折，能顺利长大。先生这一支郑姓男丁不旺，又因先生脸上有几颗麻点，所以，郑家为先生取了个“麻丫头”的小名。丫头善做针线活，板桥先生把他自己的诗书画印看做针线活，故有此刻。钤于书画之上，表达的意思可能有：一是谦虚，意谓我的诗书画印算不得什么，就是丫头针线罢了；一是鉴定，表示这幅作品是我郑板桥的作品，不是别人的；一是凭针线活养活自己，我的诗书画印也是用来养活自身的生计。

好幽默诙谐的板桥先生！见印图 108。

题款文字：板桥郑燮三书此额，一与郭君方仪，一与常君西北；此则与松亭陈三哥也，略不如前，亦有别味。

印图 108

印图 109

游好在六经

游好，专心喜好。“游好在六经”语出晋陶渊明《饮酒》诗之十六的首句“少年罕人事，游好在六经”。六经，《诗》《书》《礼》《易》《乐》《春秋》的合称。板桥先生从青少年时候起，直到考中进士，用功于四书五经，熟读成诵，下了很大的功夫。刻此印，一是纪念用功读书的时光，一是表达对六经的专心喜好。

先生在《印册》中专记此印曰：“此晚村先生作也。先生自批点文章而外，尚有二十四种绝技，如医学、女工、驰射，皆精妙无比伦。刻印工绝，故摹此以志先生一斑。”

这是板桥先生模仿晚村先生作品而刻。见印图 109。

书画悦心情

此印边跋有“乾隆己卯”字样，说明此印刻于1759年，板桥先生年67岁。此印字面意思是说书画能够愉悦人的心情。这正符合板桥先生“凡吾画兰、画竹、画石，用以慰天下之劳人，非以供天下之安享人也”的艺术创作思想。此印现为南京丁吉甫先生所藏。

富贵非吾愿

晋陶渊明《归去来兮辞》有句云：“富贵非吾愿，帝乡不可期。怀良辰以孤往，或植杖而耘耔。登东皋以舒啸，临清流而赋诗。聊乘化以归尽，乐夫天命复奚疑。”板桥先生此印印文即出于此。先生十分喜欢陶渊明的诗文，亦十分景仰陶渊明的为人，内心深处，思想性情与陶渊明息息相通，故借陶渊明的词句表达自己的心思。此印向世人宣告，富贵不是我所追求的。由此，我们看到了一个两袖清风、清廉为官、不受孔方兄玷污的清正廉洁之板桥。见印图111。

畏人嫌我真

唐代大诗人杜甫诗《暇日小园散病，将种秋菜，督勒耕牛，兼书触目》首两句云：“不爱入州府，畏人嫌我真。”板桥先生此印印文出于此。见印图112。

板桥先生是“扬州八怪”代表人物，“诗、书、画三绝”，而“三绝之中有三真，曰真气，曰真意，曰真趣”（清张继屏《松轩随笔》）。此“三真”不仅是板桥先生艺术创作所悟之真谛，亦是后人品评他的诗词、书画、印章优劣的准则，“真”应该是板桥先生艺术生涯一以贯之的精神血脉。但是，先生却怕人“恶（wù）嫌”（兴化方言）他的真。先生刻此印，从另一个侧面揭示了当时艺术上虚假与恶俗的存在，也抨击了艺术创作上存在的种种做作、虚假与恶俗。

印图110

印图111

印图112

印图113

乐旷多奇情

此印为白文方形，钤于天津艺术博物馆藏墨迹《兰竹图》册页之三。《兰竹图》册页之三见中国民族摄影艺术出版社 2003 年 10 月版《郑板桥书画集》下卷第 302 页。

印文出自《世说新语》的编著者刘义庆所作的《序》：“晋人乐旷多奇情，故其言语文章别是一色，《世说》可睹已，《说》为晋作，及于汉魏者，其余耳。”“乐旷多奇情”是晋人风度，是晋人的生活态度、生活方式，颇为后人欣赏和向往，板桥先生亦不能免。先生生性浪漫、旷达，与晋人有相似处，故有此刻。这是先生真性情的宣示。见印图 113。

六字印

诗绝字绝画绝 思贻父母令名 俗吏之为之也 燮何力之有焉

雪婆婆同日生 古爽鸠氏之官 青藤门下走狗 画象颇占家事

印图 114

诗绝字绝画绝

乾隆五年（1740），板桥先生 48 岁，暮春初夏间在扬州枝上村为黄慎《山水册》（计十二开）题跋，此印钤于《山水册》第五开。板桥先生诗书画三绝，故，扬州道人吴于河刻此朱文立形印以赠。

印图 115

启功先生曾说：“（板桥）先生之名高，或谓以书画！或谓以诗文，或谓以循绩，吾窃以为俱是而俱非也。盖其人秉刚正之性，而出以柔逊之行，胸中无不可言之事，笔下无不易解之辞，此其所以独绝古今者。”可见，先生“诗绝字绝画绝”，人更“绝”！或者说：人不“绝”，哪来“诗绝字绝画绝”！见印图 114。

思贻父母令名

朱文方形印，广州市美术馆藏《行书》纸本“留春不住由春去……”（中国民族摄影艺术出版社 2003 年 10 月版《郑板桥书画集》下卷第 248 页）左侧题款下钤有三颗印，分别为“郑燮之印（白文）”“二十年前旧板桥（朱文）”“思贻父母令名（朱文）”。见印图 115。

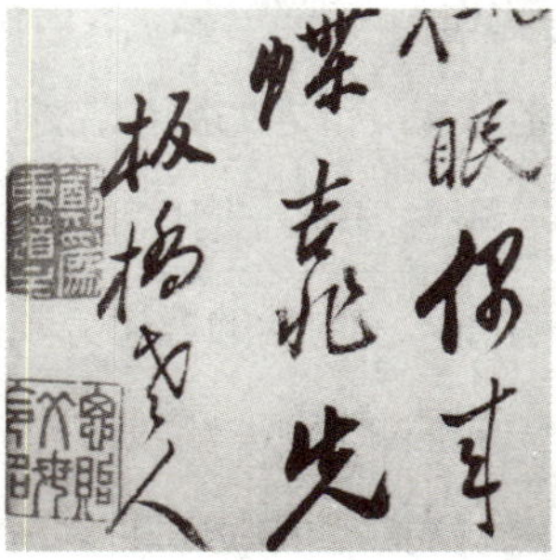

《礼记·内则》有这样几句话：“父母虽没，将为善，思贻父母令名，必果；将为不善，思贻父母羞辱，必不果。”意思说父母去世了，一个人要去做善事，他如果想到行善会给父母留下好名声（贻，赠予、留下之意），就一定能把善事做成；他将要做恶事

的时候，如果想到这样做会羞辱父母的名声，他就会停止作恶。板桥先生此印印文即出于此。

先生 3 岁丧母，14 岁继母又卒，得乳母费氏关心最多；父亲立庵公撑持家庭，教养先生，费尽心血。所以父母亲在先生心中重如泰山，板桥先生时时都想着尽自己最多的努力，光宗耀祖，让父母得“令名”。这也成了先生勤奋攻读，博取功名，积极入世，有所追求的动力之一。先生刻此印，表达了对父母双亲的怀念之情，对自己人生的严格要求，也传达了因人生有成而光宗耀祖的自豪之情。

俗吏之为之也

《半野园图记》是清代散文家刘大魁（1698~1779）的一篇讽喻文章。其中有这样几句话：“陈君家杭州，西子湖之胜甲于天下。舍之而来京师，宜其有不屑于是园者；而低徊留连之至不忍以去，则陈君于为官，其必有异于俗吏之为之已。”大意是说：陈君的家在杭州，西湖之美景天下第一。他却放弃它们（半野园）而来到京城，他应该是不屑于这个园子的；但是陈君徘徊留连它到了不忍心离开，那么陈君对于为官之道，一定有不同于一般官吏为自己着想的想法。这里的“俗吏之为之已”或许正是板桥先生印文的出处。见印图 116。

此印“俗吏之为之也”钤于某书画上面，意在告诉人们“这是俗吏郑板桥所画（写）的”，蕴含了先生的谦逊之意。先生在潍县任上，为救济受灾百姓，开仓放粮，上峰以“忤大吏”之罪名惩处他，先生愤而辞归。这岂是一般“俗吏”所能做得到的！

燮何力之有焉

白文方形印，扬州博物馆藏《柱石图》（中国民族摄影艺术出版社 2003 年 10 月版《郑板桥书画集》下卷第 341 页）右侧题款下钤印两颗，一颗是“燮何力之有焉”，一颗是“七品官耳”。

《左传·成公二年》有这样的记载：晋师归，范文子后入。武子曰：“无为吾望尔也乎？”对曰：“师有功，国人喜以逆之，先入，必属耳目焉，是代帅受名也，故不敢。”武子曰：“吾知免矣。”郤伯见，公曰：“子之力也夫！”对曰：“君之训也，二三子之力也，臣何力之有焉！”范叔见，劳之如郤伯，对曰：“庚所命也，克之制也，燮何力之有焉！”栾伯见，公亦如之，对曰：“燮之诏也，士用命也，书何力之有焉！”其中“臣何力之有焉”“燮何力之有焉”“书何力之有焉”三句话的意思分别是：小臣我有什么功劳呢？士燮有什么功劳呢？栾书有什么功劳呢？可见郤伯、范叔、栾伯三个人都很谦虚，不居功自傲。板桥先生名燮，取这段话里的成句“燮何力之有焉”为印文，非常巧妙。见印图 117。

“燮何力之有焉”，我郑燮有什么力量做得出来呢？意即我的力不足以完美地做成这事儿。此印与“俗吏之为之也”一印有异曲同工之妙，表达了先生真诚的谦逊之情。

印图 116

印图 117

印图 118

雪婆婆同日生

板桥先生故里兴化有一风俗，认为农历十月二十五日为雪婆婆生日。先生出生于清朝康熙三十二年（1693）农历十月二十五日这一天，与雪婆婆同日生，先生引俗语治印，故有是刻。用此印，一是纪念自己的出生日，一是表达自己治印别出心裁的创造性。见印图 118。

先生在《印册》中自注曰：杭州身汝敬刻。俗以十月廿五日为雪婆婆生日，燮与之同日生，故有是刻。或以不典为诮，予应之曰：“古之谚语，今之典，今之谚语，后之典。‘宫中作高髻，四方高一尺’。真成俗语而今为典矣。”

古爽鸠氏之官

参见五字印“爽鸠氏之官”的解读文字。党明放先生说此印为白文矩形印，不知所据何在。

青藤门下走狗

青藤，即徐渭。徐渭（1521~1593），绍兴府山阴（今浙江绍兴）人。初字文清，后改字文长，号青藤老人、青藤道士、天池生、天池山人、天池渔隐、金垒、金回山人、山阴布衣、白鹇山人、鹅鼻山侬、田丹水、田水月。绘画自成一家，形成“青藤画派”。他自己尤以书法自重，自称“吾书第一、诗二、文三、画四”。现在定论徐渭为明代著名文学家、书画家、戏曲家、军事家。

徐渭有点像西方大画家梵高，生前又穷又狂，死后却名声远播。而且他的才干不限于绘画。他不但是画家，还是文学家、军事家。他曾是胡宗宪最看重的幕僚，他为明嘉靖朝的抗倭战争出谋划策，功劳不小于身为同袍的戚继光、俞大猷。甚至有传说，日本丰臣秀吉侵朝鲜时，带领明朝军队打败日本侵朝军队的李如松就是徐渭的

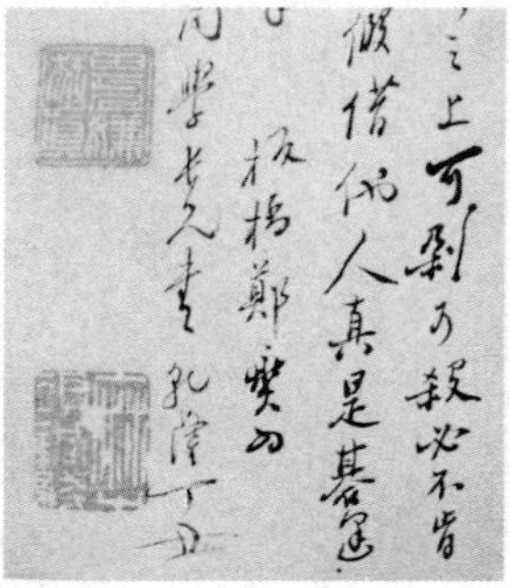

徒弟。

走狗，古指善跑的狗，相当于猎犬。没有褒贬的色彩。由此引申出现代的贬义，指受人指使，帮凶作恶的人。板桥先生在徐渭去世后100年出生，平生服膺徐渭太甚，愿做其门下的走狗，是反其意而用之。并且刻“青藤门下走狗”一印自用，表达强烈的追慕之情。放低自己，做心中偶像的门下走狗，不是自卑，恰是自豪，是发自心灵深处的认同和景仰，最最铁杆的粉丝才会有这样的强烈感情。

同为绍兴人的清朝画家童二树，即童钰（1721~1782），亦重青藤，他题青藤小像云：“抵死目中无七子，岂知身后得中郎？”又曰：“尚有一灯传郑燮，甘心走狗列门墙。”后一句说明童二树知道板桥先生愿作青藤门下走狗这回事。

现代大画家齐白石曾在一幅画上题字，表达了与板桥先生相同的仰慕之情，他说：“青藤（即徐渭）、雪个（即朱耷）、大涤子（即石涛）之画，能横涂纵抹，余心极服之。恨不生前三百年，或为诸君磨墨理纸，诸君不纳，余于门之外饿而不去，亦快事也。”并且还赋诗一首，诗曰：“青藤雪个远凡胎，缶老衰年别有才。我欲九泉为走狗，三家门下转轮来。”齐白石是大画家、大篆刻家，他是应该知道板桥先生愿作青藤门下走狗这回事的。

清人徐兆丰《风月谈余录·卷六》说：“近程君乐亭出其先世所藏先生（笔者注，指板桥先生）印册，系墨笔摹成，并有旁注。……某书谓先生署为‘青藤门下走狗’。今按：册内乃‘牛马走’，可证前说之诬。”徐兆丰的意思，板桥先生刻的是“青藤门下牛马走”，不是“青藤门下走狗”。此说以资料为凭，不由人不信。南京大学已故教授卞孝萱先生《郑燮〈板桥先生印册〉注》一文也持与徐兆丰同样的意见。这两则材料虽有一定的道理，还不足以推翻有“青藤门下走狗”一印。

关于“青藤门下走狗”一印，聚讼颇多，有人说有，有人说无，莫衷一是。笔者亦不能提供论据证明有或证明无。

参见七字印“青藤门下牛马走”“徐青藤门下走狗”，多字印“徐青藤门下走狗郑燮”“徐文长门下走狗郑燮”四印的解读文字。

画象颇占家事

北京荣宝斋藏《板桥先生行吟图》，其上周榘题有诗和其他文字（周榘《题板桥先生行吟图》），其中有这样几句：“公之子田（笔者注，板桥先生的嗣子郑田）告予云：‘画象颇占家事’‘麻丫头针线’‘眼大如箕’‘七品官耳’，皆公自用图书中语。”由此可知，“画象颇占家事”应该是先生自用的印章。

“画象颇占家事”，字面意思是说画画占去了经营家庭事务的时间，影响家事。

板桥先生 20 岁左右始学绘画，31 岁始在扬州卖画，终生不辍。卖画所得养家糊口，并不曾使家庭富裕起来，先生在《板桥自序》里说：“初极贫，后亦稍稍富贵；富贵后亦稍稍贫。”连女儿出嫁都没有较为体面的陪嫁。先生 66 岁时，二女儿出嫁，他只买了一只针线匾儿，另画了一幅兰石图，算作妆奁。他用六分半书，在送给女儿的《兰石图》上题了一首诗：“官罢囊空两袖寒，聊凭卖画佐朝餐。最惭吴隐奁钱薄，赠尔春风几笔兰。”接下来又写了一句话：“乾隆戊寅，板桥老人为二女适袁氏作。”（北京故宫博物院藏墨迹）。66 年，一路过来，先生感慨万千，辛酸太多，遂有“画象颇占家事”之叹。先生刻此印，表达了真实而复杂的内心世界。

七字印

二十年前旧板桥 鸡犬图书共一船 乾隆东封书画史 乾隆敕封书画史

青藤门下牛马走 无数青山拜草庐 何可一日无此君 一片冰心在玉壶

书被催成墨未浓 不可一日无此君 搜尽奇峰打草稿 爱君自欲君先达

多种菩提结善缘 九溪十八涧中人 徐青藤门下走狗

二十年前旧板桥

启功先生在《我眼中的郑板桥》一文中说：“先生之名高，或谓以书画！或谓以诗文，或谓以循绩，吾窃以为俱是而俱非也。盖其人秉刚正之性，而出以柔逊之行，胸中无不可言之事，笔下无不易解之辞，此其所以独绝今古者。先生尝取刘宾客诗句刻为小印，文曰：‘二十年前旧板桥。’觉韩信之赏淮阴少年，李广之诛灞陵醉尉，甚至项羽之喻衣锦昼行，俱不及钤此小印时之躁释矜平者也。”可见这方印章蕴意之深厚。

唐代刘禹锡的《柳枝词》诗：“清江一曲柳千条，二十年前旧板桥。曾与美人桥上别，恨无消息到今朝。”先生印文出于此。但表达的思想感情不同。刘禹锡含蓄地抒发了故地重游，怀念故人的情感。而板桥先生所抒发的是对世态炎凉的感慨之情、婉讽之意。20 年前，先生在扬州卖画，人轻艺浅，时人低眼相看。20 年后，先生官场归来，书画尤精，求画者摩肩接踵。先生还是 20 年前的那个板桥，没有变化，而时人对先生却表现出如此不同的态度，这不是炎凉世态的真实折射吗？此印有三方，见印图 119、印图 120、印图 121。

印图 119

印图 120

印图 121

鸡犬图书共一船

此印现收藏于江苏扬州中国雕版印刷博物馆（见左图），为竹根刻成之朱文印章，高 11.8 厘米，宽 3.8 厘米 ×3.8 厘米。印材纹理天然，由于长期使用，色泽深沉，表面光滑。边跋题刻“鸡犬图书共一船，又山王涛刻”数字。印文朴拙、浑厚，有汉印风格。刀法工整，锋芒棱角较为突出，章法布局尤显疏朗有致。王涛，字又山，江都人，善铁笔，工画，与板桥先生交往颇深。

印图 122

唐白居易《自喜》七律诗云：“自喜天教我少缘，家徒行计两翩翩。身兼妻子都三口，鹤与琴书共一船。僮仆减来无冗食，资粮算外有余钱。携将贮作丘中费，犹免饥寒得数年。”其中“鹤与琴书共一船”与印文句式相同。

印图 123

唐杜牧《郑瓘协律》七绝诗云：“广文遗韵留樗散，鸡犬图书共一船。自说江湖不归事，阻风中酒过年年。”其中“鸡犬图书共一船”与印文全同。郑瓘是诗书画三绝的郑虔的孙子，板桥先生仰慕郑虔，爱屋及乌，连他孙子郑瓘的诗文都认真研读，还拿他诗歌中的现成句子作印文。

此印表达了板桥先生骚人墨客式的闲适、恬静、澹泊的生活情怀。

乾隆东封书画史

《中国历史大事年表》记载，乾隆十三年戊辰（笔者注，公元 1748 年，板桥先生 56 岁）二月，弘历（乾隆皇帝）出巡山东曲阜。板桥先生《自叙》：“乾隆十三年，大驾东巡，燮为书画史，治顿所，卧泰山绝顶四十余日，亦足豪矣。”他常以此自豪，镌一印章云：“乾隆东封书画史。”此印为白文方形。见印图 124。

乾隆十三年（1748）二、三月，皇帝来泰山封禅——祭祀天地，祈求皇天后土降福于人间，以安民心。为了迎接圣驾，山东官员忙得不亦乐乎。板桥先生也分得一份差事——书画史，当圣驾游览泰山，遍览泰山书画文物时，先生在侧随侍以备圣驾咨询，讲解泰山书画文物的来龙去脉。为了这件事，先生“卧泰山绝顶四十余日”，为迎接圣驾做准备。这件事，于先生而言是十分荣光、引以为自豪的。故有“乾隆东封书画史”此印。

乾隆敕封书画史

近人汪汝燮《陶风楼藏书画目》二《立轴》：“清郑燮墨竹轴（己六）：纸本，高一尺九寸四分，阔一尺一寸八分。乌纱掷去不为官……板桥郑燮。乾隆敕封书画史（朱文）。”明确记载了板桥先生有“乾隆敕封书画史”朱文印章。

南通市书协副主席杨谔认为，“乾隆敕封书画史”朱文印章为板桥先生自刻。

笔者揣测，可能此印艺术水平不是很高，所以先生不常用。偶一用之的作品《墨竹》轴，被汪汝燮看到，而记入他的《陶风楼藏书画目》。参见“乾隆东封书画史”一印的解读文字。

青藤门下牛马走

白文立印，见印图 125。参见六字印“青藤门下走狗”的解读文字。

徐渭，号青藤居士，明代著名文学家、书画家、戏曲家、军事家。板桥先生无比仰慕、无比崇拜徐渭，甘心作牛马被青藤居士驱使，于是请扬州道人吴于河给他镌刻了此印，以表达对先贤的追慕向往之情。

板桥先生书画作品上钤有“青藤门下牛马走”一印，故此印被证明确系先生的印章。

印图 124

印图 125

印图 126

印图 127

“牛马走”一词出自司马迁《报任少卿书》：“太史公牛马走司马迁再拜言。少卿足下：曩者辱赐书，教以慎于接物，推贤进士为务，意气勤勤恳恳，若望仆不相师，而用流俗人之言。仆非敢如此也。”唐代李善注“牛马走”：“走，犹仆也。言己为太史公掌牛马之仆，自谦之辞也。”现指像牛马一样被役使的人。

无数青山拜草庐

白文立印。见印图126。中国古代有一类高人，往往独占佳山水，结草为庐，归隐自然。若草庐四周有群山环抱，则形成“无数青山拜草庐”之境界。板桥先生深受老庄思想的影响，其潜意识里有归隐元素。扬州道人吴于河甚知先生心境，故为先生刻此印。

山东潍坊市有著名的私家园林十笏园，正厅为“十笏草堂”，明间为雕花门，上悬清代著名金石学家陈介祺（1813~1884）手书“无数青山拜草庐”匾额。板桥先生在潍县任过知县，陈介祺手书“无数青山拜草庐”匾额亦表达了潍县百姓对这位前县令的赞颂和怀念。

何可一日无此君

朱文方形印。见印图127。印文出自南朝宋刘义庆的《世说新语·任诞》：王子猷尝暂寄人空宅住，便令种竹。或问：“暂住何烦尔！”王啸咏良久，直指竹曰：“何可一日无此君？”苏东坡先生曾写过“宁可食无肉，不可居无竹。无肉令人瘦，无竹令人俗”的诗句，表达对竹的深爱。“何可一日无此君”是说王子猷十分爱竹，到了须臾不能离开竹子的地步。板桥先生引此语入印，同样表达了对翠竹的喜爱之情。

先生在题画里写道：“昨游江上，见修竹数千株，其中有茅屋，有棋声，有茶烟飘扬而出，心窃乐之。”先生如此爱竹，引竹入画，在传统绘画题材中开辟出了只有先生才有的竹之形、竹之韵、竹之品。

一片冰心在玉壶

白文方形印。见印图128。印文出自唐代诗人王昌龄诗歌《芙蓉楼送辛渐》：寒雨连江夜入吴，平明送客楚山孤。洛阳亲友如相问，一片冰心在玉壶。后两句的意思是：洛阳的亲朋好友如果向你（辛渐）问起我，就请转告他们：我的心依然像一颗珍藏在玉壶中的冰一般晶莹纯洁。板桥先生此印表达了自己追求高洁、洁身自好的心声。

先生书画作品上未见钤过此印，所以有人怀疑此印不是板桥先生自用印章。笔者想：抑或是先生刻赠给别人的印章呢。

书被催成墨未浓

江苏文艺出版社2007年10月第1版《劲竹清风·郑板桥诗文书画精选》第87页有墨迹图——板桥先生行书尺牍“太爷、三太爷，俱要诗字……”，上钤印两颗，一为“俗吏”，一为

“书被催成墨未浓”。见印图 129。

印文出自唐代诗人李商隐的《无题四首》（其一）：来是空言去绝踪，月斜楼上五更钟。梦为远别啼难唤，书被催成墨未浓。蜡照半笼金翡翠，麝熏微度绣芙蓉。刘郎已恨蓬山远，更隔蓬山一万重。“梦为远别啼难唤，书被催成墨未浓”的意思是：梦里你（诗人的友人或恋人）流着泪呼唤我，我的身影却渐行渐远。那墨汁还没有研好啊，你已匆匆地写成了思念的信。先生此印透露给我们一个事实，向先生求字索画者太多，先生应付不暇，只好在墨没有磨研好的情况下书写、画画。揣摩此印，笔者仿佛看到了一个脸上掠过一丝坏笑、心中闪过一抹得意的板桥老人。

不可一日无此君

白文立形印，钤于徐悲鸿纪念馆藏墨迹《竹石图》。参见朱文方形印“何可一日无此君”的解读文字。见印图 130。

中国民族摄影艺术出版社 2003 年 10 月版《郑板桥书画集》上卷第 197 页有《竹石图》，其左下钤有此印，清晰可辨。

印图 128

印图 129

印图 130

搜尽奇峰打草稿

乾隆五年（1740），板桥先生 48 岁，初夏间在扬州枝上村为黄慎《山水册》（计十二开）题跋，此印钤于《山水册》第九开。桂馥《丁亥烬遗录 · 卷三 · 书画灾烬目录》“黄瘿瓢山水册”条：“第九开……对页板桥四行大行楷，一行近隶，七字。红藕花多映碧阑，秋风初起易凋残。池塘一段荣枯事，都被沙鸥冷眼看。白石翁题画诗，板桥郑燮书。乾隆五年六月十一日。（钤印）‘谷口’‘搜尽奇峰打草稿’。”

“搜尽奇峰打草稿”是大画家石涛提出的创作主张。石涛（1642~1707），姓朱，名若极，小字阿长，广西全州人，明太祖朱元璋从孙靖江王朱守谦的后裔，著名画家，著名绘画理论家，提出“搜尽奇峰打草稿”的创作主张，强调以自然为师，创造画家个人的风格。50 岁的时候他创作了《搜尽奇峰打草稿》图卷（下图为其一），践行他的理论。他的绘画及其绘画理论对“扬州画派”的影响很大。板桥先生作为“扬州画派”的中坚，终身学习石涛，又别出机杼，于继承中又有新的创造。先生此印，既抒发对石涛的怀念和感激之情，又表达自己绘画以自然为师、精益求精的自觉追求。

爱君自欲君先达

（《搜尽奇峰打草稿》图卷其一）

南京吴白匋先生藏有板桥先生亲手所书《手札》，“爱君自欲君先达”一印即钤于其上。扬州大学黄俶成教授（兴化人）《从八十方印章看郑板桥》一文（《文艺研究》1981 年第 5 期）也介绍了此印。

此印为白文立形，印文出自唐代诗人高适的诗《赠别晋三处士》，全诗：有人家住清河源，渡河问我游梁园。手持道经注已毕，心知内篇口不言。卢门十年见秋草，此心惆怅谁能道。知己从来不易知，慕君为人与君好。别时九月桑叶疏，出门千里无行车。爱君且欲君先达，今上求贤早上书。最后两句的意思为：我敬爱你（晋三处士），希望你早日成功、发达，当今皇上求贤若渴，你趁早向皇上上书吧。板桥先生刻此印表达了对别人、对自己事业发达的美好祝愿和期盼。

多种菩提结善缘

印图 131

印图 132

此印白文立形，钤于常州市博物馆藏墨迹《兰竹荆棘图》（中国民族摄影艺术出版社 2003 年 10 月版《郑板桥书画集》上卷第 92 页），其左下钤有此印，清晰可辨。见印图 131。

据传说，2500 多年前，佛祖释迦牟尼原是古印度北部的迦毗罗卫王国（今尼泊尔境内）的王子乔答摩·悉达多，他年青时为摆脱生老病死轮回之苦，解救受苦受难的众生，毅然放弃继承王位和舒适的王族生活，出家修行，寻求人生的真谛。经过多年的修炼，终于有一次在菩提树下静坐了 7 天 7 夜，战胜了各种邪恶诱惑，在天将拂晓，启明星升起的时候，获得大彻大悟，终成佛陀。所以，后来佛教一直都视菩提树为圣树。多种菩提，积善修德、多做好事的意思。

所谓结缘，就是和他人建立融洽的关系和良好的沟通。人生最可贵的一件事就是“结缘”，为了自己的生活愉悦，也为了大家的生命快乐，广结善缘实在重要。有人在路上点一盏路灯跟行人结缘，有人做个茶亭施茶与人结缘，有人造一座桥梁衔接两岸与人结缘，有人挖一口水井供养大众结缘，有人送一个时钟跟你结时间缘。结善缘大抵如此。

此印表明，板桥先生深受佛家影响，具有多种菩提、广结善缘的好心。

九溪十八涧中人

九溪十八涧，位于浙江省杭州市著名景点西湖之西的群山中。上自龙井起，蜿蜒曲折7公里入钱塘江。九溪之水发源于杨梅岭，途中汇合了青湾、宏法、方家、佛石、百丈、唐家、小康、云栖、渚头的溪流，因称九溪，溪水一路上穿越青山翠谷，又汇集了无数细流，所以称九溪十八涧。古时候人们常喜欢用“九”字来表示数量的众多。其实，这条山区溪流一路上穿林绕麓，不知汇合了多少细流。十八涧，原是指这条山区溪流的源头——龙井一带的无数山涧泉流而说的。十八涧也是古时人们用“九”的倍数来形容山涧泉流众多的意思，并非只有十八条山涧。

此印钤于《兰芝图》（安徽省博物馆藏墨迹）右下角（《兰芝图》见中国民族摄影艺术出版社2003年10月版《郑板桥书画集》下卷第325页），表达先生对大自然的热爱。仔细玩味，此印还蕴含道家亲近自然的思想。见印图132。

徐青藤门下走狗

袁枚《随园诗话》第六卷载：郑板桥爱徐青藤诗，尝刻一印云：“徐青藤门下走狗郑燮”。

咸丰、同治年间的诗人、理学家谢章铤《赌棋山庄·词话》亦云：扬州郑板桥燮大令书画步武青藤山人，自称其为“六分半书”，又有“徐文长门下走狗郑燮”私印。

与谢章铤同时的文学家方玉润《星烈日记汇要·卷二十七》记载：近日及门周生富保文轩亦喜为此，因以旧藏板桥数印示之。板桥自称“徐青藤门下走狗郑燮”，始不解其故，后见《青藤印谱》，元气浑浑，非板桥所能到。乃知古人虚心服善又非后辈所能及。盖板桥希踪汉、魏，尚有蹊径可循，若青藤则真化工在手，何处能得其阶梯耶！

袁枚、谢章铤、方玉润三人，言之凿凿，都说板桥先生自刻“徐青藤门下走狗郑燮”“徐文长门下走狗郑燮”印章。也有人说先生没有刻过这样的印章。徐兆丰《风月谈余录·卷六》说：“近程君乐亭出其先世所藏先生（板桥先生，笔者注）印册，系墨笔摹成，并有旁注。……某书谓先生署为‘青藤门下走狗’。今按：册内乃‘牛马走’，可证前说之诬。”徐兆丰的意思，板桥先生刻的是“青藤门下牛马走”，不是“青藤门下走狗”，更不是“徐青藤门下走狗郑燮”“徐文长门下走狗郑燮”。此说以资料为凭，不由人不信。南京大学已故教授卞孝萱先生《郑燮〈板桥先生印册〉注》一文也持与徐兆丰同样的意见。

到底是有，还是无？袁枚、谢章铤、方玉润三人与徐兆丰、卞孝萱二人，到底孰是孰非？让我们来看一看板桥先生自己是怎么说的。

板桥先生有《尺牍·范县答无方上人》一文，提到先生在山东范县任县令时，有一长者兼朋友“无方上人”，在一位孙姓家中看到了先生画的一幅竹石横幅上，钤有“徐青藤门下走狗”一印，以为“走狗”一词太不雅观，因此给先生写信，表达了这一看法，于是先生写了《范县答无方上人》这封回信。

信中说：大师于孙公家见燮所画竹石横幅，因印文有“徐青藤门下走狗”字样，以为太不雅观，大师何不达哉。世之营营扰扰，奔趋如狗者众矣。大师春秋七十，目所见，耳所闻，怪怪奇奇之行，数当不少，大师曾无一语以为怪，乃于燮印文中着一狗字，独惊异以为怪。何不怪世之营营扰扰，奔趋类狗者之行，而独怪印文中之狗字乎？世事纷纭，人情幻忽，人而狗行者，秦镜难穷，温犀难遍。人不如狗，莫说绝无，或者竟有。反之，狗胜人者，若古人文集中所记义犬，见非一见，所谓顽奴黠仆，破家陷主，其不及狗也多矣！燮平生最爱徐青藤诗，兼爱其画，因爱之极，乃自治一印曰“徐青藤门下走狗郑燮”。印文是实，走狗尚虚，此心犹觉慊然！使燮早生百十年，而投身于青藤先生之门下，观其豪行雄举，长吟狂饮，即真为走狗而亦乐焉。山阴童钰诗曰：“尚有一灯传郑燮，甘心走狗列门墙。”今为大师诵之，不知再以为怪否？

有板桥先生这封信，我们便知道“徐青藤门下走狗”一印确系先生自刻。遗憾的是这枚印章的印迹我至今没有看到过。

令我纳闷的是这枚印章的印文到底是“徐青藤门下走狗”，还是“徐青藤门下走狗郑燮”，还是“徐文长门下走狗郑燮”？有了先生《范县答无方上人》，我觉得还是相信板桥先生本人，先生自刻的应该是“徐青藤门下走狗郑燮”一印，其他两印应该是当时当事人误记。

七字以上多字印

动而得谤名亦随之 私心有所不尽鄙陋 饮露餐英颇颔何伤 游思六经结想五岳

见人一善忘其百非 心血为炉熔铸今古 恨不得填漫了普天饥债 康熙秀才雍正举人乾隆进士

有数竿竹无一点尘 徐青藤门下走狗郑燮 徐文长门下走狗郑燮 更一点销磨未尽爱花成癖

动而得谤名亦随之

白文方印，扬州道人吴于河刻。印文出自唐代文学家韩愈的《进学解》：“然而圣主不加诛，宰臣不见斥，兹非其幸欤？动而得谤，名亦随之。投闲置散，乃分之宜。”“动而得谤，名亦随之”大意是：动不动就遭到别人的毁谤，名誉也随着受到损害。这是作者韩愈的自咎自责之词，其实是对自己有才德而不被重用表示不满的反语，寓否定于肯定之中，说的全是牢骚话。反话正说是一种艺术手法，运用得体，能使行文生动有趣，幽默含蓄，增强讽刺力和感染力。

板桥先生有济世之才，善良之心，但不被世人理解，被目为狂人、怪人。先生引韩愈用语入印，曲表心迹，借古人之酒杯浇自己胸中之块垒。印文 8 个字，密布印面，好像先生胸中淤积了满满的不平之气。见印图 133。

私心有所不尽鄙陋

朱文方印，板桥先生弟子朱文震刻。见印图 134。先生在自己的《印册》中自注曰：“朱青雷，名文震。能诗、词、书、画，尤工篆刻。先为高西园门生，后为郑板桥门生。客潍县署中刻此。”

印文出自汉代史学家司马迁的《报任少卿书》：“所以隐忍苟活，幽于粪土之中而不辞者，恨私心有所不尽，鄙陋没世，而文采不表于后也。”这几句大意是：我之所以含垢忍辱，苟且偷生，情愿被囚禁在粪土一般的牢狱之中，是因为我的心愿尚未完全实现，耻于默默无闻而死，而文采不能显露给后世的人们。

板桥先生从其中摘取词语组合成“私心有所不尽鄙陋”一语，请历城朱青雷为自己治成印章，表达自己甘愿遭人贬低非议是因为自己的心愿没有实现的思想感情。由此可知，印文中的“私心”实指先生自己的心愿和追求。

此印 8 个字不像“动而得谤名亦随之”密布印面，而是疏密有致，先生心胸不也是这样吗？因为自己的理想没有实现，即使“鄙陋”地活在这个世界上，也泰然处之。这是何等的胸怀！

饮露餐英顑颔何伤

白文方印。见印图 135。“顑颔（kǎn hàn）”出自《楚辞·离骚》：“朝饮木兰之坠露兮，夕餐秋菊之落英。苟余情其信姱以练要兮，长顑颔亦何伤。”洪兴祖补注：“顑颔，食不饱，面黄貌。”这两句的意思是：早晨，我吮吸着木兰花的坠露，傍晚，我吃着菊花的花瓣。只要内心是真正的美好和精纯，我就是长久的面黄肌瘦又有何可悲！表达的是屈原坚守理想的情操，不惜为理想而献身的悲壮豪迈之气。

印文“饮露餐英顑颔何伤”由《离骚》里的这两句化用而来，也表达了板桥先生与屈原相同的情操和情感。

印图 133

印图 134

印图 135

游思六经结想五岳

朱文立印，钤于济南市博物馆藏墨迹《兰竹菊 · 兰梅竹菊四名家》立轴（中国民族摄影艺术出版社 2003 年 10 月版《郑板桥书画集》上卷第 60 页）右下，清晰可辨。见印图 136。

板桥先生好友徐寅（字虎侯）刻。“游思六经”之意，参见五字印“游好在六经”的解读文字。“结想五岳”谓向往游历五岳。“游思六经结想五岳”表达了板桥先生“读万卷书，行万里路”的心愿，让我们看到了悠然徜徉于古代典籍、行走于自然山水之中的潇洒浪漫的板桥先生。

见人一善忘其百非

白文方印。见印图 137。印文出自《孔子家语》——曾子侍曰：“参昔常闻夫子三言而未之能行也，夫子见人之一善而忘其百非，是夫子之易事也；见人之有善若己有之，是夫子之不争也；闻善必躬行之，然后导之，是夫子之能劳也。学夫子之三言而未能行，以自知终不及二子者也。”

“见人一善而忘其百非”，见到一个人的优点，就肯定他这个优点，没有把他的缺点或者以前做错的事，变成成见放在心上，这个叫厚道，这个叫给人信心。“看人要看后半段，浪子回头金不换”。假如人家以前做错，你都不给人家改过的机会，而是断人的后路，这个叫刻薄。

板桥先生生性善良、厚道，颇受佛家“多种菩提结善缘”的影响。他相信别人，尊重别人，关爱别人，于此印可见一斑。

印图 136

印图 137

印图 138

心血为炉熔铸今古

白文立印，见印图 138。上海博物馆藏《行书论书·平生爱学高司寇……》（中国民族摄影艺术出版社 2003 年 10 月版《郑板桥书画集》下卷第 400 页）左侧题款下钤印三颗，分别是“夔何力之有焉”“二十年前旧板桥”“心血为炉熔铸今古”。

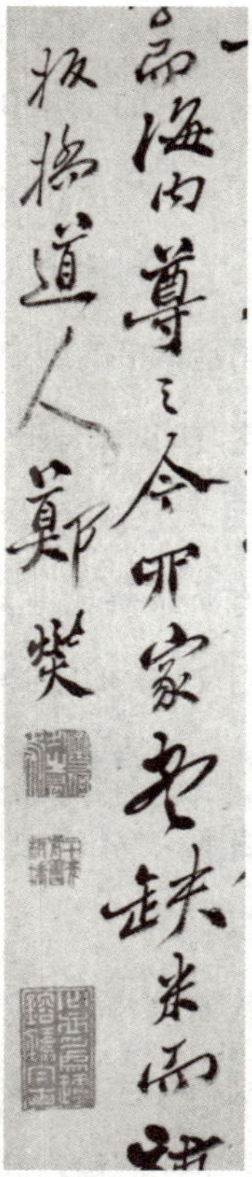

“心血为炉熔铸今古”是一种比喻，指尽心尽力，向古代、今世的名家、大家学习，在继承中求发展，在发展中更追求创新，以求古今融会贯通。板桥先生无论是书法，还是绘画、诗文创作，都善于向古人、今人学习，真正做到了“思古而不泥于古，求新而不陷于新”，目的是形成自己的艺术个性。先生从艺术实践里深刻领悟到，艺术创新、艺术创造才是艺术生命常青的根本。正如黄山谷所说“随人作计终后人，自成一家始逼真”。一方自刻自用的“心血为炉熔铸今古”印章，仿佛一种艺术宣言，振聋发聩，表达了先生潜心艺术、自成一家的心愿和理想。

恨不得填漫了普天饥债

白文方印，钤于中国国家博物馆藏墨迹《行书·今日舟中无他事》（中国民族摄影艺术出版社 2003 年 10 月版《郑板桥书画集》上卷第 77 页）。其左下钤有两方印章，一为“丙辰进士”，一为“恨不得填漫了普天饥债”。见印图 139。

印图 139

印图 140

印文出自明代文学家徐渭的杂剧《女状元》第二出“外”角的台词“我恨不得填漫了普天饥债”。板桥先生截来“恨不得填漫了普天饥债”入印，表达对灾荒连年、民不聊生社会现实的不满与批判，对普通百姓的深切体恤与同情。担任七品芝麻官的先生牢记“当官不与民作主，不如回家卖红薯”的俗谚古训，爱民如子，于百姓是“一枝一叶总关情”。这种同情饥馑、爱惜百姓的亲民思想，至今仍放射着人道的、民主的光芒。

康熙秀才雍正举人乾隆进士

白文方印。见印图140。板桥先生24岁中秀才，时在康熙五十五年（1716）（康熙秀才）。40岁中举人，时在雍正十年（1732）（雍正举人）。44岁中进士，时在乾隆元年（1736）（乾隆进士）。封建士人，梦寐以求的人生三级跳，先生艰难而又顺畅地通过了。三级跳经历了清朝三个顺延承接的历史时期——康熙朝、雍正朝、乾隆朝，所以先生请济南朱青雷为他刻了这方印章。这方印章，表达了先生复杂的内心世界，自诩中有自嘲，愉悦中有辛酸，旷达里有悲苦……

有数竿竹无一点尘

白文立形印，钤于北京故宫博物院藏墨迹《仿文同竹石图》（乾隆二十七年夏五月为受老作）。古人视竹为君子，经风云而不染风尘。板桥先生此印正是竹的君子品性的表现，也是先生君子之风和清廉人格精神的象征。

徐青藤门下走狗郑燮

板桥先生亲手刻过“徐青藤门下走狗郑燮”一印，表达对徐渭的认同和万分的仰慕之情。参见七字印“徐青藤门下走狗”解读文字。

徐文长门下走狗郑燮

清人谢章铤（《赌棋山庄集·词话九》云：“扬州郑板桥燮大令书画步武青藤山人，自称其书为‘六分半’，又有‘徐文长门下走狗郑燮’私印。”

这条记载恐怕是误记。因为徐渭，字文长，号青藤居士，后人把板桥先生亲自刻过的印章“徐青藤门下走狗郑燮”误记为“徐文长门下走狗郑燮”。参见七字印“徐青藤门下走狗”解读文字。

更一点销磨未尽爱花成癖

此印秦祖永辑入《板桥印跋》，边跋云：“老至年来，心肠铁石；每逢佳日，常发春心。烧灼照红妆，只恐海棠睡去；小楼听雨夜，剧怜深巷花残。妒花上之狂蜂，独居香国；羡枝头之好鸟，占断春光。但愿王孙不去，四季皆春；怕看水面文章，空庭寂寞云尔。倚花词兄正，郑燮。”

郑板桥研究家、南京大学教授卞孝萱先生考辨后，确定此印为板桥先生所刻。这是刻赠友人“彭倚华”（倚花词兄）的印章。

附录一

《四凤楼印谱》（《板桥先生印册》）

扬州兴化人

潘西凤，天台人，字桐冈，晚号老桐，刻此石。郑板桥兴化县人，不必加“扬州”二字，但福建有兴化府，不得不以扬州别之。若江都、仪真无同名，不必区别。

所南翁后

沈凤，字凡民，盱眙、旌德、宣城三县知县，工篆刻，刻此。板桥藏印，称“四凤楼”，盖谓胶州高凤翰、扬州高凤冈、天台潘西凤、江阴沈凤也。

游好在六经

此晚村先生作也。先生自批点文章而外，尚有二十四种绝技，如医学、女工、驰射，皆精妙无比伦。刻印工绝，故摹此以志先生一斑。

雪婆婆同生日

杭州身汝敬刻。俗以十月廿五日为雪婆婆生日，燮与之同日生，故有是刻。或以不典为诮，予应之曰：“古之谚语，今之典，今之谚语，后之典。‘宫中作高髻，四方高一尺’。真成俗语而今为典矣。”

海阔天空

南通州丁丽中刻。

雪浪斋

雪浪石在栾城县，东坡移至斋中，名“雪浪斋”。元章为刻印，铜质螭纽。板桥乞司徒文膏，司徒文膏以枣木摹之。

郑为东道主

朱青雷刻。“舍郑以为东道主”，板桥割去“舍”字、“以”字，便是自作主张。凡作文者，当作主子文章，不可作奴才文章也。

充柔

高凤冈，名翔，字西塘，刻此。贱字克柔，犀堂刻作“充柔”，真成错谬。余亦宝而藏之，人亦爱而玩之。若俗笔，虽字字六书，丝毫无外，我正不取。

丙辰进士

河南僧人静山刻。

七品官耳

高西园，名凤翰，号南阜，又自号老阜，胶州人。

泰州坝上亭长。疾发，用左手刻。

私心有所不尽鄙陋

朱青雷，名文震。能诗、词、书、画，尤工篆刻。先为高西园门生，后为郑板桥门生。客潍县署中刻此。

直心道场

司徒文膏刻。

俗吏

如皋孝廉姜恭寿静宰刻。

郑兰

吴于河刻。

郑燮

高邮米先生刻。

鸡犬图书共一船

又山王涛刻。

谷口人家

高攀龙刻，凤翰孙也。

鹧鸪（朱文）

高西园刻。

鹧鸪（白文）

毕一庵刻。

克柔

徐柯亭刻。

板桥居士

潍县诸生郭伟绩芸亭刻。

游思六经，结想五岳

徐寅刻。字虎臣，华亭人。

康熙秀才雍正举人乾隆进士

济南朱青雷刻。

二十年前旧板桥

朱青雷镌。

橄榄轩、诗绝字绝画绝、青藤门下牛马走、十年县令、六分半书、潍夷长、郑凤子、畏人嫌我真、无数青山拜草庐、恃聋耳、恨不得填漫了普天饥债、动而得谤名亦随之、王凤

吴于河刻。

王凤，字一鸣，板桥奴子也。能诵《北征》《琵琶行》《长恨歌》《连昌宫词》及《汉末焦仲卿妻作》，不幸早殀，李复堂、潘桐冈皆为堕泪。

编者说明：

郑板桥研究专家、南京大学教授卞孝萱先生在自述《我的治学之路》一文中说："我家中藏有清代徐兆丰《风月谈余录》一书，其中有《板桥先生印册》（即《四凤楼印谱》），为上海古籍出版社出版的《郑板桥集》所漏收。我于1962年先后在《雨花》和上海《文汇报》上发表文章，将此册介绍给世人。回扬州工作后，我又为印册作注，以印证史，订正了前人关于板桥印章记载之讹误。"

《扬州历史人物辞典》载：徐兆丰，字乃秋，号瘫道人。江苏江都（今扬州）人，清同治

十二年（1873）进士，清代诗人徐廷珍（字聘卿）之子，“联圣”方地山的堂舅。工诗善书，尤擅画梅。著作颇丰，最为人所知的是他光绪三十三年（1907）编辑而成的记录扬州掌故及书画家生活的《风月谈余录》，成为今人研究扬州八怪的重要史料。其中收录的《板桥先生印册》，即《四凤楼印谱》，为《郑板桥集》所漏收。《四凤楼印谱》是板桥先生生前注录的一本图录，记载曾为板桥先生刻过印的19位印人的姓名和简要传记以及37方印的印文内容。因为失传，所以为《郑板桥集》漏收。图录内容赖扬州人徐兆丰所著的《风月余谈录》得以保存。《风月谈余录·卷六·板桥先生印册》在“所南翁后”印文后有注：“板桥藏印，称‘四凤楼’，盖谓胶州高凤翰、扬州高凤冈、天台潘西凤、江阴沈凤也。”由此可知，《板桥先生印册》即《四凤楼印谱》。

附录二

（清）梁溪秦祖永辑《板桥印跋》

1. 留伴烟霞

余种兰数十盆，三春告莫，皆有憔悴思归之色。因移植于太湖石、黄石之间，山之阴，石之缝，既已避日，又就燥，对吾堂亦不恶也。来年忽发箭数十，挺然直上，香味坚厚而远。又一年更茂。乃知物各有本性。赠以诗曰：“兰花本是山中草，还向山中种此花。尘世纷纷植盆盎，不如留与伴烟霞。”板桥燮。

2. 砚田生计

西园左笔寿门书，海内朋友索向余。短札长笺都未尽，老夫赝作亦无余。西园工诗画，尤善印篆，病废后，用左臂，书画更奇。余作此印赠之，竟忘其雷门也。郑燮并志。

3. 修竹吾庐

余家有茅屋三间，南面种竹。夏日新篁初放，绿阴照人，置一榻其中，甚凉适也。秋冬之际，取围屏骨子，断去两头，横安以为窗棂，用匀薄洁白之纸糊之。风和日暖，冻蝇触窗纸上，冬冬作小鼓声。于时一片竹影零乱，岂非天然图画乎！凡吾画竹，无所师承，多得于红窗粉壁日光月影中耳。

一节复一节，千枝攒万叶。我自不开花，免撩蜂与蝶。板桥道人。

4. 活人一术

诗书六艺，皆术也。生两间而为人者，莫不治一术以为生，然第赖此以生，而非活人之术。有术焉，疾痛困苦，濒亡在即，而以术治之，无不安者，斯真活人之术矣。吾友蕉衫，博学多艺，更精折肱之术，因为之作此印，并贻以颂曰：“存菩提心，结众生缘。不是活佛，便是神仙。”板桥道人。

5. 桃花潭

世人竞说桃花源，桃花源中尽神仙。当年渔人已无门户觅，何况今去太元数千年。桑麻鸡犬随时有，桃花流水在人间。希林汪子多雅致，恰向古津结一庵。红树青溪相掩映，使人想象桃花潭。春来偏是桃花水，饮我春酒使我酣。克柔子篆。

6. 更一点销磨未尽爱花成癖

老至年来，心肠铁石；每逢佳日，常发春心。烧灼照红妆，只恐海棠睡去；小楼听雨夜，剧怜深巷花残。妒花上之狂蜂，独居香国；羡枝头之好鸟，占断春光。但愿王孙不去，四季皆春；怕看水面文章，空庭寂寞云尔。倚花词兄正，郑燮。

7. 恬然自适

三间茅屋，十里春风，窗里幽兰，窗外修竹，此是何等雅趣，而安享之人不知也。懵懵懂懂，绝不知乐在何处。惟劳苦贫病之人，忽得十日五日之暇，闭柴扉，扫竹径，对芳兰，啜苦茗，时有微风细雨，润泽于疏篱仄径之间，俗客不来，良朋辄至，亦适然自惊，为此日之难得也。凡吾画兰画竹画石，用以慰天下之劳人，非以供天下之安享人也。希林老弟如何，燮记。

8. 花萝绿映衫

掀天揭地之文，震电惊雷之字，呵神骂鬼之谈，无古无今之画，原不在寻常眼孔中也。未画以前，不立一格，既画以后，不留一格。

昨自西湖烂醉归，沿山密篆乱牵衣。摇舟已下金沙港，回首清风在翠微。希林老弟台正，郑燮篆。

9. 大吉羊

晴雨总无凭，枉杀愁人，留春不住送春行，多未分眼下青青。名利竟如何？岁月蹉跎，几番风雨晴和。愁水愁风愁不尽，总是南柯。板桥作词记。

10. 明月前身

云淡风高，送鸿雁一声凄楚。最怕是打场天气，秋阴秋雨。霜穗未储终岁食，县符已索逃租户。更爪牙常例急于官，田家苦。紫蟹熟，红菱剥，桄桔响，村歌作。听喧填社鼓，漫山动郭，挟瑟灵巫传吉兆，扶藜老子持康爵。祝年年似此惠丰穰，田家乐。

时丁卯春，同诸同年王文治、郭方仪游，见田家有感兴，作词二首。

11. 茶烟琴韵书声

江南二月花抬价，有多少游童陌上，春衫细马。十里香车红袖小，婉转翠眉如画，佯不解傍人觑咱。忽见柳花飞乱，念海棠春老谁能嫁？泪暗湿。香罗帕。

杏花深院红如许，一线画墙拦住。叹人间咫尺千山路，不见也相思苦，便见也相思苦。分明背地人千缕，懊恼从教讶□。奈花间乍遇言辞阻，半句也何曾吐，一字也何曾吐。又镌词四首，板桥作。

12. 思古

乙巳秋日，板桥道人燮。

编者说明：

《七家印跋》是印章及边款文字的汇录。清梁溪（无锡）秦祖永辑。辑丁敬、金农、郑燮、黄易、奚冈、蒋仁、陈鸿寿“西泠七家”印章边跋凡240余则（实际232则），咸丰、同治年间以钞本传世，迄今未见旧刻本。1911年，邓实、黄宾虹“依稿本”刊入《美术丛书》二集第三辑，近人始得获睹。

关于《七家印跋》的真假，聚讼由来已久。当其流布之初，魏锡曾即在《绩语堂论印汇录》中对之表示怀疑：“……近见传钞丁、黄、蒋、奚、板桥、冬心、曼生印谱一册，面文皆闲散语，款则纰缪支离，并诸家时代先后交游踪迹亦未稍加考证，妄人所为，诚不足辨。然传之久远，惧或贱玉贵珨。”魏锡曾是仁和（杭州）人，虽未得亲炙丁敬诸翁，但距其时稍近，又是素负赏鉴之名的印学家，阅历自多，他的论断，当亦有重大参鉴价值。惟其措辞颇为激烈，亦未举例证，加之他自己尝辑录《砚林印款》，故亦不排除出于门户之见而故作贬抑的可能。

《七家印跋》自刊行后，多为当代诸大家重视，若傅抱石、罗叔子等均引用过《七家印跋》。古籍专家顾麟文编录《扬州八怪资料》一书，刊入《七家印跋》中有关浙中诸子和“扬州八怪”的全部条文。

卞孝萱先生发表于1983年第4期《故宫博物院院刊》的《秦祖永辑郑板桥〈印跋〉考辨》一文，对12方印章进行了详细考辨。卞先生《考辨》最后说：“根据以上的考证，推论如下：或许秦祖永见到12方郑板桥的印拓，“思古”1方有款，“活人一术”“桃花潭”“更一点销磨未尽爱花成癖”3方有跋，他又从《板桥诗钞》《板桥词钞》《板桥题画》中摘取了一些句子，冒充其他8方印章的跋语，拼凑而成《板桥印跋》一书。由于他的水平不高，弄得印跋与印文不符。他还抄错、抄漏了若干字，弄得文理不通。特别是他加添的一些内容，与郑板桥的生平不合，露出了作伪的马脚。特撰此文，望读者引用《板桥印跋》时须加以鉴别。”

因为卞先生考辨在前，所以他的儿子卞岐在《郑板桥全集（增补本）》“前言”中说：“秦祖永辑《板桥印跋》，曾在《艺林旬刊》第六十三期至七十期发表，《美术丛书》第二集第三辑亦刊载。收录印十二方，跋语十二则。考其内容，真赝夹杂。”

既然“真赝夹杂”，到底哪几方印章是“真”？哪几方印章是“赝”？卞氏父子认为，这12方印章中“思古”1方有款，“活人一术”“桃花潭”“更一点销磨未尽爱花成癖”3方有跋，考辨不出明显的问题，所以被确定为板桥先生所刻的印章，其他8方印章被确定为不是板桥先生的印章。

附录三

（清）李星渔旧藏郑燮印章

1. 皆大欢喜（白文立印）
2. 永以为好（朱文方印）
3. 名山如乐好轻身（朱文方印）
4. 山水有清音（白文异印）
5. 一览众山小（白文立印）
6. 礼兴则民寿（朱文立印）
7. 见大则心泰礼兴则民寿（白文方印）
8. 长庆富贵（白文立印）
9. 一苇所如（朱文方印）
10. 拈花微笑（朱文立印）
11. 三十六峰山馆（朱文立印）
12. 舟行若穷忽又无际（朱文立印）
13. 读易草堂（白文方印）
14. 致远（白文立印）
15. 酒囊饭袋（白文方印）
16. 三十六峰山馆（朱文圆印）
17. 多寿多福多男子（朱文方印）
18. 松下清斋（白文椭圆印）
19. 嗜古成癖（朱文立印）
20. 凿开风月长生地（白文立印）
21. 从吾所好（白文立印）
22. 新篁补旧林（朱文立印）
23. 酒知书画胆（白文立印）
24. 空山无人（朱文异印）
25. 水流花开（朱文异印）
26. 何须问主人（朱文异印）
27. 梅花宾主（白文立印）
28. 万古云霄一羽毛（朱文立印）
29. 江左儒生（白文方印）
30. 藏之名山（白文立印）
31. 甘露被野嘉禾遂生（白文方印）
32. 一别如雨（朱文方印）
33. 细雨微生太液波（朱文立印）
34. 白鹤横江青云万里（朱文立印）
35. 邯郸侠客（白文方印）
36. 多情不及少情闲（白文方印）
37. 愧未读书常犹夜行（白文方印）
38. 香风欲起锦浪初生（朱文立印）
39. 来云堂印（白文立印）
40. 松下主人（朱文方印）
41. 妙用还从乐处生（白文立印）
42. 青萍结缘（无边印）
43. 花月主人（白文异印）
44. 三十六峰都在前（白文立印）
45. 清话一炉香（白文立印）
46. 江上小堂竹印（白文矩印）
47. 歌咏太平（白、朱文方印）
48. 曾三颜四禹寸陶分（白文立印）

49. 深山竹树饱风霜（白文方印）
50. 惟三更月是知己（朱文异印）
51. 保延寿而宜子孙（白文异印）
52. 江南水阔（白文方印）
53. 江南水阔（朱文立印）

编者说明：

2013年5月，福建人民出版社出了一套线装本《郑板桥印册》（上下册）。此印册为板桥先生所用印章的合集，汇集了先生常用印鉴94方。《郑板桥印册》传本甚稀，底本所用的钤印本或系孤本，册末有晚清书法大家何绍基跋文数行，更增加了其艺术价值。每方印章均加释文，个别印章附有镌者考证。底本为福建师范大学图书馆馆藏绢本钤印册页。原册入藏福建师大前，曾一度为清人李星渔所藏。

本附录里的印章党明放先生特别说明，说是清人李星渔旧藏，但没有详细说明这些印章的来龙去脉。笔者也未在有关“郑学”研究资料和文章里看到过这些印章。

李星渔所藏《郑板桥印册》里的印章，是不是与本附录里的印章一致，因未能看到《郑板桥印册》，故不能回答。从“此印册为板桥先生所用印章的合集，汇集了先生常用印鉴九十四方”来看，应该与本附录里的印章不同。

作为一则信息，说明于此，以俟异日辨明。

对联检索

（以对联首字汉语拼音音序排序）

A

爱君之才，悲君之命；先我而死，后我而生（挽内弟联）…… 001

B

白菜青盐粯子饭；瓦壶天水菊花茶（赠安石大哥联）…… 001
白沙泉煮穿心罐；黄连香烧索耳炉（书西子湖联）…… 003
百尺梧桐阁；千年枸杞根（题汪懋麟居所联）…… 004
百尺高梧，撑得起一轮明月；数椽矮屋，锁不住五夜书声（题百尺梧桐阁联）…… 004
百年障眼书千卷；四海资身笔一枝（墨迹联）…… 005
伴我书千卷；可人竹一丛（自题书斋联）…… 006
半湾活水千江月；一粒沉沙万斛珠（题中堡蜈蚣湖联）…… 007
宝鼎沉香浮柏子；玉壶春水浸梅花…… 007
饱暖富豪讲风雅；饥馑画人爱银钱（讽盐商联）…… 008
北迎拱极，西接延青，共分得一池烟火；春步柳堤，秋行蔬圃，最难消六月荷风（题昭阳柳园联）…… 009
不过奢华不过俭；也知稼穑也知书（题郝氏祠堂联）…… 010

C

才短自知能事少；礼疏常觉慢人多（自题客室联）…… 011
藏书何止三万册；橦树常教四十围（墨迹联）…… 011
藏书古鼎良朋，百年相伴；美酒名花皓月，四季皆春（墨迹联）…… 012
藏书古鼎瑶琴，千秋如昨；好鸟名花邃屋，四壁皆春（墨迹联）…… 012
苍茫海水连江水；罗列他山助我山（题镇江焦公祠联）…… 013

操存正固称完璞；陶铸含弘若浑金（墨迹联）…… 013
草因地暖春先翠；燕为花忙暮不归（题江秩文园亭联）…… 014
茶亦醉人何必酒；花还耐雪况于松（自题联）…… 015
常如作客，何问康宁……；定欲成仙，空生烦恼……（六十自寿联）…… 015
吃墨看茶听香读画；吞风卧露喝月担云（刺恶霸联）…… 016
重幨不卷留香久，古砚微凹聚墨多（墨迹联）…… 017
除却诗书无可好；独有山水不能怜（自题联）…… 018
除旧布新，明知往者非来者；改天换地，始信今人胜古人（自撰春联）…… 019
处世总无穷竭处；看花全在未开时（题画兰联）…… 019
楚尾吴头，一片青山入座；淮南江北，半潭秋水烹茶（题焦山海若庵联）…… 020
春风放胆来梳柳；夜雨瞒人去润花（拓片联）…… 021
春物诱才归健笔；夜歌牵醉入丛杯（墨迹联）…… 021
此人如碧梧翠竹；其志在流水高山（赠郝梅岩联）…… 022
此地从来有修竹；为师真可立梅花（题焦山自然庵联）…… 023
从来名士能评水；自古高僧爱斗茶（题扬州青莲斋联）…… 023

D

打草稿用全力；说闲话无慢心（墨迹联）…… 024
打松算盘；得大自在（题赠商人联）…… 024
大道母群物，达人腹众才（撷句墨迹联）…… 025
涤涜澄心兰可佩；熏蒸和气玉为仪（题白驹浴室联）…… 026
蝶欲试花犹护粉；莺初学啭尚羞簧（题苏州留园联）…… 027
读书从剿齿而入；作文以生辣为先（赠韩梦周联）…… 027
东邻文峰古塔；西近才子花洲（题郑家堂屋联）…… 028
顿餐不离盏；书画伴终身（田玉棚藏联）…… 029
多读古书开眼界；少管闲事养精神（拓片联）…… 029

E

二三星斗胸前落；十万峰峦脚底青（赠顾万峰联）…… 030

F

风篁类长笛；流水当鸣琴（题漆器联）…… 031
风吹柳絮为狂客；雪逼梅花做冷人（墨迹联）…… 032
风度如联寒水淼；秋空还接野云平（晚年自题联）…… 032

富于笔墨穷于命；老在须眉壮在心（拓片联）…… 033
浮碧一川思训画；硬黄半榻右军书（题赠允翁联）…… 033
富贵如浮云，休言子弟登龙虎；金钱身外物，莫代儿孙做牛马（赠金国元联）…… 034

G
隔靴搔痒赞何益；入木三分骂亦精（墨迹联）…… 035
格超梅以上；品在竹之间（自题联）…… 035
各人自扫阶前雪；莫管他家屋瓦霜（赠堂弟郑墨联）…… 036
古鼎藏书，百年相伴；名花美酒，四季皆春（墨迹联）…… 036
古书不厌看还读；益友何妨去复来（赠友人联）…… 037
官要虚心，总能发伏……；民宜安分，若到违条……（题县衙大堂联）…… 037
柜内银钱如春虱越捉越多；店中顾客似秋虫挤进挤出（戏赠商人联）…… 038
过眼寸阴求日益；关心万姓祝年丰（自题述怀联）…… 038

H
寒山万里寻梅鉴；古渡千秋见板桥（赠梅鉴和尚联）…… 039
何劳绿叶扶持我；自有孤芳压服他（题画兰联）…… 040
鹤矫云中，霞飞天半；竹明水际，松挺岩阿（题杏花楼联）…… 040
黑漆衙门八字开；有钱没理莫进来（题县衙联）…… 041
花香蕉露重；茶熟竹烟轻（赠彭家联）…… 041
花落家僮未扫；鸟啼山客犹眠（题草庙子花园联）…… 042
花开花落僧贫富；云去云来客往还（赠焦山长老联）…… 042
黄山云似海；天姥日为丸（赠周老年学先生联）…… 043
慧里聪明长奋跃；静中滋味自甜腴（拓片联）…… 043

J
汲来江水烹新茗；买尽青山当画屏（题焦山自然庵联）…… 044
汲来江水烹新茗；买尽吴山作画屏（题扬州瘦西湖小金山联）…… 044
几株垂杨，一弯流水；三椽茅屋，两道小桥（题济南曲水街曲水亭联）…… 045
奸佞当朝，焉能安其身；蒺藜满田，何以措禾苗（题李鳝“我适居”联）…… 046
槛外有奇观，野鸟闲花皓月；堂前无别物，秃毫破砚残书（墨迹联）…… 047
江秋逼山翠；日瘦抱松寒（墨迹联）…… 048
交忠朝廷；因赐百姓（题山东莱州“黄金府台”联）…… 048
阶下青葱留玉节；夜来风雨作秋声（赠如南年长兄先生联）…… 049

洁疑无地种；芳不待人知（题画兰联）………………………………………………………… 050
锦江春色来天地；玉垒浮云变古今（撷句联）………………………………………………… 050
近水短桥皆画意；远峰晴雪有诗无（题杭州西湖联）………………………………………… 051
径幽花气聚；波定月光圆……………………………………………………………………… 051
静检羲轩册；浓薰班马香（题县署静俭斋联）……………………………………………… 052
菊松陶令宅；书画米家船（题潍县西园联）………………………………………………… 052
君子易做；小人难为（赠坦夫老寅长兄联）………………………………………………… 053

K

开缄见古人消磨岁月书千卷；闭户弃尘事啸傲乾坤酒数杯（墨迹联）……………………… 054
快意行时防失足；问心难处急回头（赠灵翁老长兄联）……………………………………… 054
课子小书斋，聊可……；连家新竹圃，何须……（题潍县郭家南园联）…………………… 055

L

老圃老农，吾不如也；一丘一壑，自谓过之（自题联）……………………………………… 056
老屋挂藤连豆架；破瓢舀水带鲦鱼（题昭阳藕花居联）……………………………………… 057
雷文古鼎八九个；日铸新茶三两瓯（墨迹联）………………………………………………… 058
雷霆走精锐；冰雪净聪明（集杜诗墨迹联）…………………………………………………… 058
泪尽数行；诗留千古（自题联）………………………………………………………………… 059
利欲除刀，凡尘半点不染；金炉剥火，锁住意马心猿（骂恶僧联）………………………… 060
怜莺舌嫩由他骂；爱柳腰柔任尔狂（题常书民园联）………………………………………… 061
两间东倒西歪屋；一个千锤百炼人（赠铁匠联）……………………………………………… 061
临流口吸西江水；隔岸拳擎北固山（题镇江焦山海西庵联）………………………………… 062
玲玲珑珑窍；孔孔洞洞山（题峄山半山亭联）………………………………………………… 062
六七月间无暑气；二三更后有渔歌（题拱极台渌波亭联）…………………………………… 063
龙虎山中真宰相；麒麟阁上活神仙（题龙虎山天师府联）…………………………………… 064

M

漫扫白云看鸟迹；自锄明月种梅花（墨迹联）………………………………………………… 064
茫茫海水连江水；罗列他山助我山（题镇江焦山海西庵联）………………………………… 065
妙墨旋疑漏；雄才欲唾珠（赠许雪江联）……………………………………………………… 066
民于顺处皆成子；官到闲时更读书（赠景翁先生联）………………………………………… 067
墨兰数枝宣德纸；苦茗一杯成化窑（赠又老年学兄联）……………………………………… 067
墨竹一枝宣德纸；香茗半瓯成化窑（墨迹联）………………………………………………… 068

莫道牡丹真富贵；谁知梅花百花魁（题梅花牡丹图联）…… 068

N

南商行，北商行，……；东集市，西集市，……（题潍县集市联）…… 069
拈来旧稿花前改；种得新蔬雨后肥（自题联）…… 069

P

烹茶活火还温酒；洗砚余波好灌花（自题联）…… 070
篷破船装零碎月；墙倒屋进整齐风…… 070
枇杷黄柑绿李；蓬莱员峤方壶（题扬州何园寄啸山庄联）…… 071
飘风作态来梳柳；细雨瞒人去润花（赠马庆孙先人联）…… 072
贫不卖书留自读；老犹栽竹与人看（自题述怀联）…… 073
屏花蓄雨春还丽；水槛临风晚更佳（题潍县南松废园联）…… 073

Q

棋琴随所好；宾主澹无言（墨迹联）…… 073
七宝庄严才学座；万花飞舞圣人书（墨迹联）…… 074
攲斜鲁直笔；沈澹大痴山（赠竹田同学老长兄联）…… 074
千家养女先教曲；十里栽花算种田（撷句联）…… 075
前身应是明月；几生修到梅花（自题联）…… 076
切齿漫嫌前半本；平情只在局终头（题潍县城隍庙戏楼联）…… 076
青菜萝卜糙米饭；瓦壶天水菊花茶（竹泓港私塾书房联）…… 077
秋从夏雨声中入；春在寒梅蕊上寻（题扬州个园住秋阁联）…… 077
秋老吴霜苍树色；春融巴雪洗山根（赠焦山啸江大师联）…… 078
秋风秋雨双薇树；江南江北个道人（题南通双薇园联）…… 079
秋江欲画毫先冷；梅水才烹腹便清（墨迹联）…… 079
秋水初晴浪澄烟外；幽兰未放香在云端（赠巨方王老先生联）…… 080

R

人贫双月少；衣破半风多（自题述贫联）…… 080
入座芝兰吹气暖；凌霄松柏得天多（赠承老年兄联）…… 081

S

三绝诗书画；一官归去来（李啸村赠联）…… 081

搔痒不着赞何益；入木三分骂亦精（墨迹联）…… 082
扫来竹叶烹茶叶；劈碎松根煮菜根（题四川青城山天师洞斋堂联）…… 083
删繁就简三秋树；领异标新二月花（与韩生镐论文联）…… 083
山奔海立；沙起雷行（集句拓片联）…… 084
山随画活；云为诗留（拓片联）…… 084
山光扑面因朝雨；江水回头为晚潮（题真州江村江上茶肆联）…… 085
山光扑面经新雨；江水回头为晚潮（题镇江焦山自然庵联）…… 085
山光扑面经宵雨；江水回头欲晚潮（对马秋玉联）…… 085
上山拿蚂蚱；下河捉螃蟹（警示潍县恶势力联）…… 086
身无半亩，心通天下；读破万卷，神交古人（自题联）…… 086
深心托豪素；努力爱春华（墨迹联）…… 087
诗酒图书画；银钱屁股□（自题书室联）…… 088
世道不同，话到口边留半句；人心难测，事当行处再三思（自题联）…… 088
室雅何须大；花香不在多（题镇江焦山别峰庵联）…… 089
室藏美妇邻夸艳；君有奇才我不贫（赠袁枚联）…… 090
视民如伤，潍邑苍生皆我子；修己以敬，东林前辈是吾师（题潍县县衙大堂联）…… 090
书有未曾经我读；事无不可对人言（自勉联）…… 091
束云归砚匣；裁梦入花心（赠李方膺联）…… 091
书从疑处翻成悟；文到穷时自有神（自题联）…… 092
霜熟稻粱肥，几村农唱；灯红楼阁迥，一片书声（谢诚均所见联）…… 093
霜熟稻粱肥，几村丰乐社；灯红楼阁迥，一片读书声（木刻联）…… 094
水流石径浮花出；云拥松根带雨归（墨迹联）…… 094
四面有山皆入画；一年无日不看花（书于京口旅次联）…… 095
四面灯，单层纸，辉辉煌煌……；一年学，八吊钱，辛辛苦苦……（考塾师联）…… 095
搜尽奇峰打草稿；摘来红叶补袈裟（赠勖公和尚联）…… 096
松枝留古骨；梅花无艳情（自题联）…… 096

T

天泰地泰三阳泰；家和人和万事和（自撰春联）…… 096
天际识归舟；云中辨江树（墨迹联）…… 097
停画百日；戒酒三春（自警联）…… 097
吐有扬雄书无价；梦到江华笔有神（赠表兄联）…… 098

W

蜿蜿蜒蜒路；晶晶玲玲泉（题峄山半山亭联）…… 099
为善无不报；读书当及时（赠郎一鸣联）…… 099
未出土时先有节；纵凌云处也无心（题画竹联）…… 100
无事此静坐；有福方读书（题兴化李园静坐亭联）…… 100
无波古井水；有节秋竹竿（墨迹联）…… 101
无不开之船……老先生脱离苦海；有未完之戏……吾小子收拾坛场（挽李鱓联）…… 101
舞文弄墨千般众；种草养花一场空（周嗣强藏墨迹联）…… 102

X

洗砚鱼吞墨；烹茶鹤避烟（墨迹联）…… 103
先生何许人，羲皇以上；醉翁不在酒，山水之间（题严子陵钓台联）…… 103
乡里鼓儿乡里打；当坊土地当坊灵（题如皋土地庙联）…… 104
心清水浊；山矮人高（四川青城山天师洞山门外台榭联）…… 105
辛苦自成名进士；碎烦终困老书生（赠竹君老夫子联）…… 105
胸中墨汁三千斛；腕底清毫十万茎（题画联）…… 106
性溶海月波常静；身露金凤树不凋（扬州洪经理藏墨迹联）…… 106
虚心竹有低头叶；傲骨梅无仰面花（赠郝梅岩联）…… 107
须要小心；不可大意（警己联）…… 108
雪逞风威，白占田园能几日；云从雨势，黑漫大地没多时（题兴化城隍庙联）…… 108

Y

摇到四桥烟雨里；拨开一片水云天（题扬州锦湖行画舫联）…… 108
尧舜生，汤武末……；日月灯，江海油……（题某地城隍庙戏楼联）…… 109
咬定一两句，终身得力；栽成六七竿，四壁皆清（题北京白云观华室联）…… 109
咬定一两句书，终生师保；栽成五七竿竹，满目儿孙（题问渠书屋联）…… 109
咬定几句有用书……；养成数竿新生竹……（题扬州马氏小玲珑山馆联）…… 109
仪凤箫韶，遥想当年节奏；文衣康乐，休夸后代淫哇（题潍县城隍庙戏楼联）…… 110
遗韵满江淮，三家一律；爱才如性命，异世同心（题扬州桐轩联）…… 111
遗爱遍山东，一字一画一诗……；宏才感天阙，赐果赐茶赐饭……（挽李鱓联）…… 111
移花得蝶；买石饶云（题扬州勺园联）…… 112
移花兼得蝶；买石更饶梅（墨迹联）…… 112
移居也算迁乔上，奋翮仍须出谷飞（赠藜郇年学长兄先生联）…… 113
倚树听泉，任天而动；看花濯雨，得气之清（题潍县复园联）…… 114

以八千岁为春；之九万里而南（题安徽黟县西递村大夫第联）…… 114
一面楼台三面树；二分池沼八分田（题双槐园联）…… 115
一庭春雨瓢儿菜；满架秋风扁豆花（南京田原藏照片联）…… 116
一饭尚铭恩……只少十月怀胎；千金难报德……也应泣血三年（挽乳母联）…… 117
有子才如不羁马；知君身是后凋松（贺君谋老先生联）…… 118
雨过风恬，满目养花天地；渊涵珠润，十年闭户功夫（题静俭斋联）…… 119
欲除烦恼须成佛；各有前因莫羡人（题兴化某寺庙联）…… 119
欲求寡过偏多过；且喜藏书未卖书（赠如翁老长兄联）…… 120
愿与不解周旋客饮酒；难为未识姓名人作书…… 121
鸢飞戾天；鱼跃于渊（故事联）…… 121
月来满地水；云起一天山（题扬州瘦西湖小金山月观联）…… 122
云驶月晕；舟行岸移（题宫灯联）…… 123
云因笼月长教澹；风为吹花不敢狂（赠宅京年学长兄联）…… 124

Z

栽培心上地；涵养性中天…… 124
曾三颜四；禹寸陶分（题苏州网师园濯缨水阁联）…… 125
张长哥，李矮哥，慢慢同行……；地藏王，阎罗王，粗粗相会……（自挽联）…… 126
志欲光前，惟有诗书教子；心存裕后，莫如勤俭持家（题郝氏宗祠联）…… 126
种十里名花，何如种德；修万间广厦，不若修身（题兴化李园静坐亭联）…… 127
种竹似培佳子弟；拥书如拜小诸侯（自题联）…… 127
琢出云雷成古器；辟开蒙翳见通衢（赠咏亭大兄联）…… 128
竹疏烟补密；梅瘦雪添肥（林苏门藏联）…… 128
自舍黎民归北极；长依少皞作西流（题兴化竹泓镇火星庙神台联）…… 129
自著茶经研贡茗；不挠水性酌廉泉（墨迹联）…… 130
醉题蕉叶成诗稿；闲折花枝当酒筹（自题联）…… 131
遵祖宗一脉传流，克勤克俭；教子孙两派正路，唯读唯耕（题施耐庵神牌联）…… 131
作画题诗双搅拢；弃官耕地两便宜（墨迹联）…… 132
坐，请坐，请上坐；茶，泡茶，泡好茶（故事联）…… 132

印章检索

（以印章印文字数多少排序）

单字印…………………………………………………………………………………………………… 135

郑 燮 凤

双字印…………………………………………………………………………………………………… 136

郑燮 郑大 克柔 板桥 臣燮 燮印 都官 俗吏 郑兰 痴绝 樗散 谷口 古狂 瓜州 横扫

婴宁 鹧鸪 竹懒 恶竹 白笺 师竹 依样 随喜 王凤 个中 北海 紫凤 三绝 思古

三字印…………………………………………………………………………………………………… 147

兴化人 郑板桥 郑风子 郑燮印 滩夷长 老画师 然黎阁 橄榄轩 海滨民 书带草

此玄鸟 雪浪斋 千金市 骨常新 广文馆 官独冷 师造物 自在□ 恃鬻耳 桃花潭

四字印…………………………………………………………………………………………………… 153

郑燮之印 郑燮信印 板桥道人 板桥居士 红雪山樵 荥阳郑生 丙辰进士 十年县令 七品官耳

风尘俗吏 所南翁后 借书传画 老而作画 六分半书 直心道场 吃饭穿衣 海阔天空 以天得古

饮人以和 余力学文 敢征兰乎 北泉草堂 放情丘壑 亨帚自珍 修竹吾庐 有竹人家 不求甚解

郑燮私印 板桥郑燮 臣郑燮印 谷口人家 歇后郑五 耕田谷口 敬常存伪 臣师造物 兰竹石癖

欢喜无量 痛痒相关 眼大如箕 江南巨眼 结欢喜缘 活人一术

五字印…………………………………………………………………………………………………… 167

扬州兴化人 郑为东道主 爽鸠氏之官 歌吹古扬州 麻丫头针线

游好在六经 书画悦心情 富贵非吾愿 畏人嫌我真 乐旷多奇情

六字印……………………………………………………………………………………………… 171
诗绝字绝画绝 思贻父母令名 俗吏之为之也 燮何力之有焉
雪婆婆同日生 古爽鸠氏之官 青藤门下走狗 画象颇占家事

七字印……………………………………………………………………………………………… 175
二十年前旧板桥 鸡犬图书共一船 乾隆东封书画史 乾隆敕封书画史
青藤门下牛马走 无数青山拜草庐 何可一日无此君 一片冰心在玉壶
书被催成墨未浓 不可一日无此君 搜尽奇峰打草稿 爱君自欲君先达
多种菩提结善缘 九溪十八涧中人 徐青藤门下走狗

七字以上多字印……………………………………………………………………………………… 182
动而得谤名亦随之 私心有所不尽鄙陋 饮露餐英颇颔何伤 游思六经结想五岳
见人一善忘其百非 心血为炉熔铸今古 恨不得填漫了普天饥债 康熙秀才雍正举人乾隆进士
有数竿竹无一点尘 徐青藤门下走狗郑燮 徐文长门下走狗郑燮 更一点销磨未尽爱花成癖

后记

郑燮板桥先生，为人称道的清王朝廉吏，“扬州八怪”中坚，极富个性的艺术家、文学家、思想家。他是古昭阳水土滋润、培育而生长起来的文化大树，是人文荟萃之地——兴化的骄傲。在我心中，板桥先生更是一位善良仁爱、敢于担当、幽默智慧而不失狡黠的人，可亲爱、可信赖、可交心，就像邻家慈祥的老人。从青年时期起，我就喜欢板桥先生这位家乡先贤，希望通过亲近他的诗文、绘画、书法、印章、小唱、故事……走近他，进而走进他辽阔的内心世界。他高雅洒脱、率性人道的人生风度，他亲民、爱民、嫉恶如仇、惩恶扬善的人格精神，他“民吾同胞”的人文思想，他“怒不同人”“难得糊涂”“吃亏是福”的人生哲学，无不对我产生深刻的影响。搜集、研读板桥先生的对联和印章，正是我景仰先生的真诚表达，我用这一方式——希冀一次次重返先生的精神家园。

搜集对联和印章，编著《郑板桥对联印章汇说》，是我在与板桥先生对话，这位“直摅血性为文章”的人，他告诉我什么是“血性”；这位“画兰、画竹、画石，用以慰天下之劳人”的人，他告诉我什么是良善。随着细读和品评的对话进程，板桥先生的形象在我心中逐渐丰满、鲜活。我仿佛成了他的学生，每天聆听着他的教诲，感受着他的真情。我与这位先贤就这样穿越时空，结下了师生情缘。

《清史列传·文苑传·郑燮传》记载了这样一个温暖的故事：“（板桥先生）尝置一囊，储银及果食，遇故人子及乡人之贫者，随所取，赠之。”这是板桥先生给我、给他的家乡古昭阳后人最好的循循引领和谆谆教诲。

《郑板桥对联印章汇说》付印之际，心中油然升起满满的感恩之情。感谢身边的书友，给我源源不断的读书指导、写作鼓励；感谢郑板桥对联研究专家、家乡前辈刁骏老先生、任祖镛先生，资深板桥研究学者党明放先生，诸先生关于郑板桥对联研究的成就惠我良多；感谢凤凰出版社常宁文主任和顾娟老师，他们给了我许多具体指导，一片玉成之忱令我十分感动；感谢阅读这本书的读者，在“春宵一刻值千金”（苏轼诗句）的当下，愿意花费时光来阅读。令我感动的，还有兴化文化建设的领导者，市委常委、宣传部长刘春龙先生从繁忙公务里抽出时间阅读书稿，指疵校正，并欣然赐序。兴化市社科联主席罗友高先生，多次关心并指导本书的编著。其奖掖后进之忱，令我动容。编著《汇说》过程中，还参阅了国内有关专家学者研究郑板桥的资料，在此一并感谢。

因为读书不多，见识浅陋，书中一定会有疏漏和错误，祈盼广大读者批评指正！

孙万寿

初稿：2016 年 12 月 1 日

定稿：2017 年 11 月 18 日